この異世界ではネコが全てを解決するようです

もふもふ一族とともに癒やしの力を振りまいた結果

Hinata Kuru
くるひなた
Illustration
Tobi

Contents

Character's profile

珠子(タマ)

元陰キャの猫カフェ店員。ネコとともに異世界転移したことで癒やしのフェロモンを身に付けてしまう。

ネコ

異なる世界間を移動する異世界生物。珠子の持つ〝猫〟の概念により今の姿に。何故か珠子の〝母〟を自任している。

ミケランゼロ(ミケ)

ベルンハルト王国の王子。戦後処理に追われる苦労人。珠子を癒やしとしており、かなりの過保護。

トライアン(トラ)

敗戦国、ラーガスト王国の末王子。ベルンハルト王国に囚われの身であるが、珠子に懐いている。

ロメリア

軍医を務める公爵令嬢。ミケランゼロの婚約者候補だが、珠子を可愛がるツン（×5）デレ。

メル

ロメリアの護衛を務める男装の麗人。ロメリアに忠誠を誓っている。父親とは確執があるらしく――？

第一章　猫ネコ子ネコ

1　タマとミケ

珠子《たまこ》、と私に名付けたのは、海女《あま》をしていた父方の曽祖母だった。

真珠のように美しく輝く娘であれ、という願いが込められているそうだ。

小さい頃から、タマ、タマ、と猫みたいに呼ばれていたからというわけではないが、短大に通うかたわら繁華街にある猫カフェでアルバイトを始め、卒業後もそのまま働く予定だった——半年前までは。

「——さて、お待たせしちゃったかな?」

お茶のセットが載ったワゴンを脇に寄せた私は、見上げるほど大きく重厚な扉の前に立った。

コツン、と黒いパンプスの踵が鳴る。

クリーム色のワンピースと白いエプロンドレスを整え、左の腕にあった白くてもふもふの毛玉を抱え直すと、その香りが鼻を掠めた。

「ふふ……日干ししたお布団みたいな、いい匂い」

私は頬を緩めつつ、顎のラインで切り揃えた髪も手櫛で整える。

もともとは日本人らしい黒髪だったのだが、半年前のある出来事を境にして、名前の由来となった真珠――そして、腕の中のもふもふとそっくりな色合いに変わった。

最後に左の脇腹を撫でたのは無意識だ。

身嗜みが整ったのを確認すると、右手でコンコンと扉を二回叩き、声を張り上げる。

「珠子です！　参りました！」

「――入れ」

扉の向こうからは、即座に返事があった。

硬質な印象の、若い男性の声である。

私はワゴンを脇に置いたまま、早速右手で扉の取手を摑んだのだが……

「わわっ……」

突如内側に開いた扉と一緒に、部屋の中へ引っ張り込まれてしまう。

入ってすぐの場所には黒い壁が突っ立っていた。

「みぎゃっ！」

顔面からそれに突っ込んで、潰された猫みたいな悲鳴を上げる私の上に、入室を許可したのとはまた別の声が降ってくる。

「お待ちしておりました、タマコ殿」

「お、恐れ入ります……」

壁だと思ったものは、黒い軍服を纏った逞しい体つきの男性だった。

年は、半年前に二十歳になった私より十ほど上だろうか。

切れ長の目にじっと穴が空くほど凝視され、たじたじとなる。

彼の分厚い体の向こうに、落ち着いた色合いの絨毯が敷かれた部屋と、その真ん中にある長テーブルを五人の男性が囲んでいるのが見えた。私の父や祖父くらいの年代に見える、黒い軍服を着込んだ体格のいい者ばかりだ。

彼らは真顔でこちらを凝視していたが、ふいにバンッと書類の束をテーブルに叩き付けて席を立った。

そうして、一斉に私の方に向かってくるではないか。

「あわわわわ……お、落ち着いて……」

戦々恐々とした私は、腕の中の真っ白い毛玉をきつく抱き締める。

みぎゃっ、とそれから声が上がったのと、私が筋肉の波に呑み込まれたのは同時だった。


「「「「「はわぁあああ……もふもふううっ！」」」」」


六重奏の野太い歓声が響く。

私が抱えていた毛玉は扉を開けてくれた男性のムキムキの腕に移り、他の面々がそれを囲んで表情筋を崩壊させていた。

それぞれの手には、紐の先に鳥の羽根を束ねた猫じゃらしや、毛糸のボール、鼠や鳥のぬいぐるみなど、猫の興味を引くようなオモチャが握られている。すると……

「にゃあん」

愛らしい鳴き声とともに、毛玉からにょきにょきっと四本の足が飛び出して宙を掻いた。クリームパンみたいなその先には、ピンク色をしたプニプニの肉球が付いている。

大きな毛玉に見えていたのは、丸々とした体型のネコだったのだ。

「「「「はわわわわわ……!!」」」」

頬を赤らめて震えるおじさん達を、つぶらな金色の瞳がぐるりと見回す。

ブリティッシュロングヘアっぽい、足が短めの長毛種である。

さらに、そのお腹の毛の間から白いものが五つ、ポンポンと飛び出し、周りを囲んでいたおじさん達それぞれの腕へダイブした。

彼らの片手に乗るくらい小さい、真っ白でふわふわの子ネコ達だ。

「「「「ミーミー、ミーミー」」」」

たちまち可愛すぎる大合唱が始まった。

子ネコ達のつぶらな瞳はうるうるとしていて、見慣れた私でさえ庇護欲を掻き立てられる。それらにキュルルンと見上げられた男性達は――一斉に身悶えした。

「「「「かぁああわいいいいいっ!!」」」」

これを皮切りに、重厚な扉の内側はたちまち猫カフェっぽい空間に早変わりする。

「うふふ、おいでー！　おじさんと遊ぼうにゃん！」

絨毯の上に這いつくばり、リズミカルに猫じゃらしを揺らして子ネコを誘う、ロマンスグレーの髪と口髭のイケてるおじさん。

「あはは、上手だねー！　よーし、おじさんとてっぺん目指そう！」

同じく絨毯に両膝を突いて、子ネコとボールを転がし合いっこするのは、額に向こう傷がある強面のおじさん。

「チュウチュウ！　チュウチュウチュウチューーッ‼」

軍服の袖口から鼠のぬいぐるみを覗かせて子ネコを誘う、メガネをかけたインテリヤクザっぽいおじさんなんて、人語を忘れてしまった。

「わーい、わーい！　たっのしーいっ‼」

長テーブルと椅子の間で子ネコとかくれんぼうをする、黒髪をオールバックにしたおじさんは、童心にかえりすぎだろう。

「えへへへへっ！　ほぉら、おじさんを捕まえてごらぁーん！」

スキンヘッドで強面のおじさんが、傷ついて飛べない鳥を演出するため床に寝転がり鳥のぬいぐるみをジタバタさせているのは、さすがに止めた方がいいだろうか。

「うふふふ……いいにおいがすりゅ……」

最後に、ブリティッシュロングヘアっぽいネコのお腹に顔を埋めてスーハーしている男性――扉を開けてくれた一際ムキムキの彼は、まだおじさんと呼んでは気の毒かもしれない。

ネコは何とも言えない表情をしてこちらを見つめてくるが、子ネコ達の方はおじさん連中と一緒になって大いにはしゃいでいた。

「い、いつものことながら、全力で遊ぶなぁ……」

半年前まで勤めていた猫カフェにおいて、老若男女が猫にメロメロになる光景は数えきれないほど見てきたが……

「ここまで人目も憚《はばか》らずデレデレできるの、逆にすごいな」

とはいえ、軍服おじさん達の乱痴気騒ぎを廊下を行き交う人々の目に晒すのは忍びない。

私は、お茶のセットが載ったワゴンを部屋の中に引っ張り込むと、慌てて扉を閉めた。

何とか彼らの沽券を守れたことにほっとしていると……

「——遅いぞ、タマ！　いったいどこで油を売っていた！」

鋭い叱責の声が飛んできて、私はひゃっと首を竦める。

入室の許可を出したのと同じ声だ。

「わわっ……ちょっ、ちょっと……!?」

大きな手に腕を摑まれたかと思ったら、ぐいぐいと部屋の奥へ引っ張られる。

上座に置かれた椅子に座り直し、当たり前のように私を膝の上に抱え込んだその人は、他のメンバーとは異なり淡い灰色の軍服を纏っていた。

年は、私より五つ上。金髪碧眼のすこぶる整った見た目をしているが……

「きょ、今日はまた一段と濃い隈《くま》を装備してらっしゃる……」

最初に扉を開けてくれた男性の体で隠れてしまい、ここまで私の視界に入ってこなかった第七の人物――いや、むしろ第一の人物と言うべきだろう。

何しろ彼は、この場で誰よりも重要な立場にあるのだから。

満を持して登場したその人は、もふもふに夢中になっているおじさん達を尻目に……


「――タマ、吸わせろ」

大真面目な顔をして、とんでもないことを宣《のたま》った。


二十歳の誕生日を迎えたあの日、あの夜――私はたった一人、猫カフェの店内を掃除していた。

閉店とともにキャストのお猫様達にはバックヤードへお帰りいただいたため、店内に残っていたのは珍しくケージに入るのを嫌がったマンチカンのオス、ミケだけである。

キリッとした顔立ちと短い足でてちてち歩く姿のギャップがたまらないマンチカン。穏やかで人懐っこい性格だと言われるが、ミケはツンデレ……いや、ツンツンツンツンツンデレで、普段は猫一倍つれない子だ。

しかし、客から理不尽なクレームを受けたり店長にきつい言葉で叱責されたり、人見知りのせいで同僚とうまくコミュニケーションが取れなかったりして私が落ち込んでいると、そっと隣に寄り添ってくれる優しい一面もあった。

あの日もきっと、私が先輩スタッフに仕事を押し付けられたのに気づいて、付き合ってくれていたに違いない。

「ミケ、心配してくれてるの……？」

「なあーん」

その金色の毛並みに顔を埋めても、短い両の前足を摑んで肉球をクンクンしても嫌がらないばかりか、鼻キスまでサービスしてくれた。

そんなミケのおかげで気を取り直し、ようやく掃除を終えようとした頃のこと。ミーミー、というか細い鳴き声が耳に届き、私は身構えた。

「こ、これって……子猫の声？　どこから……」

声は、玄関の方から聞こえてくる。

店は雑居ビルの一階にあるのだが、扱いに困った猫をこっそり置いていかれる事案が度々起こっていた。

猫カフェなら喜んで引き取ってもらえると安易に考えてのことだろう。

「いや、猫カフェだって際限なく飼えるわけないし、うかつに受け入れちゃうと店長から大目玉を食らうんだけど……」

それでも子猫の痛ましい鳴き声を無視しきれず、ひとまず様子を窺おうと玄関に近い窓から頭を出した——その瞬間。

後頭部に強い衝撃を受け、私の意識は途切れてしまった。

「なあーん……」

気怠そうな鳴き声が聞こえて、過去へ飛んでいた思考が引き戻される。

鳴いたのは、厳つい軍服男性にお腹を吸われまくっているブリティッシュロングヘアっぽいネコだ。

このネコこそ、私の後頭部に直撃した張本人だった。

(今でもまだ、夢を見ているんじゃないかって思う……)

あの出来事をきっかけに、自分が時空を超え、生まれ育ったのとは異なる世界に転がり込んでしまった――なんて。

訳ありの私とネコを庇護することになったのは、ベルンハルトなる王国だった。

半年前、やたら豪奢なベッドの上で目を覚ました私の側には、元凶たるネコと……

「タマ、さっさと吸わせろ」

今現在とにかく私を吸いたいらしい、この金髪碧眼のイケメンがいた。

私は彼の胸に両手を突っ張って距離を取りつつ叫ぶ。

「か、顔がいいからって、何を言っても許されるわけじゃないですからねっ!?」

「タマが最初に言ったんだろうが。事もあろうに、初対面の私に向かって」

半年前、最初に会った時、私は豪華なベッドに寝かされ、仰向けに横たわっていた。気を失う直前に衝撃を受けた後頭部はともかく、それ以上に脇腹が痛むのには戸惑ったものだ。

一方彼は、ベッドの側に置いた椅子に座り、仰向けに横たわる私の左脇腹近くに突っ伏して居眠りをしていた。

後から聞いた話では、多忙な身にもかかわらず無理矢理時間を作っては、昏睡状態の私に付き添ってくれていたらしい。

なお、私が目覚めるまで十日を要したという。

そんなこととは露知らず、起き抜けでぼんやりとしていた私は、目の端に入った彼の金髪を、気を失う直前まで一緒にいたマンチカンのミケの毛並みと勘違いしたらしい。

誰かによってベッドに運ばれた私に、心配したミケが寄り添ってくれている、と思ったのだ。

まさか、異世界に転がり込んでいるなんて知る由もなかった私は、横になったまま左手を伸ばして金色の毛を撫で回す。

この時、愛しいミケへの思いの丈を吐き出すのに、何のためらいも覚えなかった。

「ミケ可愛い、尊い、抱っこさせて、吸わせて――だったか？」

「わーっ!!」

過去の自分のセリフが、低く艶やかな男性の声で再現される。

私はたまらず両手で口を覆った。

自分のではなく、目の前の彼の口を。

「いや、だって！　あの時はですね、相手がミケだと思ってましたし！　それに寝ぼけていたからノーカン……」

「そんな言い訳は聞かないし、なかったことにもならん。そもそも――私も、ミケだ」

すかさず、私の両手をひとまとめにして引き剝がし、堂々たる態度で〝ミケ〟を名乗った彼のファーストネームは、ミケランゼロ。

イタリアはルネサンス期の天才芸術家を彷彿とさせる名前だが、本人は彫刻や絵画のモデルとしての方が重宝されそうな美青年だ。

しかも……

「こ、こんな――とんでもないイケメン王子様とゼロ距離だなんて、過呼吸になったらどうしてくれるんですかっ！」

何を隠そう、彼はこのベルンハルト王国の王子である。

「ミケもちょっとは自重してください！　こちとら、筋金入りの人見知りなんですよっ！」

「何を今更。私とタマの仲ではないか。私を愛称で呼ぶのもお前だけだぞ」

最初にマンチカンのミケと間違えて触れたことで、人見知りを発動する前に距離が縮まり、私はそのまま彼をミケと呼ぶに至っている。

そんな風に、人間のミケとの出会いを回想していると、ふいに笑い声が聞こえてきた。

『ふ、ふふ、ふふふ……』

声の主は目の前にいるミケでも、子ネコと遊ぶのに夢中なおじさん達でも――それどころか、人間ですらない。

『ぐふっ、ぐふふふ、ぐへへへへ……にゃーはははあっ！』

聞くに耐えない笑い声の発生源は、ブリティッシュロングヘアっぽいネコだったのだ。

2　異世界生物ネコ

「なあん」

ブリティッシュロングヘアっぽいネコが、気怠そうにひと鳴きする。

いい加減鬱陶《うっとう》しくなったのか、お腹に顔を埋めていた男性の両肩を後ろ足で蹴り付け、その腕の中から抜け出した。

黒い軍服に肉球スタンプを押されたのに、男性は気を悪くするどころか、むしろご褒美です、とでも言いたげな締まりのない顔をしている。

くるんと一回転して長テーブルの上に着地したネコが、金色の目を細めてニヤリと笑った。

『しめしめ……そやつめ、まんまと珠子に依存しておるわい。チビ達も順調に人間どもを手懐けておるし――ぐっふふふふ、我らがこの世界を制する日も近いぞ！』

その口から飛び出したのは、酒焼けしたようなダミ声だった。

セリフも何やら不穏だが、私以外の人間には「にゃーん」とか「みゃあ」とかいう、至って普通の猫の鳴き声に聞こえているらしい。

それを証拠に、ミケやおじさん達がしゃべるネコに驚く様子はなかった。

（そもそも、便宜上ネコって呼んでるけど……本当はあれ、ブリティッシュロングヘアどころか、猫でさえないんだよね）

半年前に私の後頭部にぶち当たるまでは、真っ白くてまん丸い、それこそ毛玉みたいな姿をしていたという。

その正体は、異なる世界間を移動する能力を持つ、謎多き異世界生物だった。

たまたまこれにぶつかった私は、否応なしに異世界転移に巻き込まれてしまったのである。

『当初は余計なのがくっついてきおったと思ったが……げっへっへっ、珠子め、なかなかどうして役に立つではないか！　褒めてつかわすぞ！』

にゃあんにゃあん、という猫撫で声に対し、副音声があまりにもひどい。

子ネコ達のミーミーという声にそれがないのだけが救いだった。

とはいえこちらも、実際は猫の子供ではなく、この半年の間にネコの毛玉を元にして生まれた分身である。

『何より、我がこの姿を手に入れられたのは僥倖《ぎょうこう》じゃった。珠子の中にあった〝猫〟〝可愛い〟〝尊い〟という概念のおかげじゃなあ。面白いほど簡単に人間どもが陥落しよるわ』

そう言ってほくそ笑んだネコが、さっきまで自分を抱っこしていた男性が顔を近づけてきたのを、ふさふさのしっぽでビンタした。ネコの下僕にとってはご褒美でしかない。

図らずも一緒に異世界へ渡ったことで、私とネコはお互いの影響を受けた。

私の中にあった猫の概念があちらの姿形を変化させたように、私も髪が白くなったり、ネコの言葉が理解できるようになったりという変化に見舞われている。しかも……

『珠子も、わずかながら我らと同質のフェロモンを発しておる。王子にはそれが作用しとるんじゃ……ぐっふっふっ』

ネコ達は特異なフェロモンを発しており、匂いを嗅いだり接触したりした他の生物に多幸感をもたらすらしい。今まさにメロメロになっている軍服男性達がいい例だろう。

おじさん達も、ネコ達に関わらない時は比較的キリッとしているのだ。

フェロモンは、例えるなら……

(日干ししたお布団みたいな、いい匂い)

もともとお日様の匂いというのは、脳内のα波の周期を一定のリズムに整え、リラックス効果をもたらすと言われている。

つまり、ミケが私を吸いたがるのもその影響で、人間が猫に癒やしを求めるのと同じ感覚だろう。

少なくとも、私を異性として求めているわけではないのは確かだが……

「問題が山積みで仕事が終わる気配がない……タマでも吸わないとやってられん」

「いやもう、本当にお疲れ様です。でも、猫を吸うならともかく、私を吸うのはちょっと……ミケの沽券に関わるといいますか……」

「そんなことくらいで私の立場が揺らぐものか。タマは余計なことを気にせず、黙って吸われていろ」

「ミケったら何様っ……あっ、そうでした。王子様で……国軍元帥様、でした」

そう、ミケことミケランゼロ・ベルンハルト王子は、現在療養中の父王に代わって国軍のトップも務めている。この部屋は、そんなミケを筆頭とした軍の幹部が集まる会議室だった。

目下、子ネコ達にメロメロになっているおじさん達は、大将、中将、少将、准将といった将官だ。猫じゃらしマスターが大将で、ネコのしっぽにビンタされて幸せそうなのが准将。彼らは実の親子である。

額に向こう傷がある強面とメガネをかけたインテリヤクザっぽい二人が中将、黒髪オールバックとスキンヘッドの二人が少将で、それぞれ気の置けない仲らしい。

そんなおじさん達を部下に持つ国軍トップが、めちゃくちゃ真剣な顔をして言い募る。

「いいか、タマ。よく聞け。私は、別の世界から迷い込んだと言い張るタマの後見人。いわば、この世界におけるお前の保護者だ。親の言うことは聞くものだぞ」

「わかったわかった、わかりましたよー、お父さん。もう、好きなだけ吸ったらいいでしょー」

「せめて、お兄さんと呼べ」

「自分で親って言ったのに」

とたん、バンッ！　とネコがクリームパンみたいな前足で長テーブルを叩いた。

『こぉら、そこの王子！　たわけたことを申すでないぞ！　珠子の親は我じゃ！　珠子は、この我の一の娘じゃぞっ!!』

それこそ、たわけたこと、である。私は、異世界生物を親に持った覚えなど微塵もない。

それなのにネコは、私は世界と世界の狭間において生まれ変わったも同然で、今こうしてピンピンしていられるのも自分のおかげだと言って譲らず、日々お母さんムーブをかましてくるのだ。

『いいか、王子！　よく聞け！　お前がそうして珠子を愛でられるのは、我の尽力あってこそ！おネコ様を崇め奉り、末代までこの尊さを語り継げよっ!!』

興奮したネコにより、眉間に猫パンチを食らった准将が、はわっ、と幸せそうな悲鳴を上げた。

彼以外の将官達も、引き続き子ネコ達を相手に表情筋と語彙力を崩壊させている。

「「「「はー……ネコちゃん、ホント可愛いー……」」」」

これが、ベルンハルト王国軍最高部の日常だとは、にわかには信じがたいだろう。

そのトップたるミケはというと、にゃごにゃご言っているネコに構わず、私の後頭部に顔を埋めて息を吸い始める。

異世界転移も想定外の出来事だったが……

「人間に吸われる猫ちゃんの気持ちを味わう日が来るなんて、思ってもみなかった……」

理解を超える状況に、私はスン、と宇宙猫の顔になった。

そんな中、私の後頭部に顔を埋めたままミケが口を開く。

「タマ、調子はどうだ。今日は、傷が痛みはしていないか？」

言いながら彼が撫でた私の左脇腹には、半年前にできた傷痕がある。

後頭部への衝撃により猫カフェの窓から転げ落ち、ネコ曰く世界と世界の狭間を渡った私は——

なんと、ミケの膝の上に着地した、らしい。

時は、西側で国境を接する隣国ラーガスト王国との最終決戦真っ只中。

ミケは父王に代わり、ベルンハルト王国軍本陣でその指揮を執っていた。

そんな緊迫の状況でいきなり現れた私に騒然とする中、今度は敵国の刺客が単身天幕に飛び込んでくる。

そのナイフの切先が吸い込まれたのは、ミケの甲冑の隙間ではなく、彼の膝に乗っていた私の無防備な左脇腹だった。

ネコはこの時、血を流す私に縋り付いて喉が潰れるほど鳴いたらしい。

図らずも、一国の王子にして国軍のトップを庇う形で負傷したことから、私はベルンハルト王国にて手厚い看護と保護を受け、現在に至る。

そんな経緯があるため、ミケは殊更私に対して過保護だ。

「全然問題ないですよ。先日は雨だったから、ちょっと疼いただけですので」

「それならばいいが……」

努めて明るい調子で答えれば、ミケは安堵したようなため息を吐いた。

私がこの世界に来て半年——戦争が終結してからも、ようやく半年。

ベルンハルト王国は戦争にこそ勝利したものの、多くの犠牲者と巨額の戦時国債の発行により、軍事的にも経済的にもいまだ逼迫している。

(敵だったラーガスト王国は、敗戦にともなって王政が崩壊したんだっけ。今は確か無政府状態で、とてもじゃないけど賠償金なんて搾り取れそうにないって話だよね……)

そんな中で、ミケことミケランゼロ王子を筆頭とするベルンハルト王国軍は、ひたすら戦後処理に追われている。

特に、戦勝祝いに父王から正式に元帥の位を譲られたミケは、若くして重責を担い、体力とメンタルをすり減らしまくってきた。

私がこうして、お茶の用意を携えて軍の会議室を訪れる目的は、彼に適度に休憩を取らせることと、もう一つ……

「私は超絶元気ですけど……ミケは疲れまくってますね？　また何か、大変なことがありましたか？」

「……むしろ、大変なことしかない」

私の後頭部に顔を埋めたまま、ミケは将官達には聞こえない声で弱音を吐く。

元の世界へ戻る目処も立たない私は彼の庇護下に置かれ、現在はネコ達のもふもふふわふわボディを利用して、人々の心を癒やす仕事に従事していた。

もちろん、ミケ自身もその対象だ。

私は自分を囲い込んだミケの腕を、宥めるみたいに片手でポンポンする。

すると、黒い綿毛のようなものがいくつも彼の中から飛び出してきた。

（怒りや憎しみ、不安、嫉妬、悲しみ、苦しみ……）

そんな、多かれ少なかれ誰しもが持つ負の感情が、黒い綿毛の正体だ。

ふわふわと空中を漂うそれを、ネコ達は爛々《らんらん》と目を輝かせて見つめていたが、ミケや将官達が気づいている様子はない。

私が、人間の目には映らない負の感情を目視できるのも、黒い綿毛の状態にして引き剝がせるのも、ネコとともに異世界転移した影響だった。

『っしゃああ！　いいぞぉ、珠子！　どんどん引き剝がせい！　我がみんな食ろうて、子を増やすための糧にしてくれるわっ！』

ネコが長テーブルの上でぴょんぴょんと飛び跳ね、私がミケから引き剝がした黒い綿毛を食らい始めた。

将官達と遊んでいた子ネコ達も、一斉にこれに倣う。

何しろ、人間みたいに知能の高い生き物の負の感情こそが、彼らの唯一の糧となるのだ。

黒い綿毛を認識できない将官達には、ネコ達がただじゃれ合っているように見えただろうし、ましてや遊ぶふりをした彼らに負の感情を食われていたなんて知りもしないだろう。

ただ、負の感情を食べられた方も心の負担が軽くなるため、両者ウィンウィンである。

『ふむふむ……重責を担うがゆえの焦り、不安。戦争を起こしたラーガスト王国への怒り……その他諸々、抱え込んでおるなぁ』

ペロリと口の周りを舐めながら、ネコがミケの負の感情を吟味する。私がそれを引き剝がしたとて、ミケを苛むものが完全になくなるわけではないが……

「タマの髪……何やら甘い匂いがするな。どこで寄り道をしていた？」

「王妃様がハーブキャンディを作るのを見学したからですかね。いくつか持たせてくださったんですけど、ミケも食べますか？」

「食べる。口に入れてくれ」

「はいはい」

ここでようやく私の頭から顔を離したミケは、目の下の隈が少しだけ改善していた。その口に、エプロンのポケットに入れていた包み紙からキャンディを一つ取り出し放り込む。

そんな私とミケのやりとりを、黒い軍服をネコ達の毛だらけにした将官達が、微笑ましそうに見守っていた。

3　タマの強い味方

壁掛け時計は午後四時を指そうとしていた。

根を詰めすぎるきらいのあるミケに休憩を取らせるため、一般的な午後のお茶の時間である三時に彼を訪ねるのが私の日課だ。

それがこの日、ミケに指摘された通り遅くなってしまったのには、王妃様のハーブキャンディ作りを見学した以外にも理由があった。

「途中で国王様にお会いしましたけど、すこぶるお元気そうでしたよ。お医者様の手を借りて、庭をよちよち歩いていらっしゃいました」

「よちよち……まあ、歩けるまで回復なさったのならよかった。タマがここに来るのが遅くなったのは、父上の話し相手をさせられたからか？」

「おネコちゃんを抱っこしたいんじゃー！　って駄々を捏ねられまして。お医者様と一緒に宥めるのが大変でしたよ」

「それはご苦労。ネコくらい軽いものだろうが、せっかく快方に向かっているところに、わずかでも腰に負担をかけるのはよくないからな」

本来ならば、戦後処理の先頭に立つのはベルンハルト国王のはずだった。

ところが、半年前の最終決戦直前に負傷――と、表向きはなっているが、実際のところはギックリ腰をやって療養中のため、一人息子であるミケが全てを肩代わりしているのだ。

「そんな国王様からミケに伝言です。〝今夜一緒に飲みたいから、一番いいワインを侍従長から掻《か》っ払《ぱら》ってこい〟だそうです」

「相変わらず、人使いの荒いお人だ」

「私も王妃様と女子会する約束なので、ついでにもう一本、なんかいい感じのやつ掻っ払ってきてください」

「お前も大概だな。なんかいい感じのやつって何だ」

そんなやりとりをしつつ、私はお茶を淹れるためにミケの膝から下りた。

ここで、扉の側に放置していたワゴンを届けてくれたロマンスグレーの髪と口髭の上品な紳士――ただし、筋肉ムキムキである――がしみじみと言う。

「いやはや、大変癒やされました。ネコというのは、まことに尊い生き物でございますな」

ベルンハルト王国軍でミケに次ぐ地位にある大将、ミットー公爵だ。その軍服のポケットからは猫じゃらしの柄が飛び出していた。

国王様とは幼馴染の間柄で、ミケのアドバイザー的立ち位置の頼もしい人物である。

ミットー公爵の着席を見届けると、その息子である准将以外の将官達も次々に席に着いた。全員仲良く子ネコの毛だらけである。

その子ネコ達はミーミー鳴きながら、ワゴンの上でお茶の用意を始めた私の側に集まってきた。

小さなもふもふ達がじゃれ合う姿に、将官達がまた盛大に顔面を蕩けさせる。

「「「「やーん、かわいーっ!!」」」」

私は彼らの表情筋が元に戻るのか心配しつつ、人数分のカップに紅茶を注ぎ、ミケ、ミットー公爵の順にテーブルに置いた。

すかさず、他の将官達の分を手慣れた様子で配ってくれたのは准将だ。

彼は新たな椅子を持ってきて、ミケとミットー公爵の間に私の席まで作ってくれた。

「いえ、私のような部外者が、元帥閣下と大将閣下の間に座るなんて恐れ多いです」

「何をおっしゃいますか、タマコ殿！　あなたは殿下の命の恩人であるとともに、ネコちゃん達の専門家！　ベルンハルト王国軍にとっては賓客中の賓客ですよ！」

などと力説する准将も、それにうんうんと首を縦に振りまくる将官達も、半年前の最終決戦本陣に居合わせていた。そのため、図らずもミケを庇う形になった私に好意的なのだ。

異世界から来たという私の主張を完全に信じているかどうかはともかく、訝しんで排除しようとする者はいなかった。

「タマ、おすわり」

ミケに至ってはペットに命じるみたいに言ってくる。

私がおずおずと椅子に腰を下ろすと、それを見てニヤリと笑ったネコが、長テーブルの上をこちらに向かって歩き出した。

『むっふふふふ……刮目せよ、矮小な人間どもめ！　このおネコ様の尊さに平伏すがいい！』

ふさふさの長いしっぽを揺らし、スーパーモデルのごとく優雅に闊歩するその姿に、将官達の目が釘付けになる。

ミットー公爵もうっとりと目を細めつつ、カップを手に取った。

「こちらの世界にもネコに似た野生動物はおりますが、大型で獰猛ですのでとても人間の手には負えませんからね」

「その動物は、珍しいのですか？　私はまだ、見たことがありません」

カップを傾けるミットー公爵に代わり、まだ口の中にハーブキャンディが残っている上、実は猫舌なミケが私の質問に答える。

「やつらはレーヴェと呼ばれている。主に、森や高原を住処としているからな。まだ城下町から出たことがないタマには、目にする機会がないのも当然だ」

私がこの世界にやってきた時、ミケは隣国ラーガスト王国の郊外に張られたベルンハルト王国軍の天幕の中にいた。その膝の上で負傷した私は、終戦とともにベルンハルト王国の王都に運ばれた

ため、厳密に言えば森や高原を通っていることになる。

ただし、元の世界で後頭部に衝撃を受けて以降、王宮のベッドの上で目覚めるまで一切意識がなかったため、ミケが言うようにレーヴェなる動物を見るチャンスはなかった。

「どんな猫ちゃんなんでしょう。会ってみたい……ミケ、時間ができたら探しに行ってきてもいいですか？」

「いいわけあるか。公爵の話を聞いていなかったのか。大型で獰猛で手に負えんと言っただろう。タマなんぞ、頭からバリバリ食われて終わりだぞ」

「頭からかぁ……」

「気にするところはそこか？」

私とミケのやりとりに、ミットー公爵が声を立てて笑う。

「ははは……確かに、タマコ殿お一人でレーヴェを探しに行くのはお勧めできませんなぁ。恥ずかしながら、私は昔、痛い目を見たことがありましてね。確か、今の殿下くらいの嘴が黄色い年頃でしたでしょうか」

「今まさに私の嘴が黄色いと言われているような気がするのだが、気のせいか？」

『ぶぁははは っ！　随分と可愛げのないヒヨコじゃのう！』

じとりと胡乱《うろん》な目を向けるミケに、ミットー公爵は満面の笑みを返す。

そこにやってきて爆笑したネコには、子ネコ達がむぎゅっとくっついた。

ネコの腰の付近に毛玉ができているのに気づいた私は、後でブラッシングしてあげようと思いながら、自分のカップにも紅茶を注ぐ。

ミットー公爵は、目の前に箱座りしたネコの毛並みをゆったりと撫でながら続けた。

「ラーガスト近くの森で、猛禽類に食われそうになっていたレーヴェの幼獣を保護しましてね。このネコのように、実に愛くるしい子でした」

『ぬかせ、人間！　お前の目は節穴か！　我ほど愛らしい存在が、そうそうおるわけなかろう！』

「まだ目も開いておらず、毎日二、三時間おきにミルクをやって育てたのです。その甲斐あってすくすくと成長し、最初は大人しかったものですから、十分に手懐けられると思ったのですが……」

『ぶぁははは！　バァカめ、人間！　さては、油断しおったなっ！』

レーヴェについての話を聞きたいのに、間の手みたいに入るダミ声がとにかくうるさい。

とはいえ、やはり私以外の人間には猫の鳴き声にしか聞こえていないため、今まさに罵倒されているミットー公爵さえもにこにこしながらその毛並みを撫で続けている。

そんな彼がネコの毛だらけになった軍服の左袖を捲ると、前腕の真ん中に鋭利なもので抉られたような傷痕が現れた。

「首輪を新しいものに付け替えようとした際にこの通り、手酷く噛まれてしまいましてね。骨まで折れて大変でした」

『ぬわーははははっ！　ざまぁっ！　人間というやつは、すぐに思い上がって調子に乗りよるわっ！　自分達が手のひらの上で転がされているとも知らずになっ!!』

ぎゃはぎゃは、げへげへ、と聞くに耐えない声が続く。

どう聞いても、悪役の笑い方だ。

それに合わせ、ネコの腰付近にできた毛玉がピコピコ揺れるのが目に付いた。

この後も、ミットー公爵がしゃべる、それを掻き消すネコの罵詈雑言、毛玉が揺れる、の繰り返しだ。

（いや、ネコのせいでレーヴェの話が全然頭に入ってこないんだけど！）

さすがにイラッとした私は、視界で揺れ続けていた毛玉を摑んだ。

そのまま、ブチブチッと毛が抜けるのも構わず力任せに引っ剝がすと、ふぎゃーっと悲鳴が上がる。

『ひいっ……た、たぁあまこおおーっ!!　おまっ……おまおお前ぇ！　何をするんじゃあああっ!!』

「何って、毛玉を取ってあげただけ……あっこれ、ネコの赤ちゃんか」

ネコが毛を逆立てて鳴き喚く中、その言葉を解さないミケや将官達は目を丸くした。

一方、ネコから引き剝がしたばかりの毛玉は、まだゴルフボールほどの大きさだったが、すぐにつぶらな瞳が現れてぱちくりし始める。

「「「「「か、可愛いのが増えちゃったーっ!!」」」」」

「こいつも他の五匹のように、二、三日もすれば子ネコの姿になるのか？　つくづく謎な生物だな」

将官達が顔を輝かせる一方で、ミケだけが冷静に呟いた。

ネコの前身である毛玉は雌雄の区別もない無性生物で、こんな風に芽生生殖によって仲間を増やしてきた。

ただ、先の五匹は自然にネコから分離しており……

『きいいっ！　ばっかもん！　我の分裂は、毛を千切れば済むような単純なものではないのだぞ！産みの苦しみも知らん小娘がっ！　このっ、このこのこのっ!!』

「あーん、もー、そんなにはしゃがないでくださいよー」

生まれたての子は、ネコが毛を逆立てて背中を丸め、サイドステップを踏む姿――いわゆるやんのかステップに驚いたのだろう。

人間達がそれに気を取られている隙に、ミットー公爵の左袖の中へ逃げ込んでしまった。

一方、私に猫パンチを浴びせようとしたネコは、ミケに首根っこ摑まれ引き離される。

「おい、ネコ。タマを引っ掻いたら承知しないぞ」

『ぐぎぎぎっ、この王子めっ……相変わらず、ちらりとも我には魅了されんな！　そのくせ、珠子のような毛並みが貧相な小娘に絆されるとは……もしや、特殊嗜好の持ち主なのか!?』

「……今、私の悪口を言いやがっただろう？　そんな顔をしている。間違いない」

「ついでに、私の悪口も言いやがりましたね。そんな顔をしてます。間違いないです」

ミケの嗜好が特殊かどうかはともかく、自分や子ネコ達の毛並みを基準にして私を禿《は》げているみたいに言わないでもらいたいものだ。

どうやらミケは彼らのフェロモンが効かない体質らしく、将官達のようにメロメロになる素振りがない。その代わり、私が発するわずかなフェロモンに反応して癒やしを得ている、というのがネコの見解だった。

沽券を犠牲にして私を吸うのも、彼にとってはあながち無意味ではないようだ。

『このっ……このこのこのっ！　離せえええっ……！』

ジタバタ暴れてミケの手から逃れたネコは、長テーブルの上を大慌てで駆け戻る。さっきの優雅なモデルウォーキングとは大違いの、実にみっともない走り方だ。

その拍子に、ネコにくっついていた子ネコ達が振り落とされ、長テーブルの上にポテポテと落ちていく。

おやおや、とそれを一匹ずつ拾った将官達が、再びデレデレし始めた。

ネコは末席に着いていた准将の頭に駆け上がると、何食わぬ顔をしてカップに口を付け始めた私を涙目で睨んでくる。

頭をゲシゲシ足蹴にされながらも、准将がうっとりとして言った。

「タマコ殿は、こちらの世界に来る以前はネコと触れ合う仕事に従事していたのですよね？　ネコと一緒にいられる仕事かぁ……想像するだけでも夢のよう……」

ふわふわもふもふのネコパラダイスを思い浮かべているのだろう。准将の言葉に、他の将官達も子ネコに頬擦りをしながらうんうんと頷く。

一方、私はカップをソーサーに戻して遠い目をした。

「そうですよね……私も、最初はそう思って働き始めたんですけど……」

「なんだ。想像していたものとは違ったのか？」

やっと紅茶に口を付け始めた猫舌のミケが問う。

私は、その目元の隈が随分薄くなっているのにほっとしつつ頷いた。

「猫のお世話以外の業務で、行き詰まっちゃいましたね。時折、猫に負担をかける行いをする困ったお客さんがいて、そういう場合は私のような店員が対処するんですけど……」

例えば、無理矢理抱っこしたり、フラッシュを焚いて写真を撮ったりといった行為は、猫に過剰なストレスを与えることになり、体調を崩す原因にもなる。

勝手に持ち込んだ餌を与えるなんていうのも論外だ。しかし……

「堂々と規則を破るような連中が、タマに注意されたくらいで行動を改めるとは思えんが？」

「……おっしゃる通りです」

強面でもマッチョでもない女――しかも、極度の人見知りにモゴモゴと注意されて反省するような客なら、そもそも最初からやらかさないのだ。

「逆ギレして怒鳴られて、さらには店長にも役立たずと詰られて……」

功利主義の店長、クレーマーを押し付けてくる先輩、見て見ぬふりをする同僚――人見知りが災いして人間関係をうまく築けていなかった私には、味方をしてくれる人は誰もいなかった。

自分はこの職場に向いていないと気づくのに時間はかからなかった。

何度辞めようと思ったか知れない。

けれど、マンチカンのミケをはじめとする馴染みの猫達とは離れ難く、結局二年勤めてしまった。

「タマコ殿、たいへんでしたね……」

私の話を聞いた准将は眉を八の字にし、他の将官達も揃って同情的な眼差しになった。

みゃーおっ、と准将の頭頂部に陣取ったネコが鳴く。

『まったく！　珠子は世渡りがヘタクソすぎなんじゃい！』

そんな中、いつのまにか俯いていた私の頭に、隣からミケの手が伸びてきた。

猫カフェで歯を食いしばって働いていた時とは対照的な色合いになった髪を、猫を可愛がるみたいにわしゃわしゃと撫でる。

そうして、彼はきっぱりと言った。

「そんな生き辛い思いをさせた世界になど、タマは絶対に返さん」

私の強い味方は、どうやら異世界にいたようだ。

4　不出来な娘と毒親ネコ

『珠子を返さんも何も――そもそも、元の世界になんぞ戻れんがなっ！』

身も蓋もないことを言うダミ声の発信源は、私の腕の中にいる真っ白いもふもふ――ブリティッシュロングヘアっぽいネコだ。

軍の会議室を出る際には大人しく私の腕の中に収まったものの、まだプンプンしている。

『まったく！　珠子のせいで、テンションだだ下がりじゃわい！　我は、今日はもう一歩も歩かんぞ！』

「はいはい、私が運んであげるから、機嫌直して」

五匹の子ネコ達はミーミーと鳴きながら、私の肩や頭の上を行ったり来たりしてじゃれ合っている。将官達からたっぷりと負の感情を摂取したおかげで、元気があり余っているのだろう。

現在、私とネコ達は王宮へと続く小径《こみち》を進んでいるところだ。

ベルンハルト王国の城は、正門を入ってすぐ左手に軍の施設、右手に聖堂、それらの背後に王宮、と三つの大きな建物で構成されている。

それぞれの建物の間を埋めるように造られた庭園は見事なものだ。所々に東屋やベンチが設置され、専ら上流階級の人々が憩いの場として利用している。

今もどこかで令嬢達がお茶会でも開いているのだろうか。きゃらきゃらと楽しそうな声が聞こえてくる。

私はご機嫌斜めなもふもふを抱え直し、足を進めながら問うた。

「私って、どうやっても元の世界には戻れないの？　絶対に？」

『我と一緒ならば、ここことは違う世界に飛ぶことは可能だが、行き着く先を選ぶことはできん！よって、珠子が元の世界に戻れる可能性は限りなくゼロに近いっ！』

ぶっきらぼうに答えたネコこと毛玉型異世界生物は、あらゆる世界において、人間のような知能の高い生物に依存して生きてきた。そのため、とにかく愛玩されやすい姿形に進化した、一種の寄生生物でもある。

人間の負の感情を糧にして増殖し、その世界が飽和状態になると、一部がミツバチの分封のごとく新天地を求めて世界を渡るという。

私を異世界転移に巻き込んだネコも、そうして巣立った一匹だった。

「まさか、謎の異世界生物と運命を共にする日が来るなんて、想像したこともなかったよ」

『我とて、人間の娘ができる日が来るとは思ってもみんかったわいっ！』

「また言ってる……あなたに産んでもらった覚えはないいんだけどな」

『珠子は我の一部で命を繋いだんじゃから、我の子じゃろうが！　異論は認めんっ！』

世界と世界の狭間に放り出され、私の身体は細胞レベルまでバラバラになった。

その際、同じくバラバラになった——こちらは想定内——毛玉の細胞と一部が入れ替わり、それが接着剤の役目を果たしたおかげで、この世界に到着した時の私は人間の形に再生できていた……らしい。

『他の生物を一緒に異世界転移させるなんてのは、我にとっても想定外。人間一人を再生するのには、膨大なエネルギーが必要なんじゃぞ。とっさに、珠子自身の負の感情をそれに充てることを思いつくなんて、我ながら天才じゃな！』

「私の人見知りが改善したのって、そうして負の感情が消費されたからなのかな」

髪の色がネコとお揃いになったのも、その言葉がわかるのも、ミケから負の感情を引き剥がせるのも、この体に異世界生物の成分が混ざったせいだろう。

なお、ネコ達と違い、私は負の感情自体を糧にはできないため、普通に食物を摂取する必要があった。幸い、異世界のご飯もなかなかにおいしい。

『とにかく！　我の細胞がなければ、珠子は今、生きてはおらんのじゃぞ！　いい加減、我のことを母上様と呼ばんかっ！』

「えっ、いやですけど……」

『くううっ……まったくもって、生意気な娘じゃわいっ！』

「そもそも、そんな死にかける状況になったのって、あなたの異世界転移に巻き込まれたせいなんだけど……」

ネコの前身である毛玉は、私の元いた世界を素通りしようとしていたらしい。

その理由が、猫という強力なライバルの存在を察知し、人間の愛情を独占するのは困難である、と判断したためだというから納得である。

この時点のネコには意思も感情もなく、全ては本能に従ってのことだった。

それが今や、私の肩や頭で遊んでいた子ネコ達を側に呼び寄せると、これ見よがしにため息を吐いて言うのだ。

『まったく、珠子ほど手の掛かる娘は知らんな！　お前達、不出来な姉をしっかりと支えてやるんじゃぞ！』

「「「「ミー！」」」」

母ネコの言葉に、子ネコ達が一斉に返事をする。

私と細胞の一部が入れ替わったことにより、異世界生物改めネコは、自身から分裂した存在に対して母性のような人間的感情を抱くようになった。

その擬似家族のカテゴリーに、なぜか私も問答無用で含まれており、なおかつ長女という位置付けらしい。

しかし、自称〝母上様〟は、そんなファミリーの事情をこちらの世界の人間――ミケにさえも、打ち明けることを許さなかった。

『別の世界から来たというだけで、怪しまれてもおかしくないんじゃ。その上、人間の心に影響を及ぼす力があるなどと知られれば、異端とみなされる。その先にあるのは迫害じゃぞ』

「魔女狩りみたいな？　ミケは、そんなことしないと思うけど……」

『あの王子はそうであろうと、他の大多数が同じ考えとは限らん。下手にあれを巻き込めば、王子をたぶらかしたとして反感を買う可能性もあるしな。余計なことは口にせんに限る』

「……わかった」

今度は素直に頷いた私を褒めるみたいに、ネコが頬を舐めてくる。

私の中にあった猫の概念を忠実に再現しているため、舌もざらざらしていて痛かった。

ネコは私の頬が赤くなるまで舐めると、ふいにひげ袋を引き上げて歯を剝き出し、フレーメン反応を起こしたような顔で笑う。

『しっかし、あの王子が我の愛らしさに一向に靡かぬのには参ったが……ぬふふふふ。珠子には相当心を砕いているようじゃないか？　ぐへへへへ……』

「その笑い方、どうにかならない？　まあ、ミケを庇う形で私が怪我をしちゃったからだよね。ただでさえ気苦労が多いんだから、私のことは気に病まないでもらいたいんだけど……」

私自身はミケを庇ったという自覚がないため、彼に見返りを求めるつもりなど毛頭ないのだ。

むしろ、今現在何不自由ない生活をさせてもらえていること——何より、素性もわからない自分が受け入れられ、尊厳を守ってもらえていることに、言い表せないほどの感謝を覚えている。

「人見知りが改善した分、以前の私よりもきっと頑張れると思うんだよね。ミケや、この世界にきてお世話になった人達のためにならら……」

誰かの役に立とうなんて、半年前までは思いつきもしなかった。自分のことだけで精一杯だったから。

けれど今は、私にも何かできることがあるんじゃないか、と前向きになれた。

その余裕を与えてくれた筆頭はミケであり、だからこそ私は、彼の役に立ちたい。

ところがネコは、そんな私の頬をピンク色の肉球でピタピタ叩いて、とんでもないことを言い出した。

『げっへへっ……珠子がすべきことなど、決まりきっとるじゃろうが——お前、その体を使ってあの王子を陥落せい！』

「はぁ!?　なな、なんちゅうことをっ……！」

『あやつがお前のフェロモンにしか反応せんのだからしょうがないじゃろ。それに、珠子とてあの王子を憎からず思っとるじゃろうが』

「いや、ミケのことは確かに好きだけどさ……」

ちょうどここで、私達は庭園の中程にあるバラのトンネルに差し掛かった。

悠々と咲き誇るバラに囲まれて、少女漫画の登場人物にでもなったような気分だが、あいにく自分が誰かと恋愛するイメージなんて露ほども湧かない。

何しろ以前の私は筋金入りの人見知りで、友達さえいたことがないのだ。

ミケに対して抱いている好意だって、恋愛感情ではなく親愛だろう。

本人も主張していた通り、ミケは私のこの世界における後見人であり、頼りになるお兄さんだった。

『我らがこの世界を制す第一歩として、未来のベルンハルト国王は、何としても押さえておかねばならんのじゃ！　いいから、この母の言う通りにしろいっ！』

「うわっ、最悪……毒親だ！」

目下私がミケのためにすべきことは、この毒親に反抗し続けることかもしれない。

ネコは本気で、全人類を籠絡して世界を我が物にしようと企んでいるようだからだ。

『ぐっふっふっ……この世界をネコでいっぱいにし、人間どもは一人残らずおネコ様帝国の奴隷にしてやるんじゃい！』

「毛玉ができる速度はそんなに速くないから、今すぐ世界がどうにかなるわけじゃなさそうだけど……」

ひげ袋を膨らませて張り切るネコに、私はげんなりした。

そうこうしているうちに、バラのトンネルを抜ける。

ここで私を出迎えたのは、やたらと高慢そうな声だった。

「――そこのあなた、お待ちなさい」

5　公爵令嬢と有象無象

バラのトンネルを抜けてすぐの場所には、大きな噴水がある。

その側に立つ石造りの東屋にて、三人の年若い令嬢がお茶会の真っ最中だった。

さっきからきゃらきゃらと楽しそうに聞こえていたのは、彼女達の声だったらしい。

私に向かって飛んできた高慢そうな声も、そのうちの一人のものだった。

「ああ、いやだ。戦場で拾ってきた女なんて得体が知れないわ」

「素性のはっきりしない人間を城内でのさばらせて、軍部はどういうおつもりなのかしら」

「殿下も、どうしてこんな者に心を砕くのでしょう。まさか、何か呪いにでもかかって……？」

令嬢達は私を呼び止めておきながら、こそこそと言い交わす。

バラのトンネルと東屋は十歩も離れていないため私にも聞こえているし、むしろ聞こえるように言っているのだろう。

つまり、とてつもなく感じが悪い。

私がムッとする一方、腕の中のネコは舌舐めずりをした。

『ぐへへへ……あやつら綺麗に着飾っとるが、心は真っ黒で汚いのぉ。嫉妬と羨望でドロドロじゃわい。珠子が王子達に目をかけられとるんが気に入らんようじゃな』

ネコはそう言うと、私の腕から飛び下りる。

そして、もう一歩も歩かないと宣言していたにもかかわらず、令嬢達がたむろする東屋に向かって駆け出した。

「ちょ、ちょっと……？」

ガサガサと音を立て、東屋の手前にある茂みに分け入る白い背を、私は慌てて追いかけようとしたが……

『珠子は、きょうだいとともに大人しく見ておれ！　この母の仕事っぷりをな！』

顔だけ振り返ったネコにぴしゃりと言われ、踏みとどまる。肩や頭の上にいた子ネコ達もはしゃぐのをやめ、ネコの行動に注目した。

そうこうしているうちに、きゃあ！　と黄色い悲鳴が聞こえてくる。

東屋に辿り着いたネコが、令嬢達に愛嬌を振り撒き始めたのだ。

「まあまあまあ！　なんて可愛らしいのかしら！」

「見てごらんなさい！　毛がふわふわだわ！　抱っこしたい！」

「お待ちなさいな！　私が先ですわ！」

とか何とか、大騒ぎになっている。

ネコに夢中の令嬢達は、もはや私の存在なんか忘れてしまったようだ。

ただし、ネコの方は、ただ彼女達の負の感情を摘みに行っただけではなかった。

「『キャーッ!!』」

令嬢達が、今度は絹を裂くような悲鳴を上げる。

何事かと目を丸くしていると、さっきは分け入った茂みをぴょーんと飛び越えて、ネコが戻ってきた。

『はー、どっこいしょー。やれやれ、いい仕事をしたわい。ほれ、珠子！　母を労れい！』

そう、足下で大儀そうに言うのを抱き上げて、私はぎょっとする。

「うわっ……ちょっとぉ！　ひっつき虫、付いてるじゃない！」

ネコの真っ白い毛に、私の元の世界の野山にもあったような、服にくっつくタイプの植物の種子がいくつも絡んでいたのだ。

辺りを見回してみると、ネコが東屋へ向かう際に分け入った茂みに生えていた。

その事実と、「ドレスが！　ドレスがぁ!!」と喚いている令嬢達を見て、私は合点がいく。

「あ、あなた……ご令嬢達のドレスにそれを付けてきたの!?」

『ぬはははっ！　そのとーりっ！　集合体恐怖症のヤツなら失神するレベルで、びっしり付けてきてやったわいっ！』

「ひええ、最悪……オナモミっぽいのはともかく、このコセンダングサっぽいのは、トゲが残ってチクチク鬱陶しいやつ……」

『ふんっ！　うちの珠子に意地悪をするような輩は、永遠にチクチクしとったらええんじゃいっ!!』

「「「「ミーミー!!」」」」

息巻くネコに、子ネコ達も同意するみたいに鳴いた。どうやらネコは、娘認定した私のために令嬢達をこらしめてきたつもりらしい。

しかし、ひっつき虫ビッシリの刑に処された彼女達も、黙ってはいなかった。

「あ、あなた！　なんてことをしてくれたのっ！」

「仕立てたばかりのドレスですのに！　どうしてくれるのかしらっ！」

「ひいっ！　びっしり！　こわい！　やばい！」

涙目でこちらを睨みつけながら、肩を怒らせた令嬢達がズンズンと近づいてくる。その際、件《くだん》の茂みを踏み荒らしたせいで、彼女達のドレスの裾にはさらにひっつき虫が増えた。

『おおっ、見ろ！　すごい顔じゃな！　山姥みたいじゃわい！』

「山姥の概念も、私の中にあったの？」

目の前まで迫った令嬢達の形相は、確かに凄まじかった。

もしも私が猫だったなら、耳を横に倒してイカ耳になっていたに違いない。

「お、落ち着いてください……といいますか、もしかして私に怒ってます？」

「「「だって、ネコちゃんに怒れるわけがないでしょう!!」」」

「アッ、ハイ……ごもっともで……」

『お？　お？　やんのか？　やんのか、こら！』

当のネコは猫パンチで応戦する気満々だ。

子ネコ達も興奮して、私の肩や頭の上で跳ね回り始めた。

「あなた！　ちょっと殿下に目をかけられているからって、調子に乗っているんじゃありませんこと？」

令嬢の一人が、私に摑み掛からんと手を伸ばしてくる。

ネコのクリームパンみたいな前足の先から、シャキンと爪が飛び出した。

子ネコ達も臨戦態勢に入り、ついにリアルキャットファイトが始まってしまうのかと思った――その時だった。

「随分と騒がしいですこと」

凜として美しい――しかし、三人の令嬢達よりもさらに高慢そうな声がその場に響いた。

聞き覚えのあるそれに、私がぱっと背後を振り返る一方、令嬢達はたちまち身を強張らせる。

「こんにちは、ロメリアさん」

「「ロ、ロメリア様……」」

バラのトンネルから、二人の女性が現れた。

声をかけてきたのは、満開のバラさえ引き立て役にしてしまいそうなほど、とにかく美しい人だ。

緩くウェーブのかかった長い金髪に、エメラルドみたいな翠色の瞳。肌なんてまるで陶器のようで、精巧に作られたフランス人形を彷彿とさせる。

しかも、レースだらけのフェミニンなドレスではなく、腰がきゅっと締まった濃紺の軍服風ドレス姿が余計に目を引く彼女の名は、ロメリア・ミットー。先ほど一緒にお茶をした、ミットー公爵の長女で准将の妹――さらには、現在ミケの結婚相手として最も有力視されている女性だ。

ひっつき虫だらけの令嬢達よりずっと身分の高いロメリアさんは、じろりと私を見て言った。

「邪魔ですわね。そこをおどきなさい」

「あっ、ごめんなさい！」

慌てて道を開けると、彼女は編み上げブーツの踵をコツコツ鳴らして横を通り過ぎていく。固まる令嬢達には、目もくれなかった。

『おーい、待て待て、公爵家の娘！　このキュートなネコちゃんを抱っこせいっ！』

またもや私の腕から飛び下りたネコが、なあんなあんと猫撫で声を上げながらロメリアさんを追った。世界征服を目論むネコとしては、王家に次ぐほどの地位にあるミットー公爵家も全員押さえておきたいのだろう。

その声に気づいて立ち止まったロメリアさんが、足下に擦り寄るネコを無感動な目で見下ろす。かと思ったら私に向き直り、白い顎をツンと反らして言った。

「そんなところでいつまでも油を売っているなんて、おタマは随分とお暇なのかしら。いいご身分ですわね」

その高圧的な口ぶりは、小説や漫画の中でヒロインをいじめる悪役令嬢をイメージさせる。

しかし、令嬢達に意地悪を言われた時とは違い、ロメリアさんに対して感じが悪いなんて、私は少しも思わなかった。

「ロメリアさん、王宮まで一緒に行ってくださるんですか？」

「そのようなこと、わざわざ尋ねずともわかりますでしょう。察しのよろしくない方とは、会話したくありませんわ」

「えへへ、そうおっしゃらずに。私は、もっとロメリアさんとお話ししたいです」

「まあ……相変わらず、おタマはおかしな子ですこと」

ロメリアさんの言葉を額面通りに取ってはいけないのは、私はこの半年の付き合いでよくよく理解している。

何しろ彼女はマンチカンの方のミケにも引けを取らない、ツンツンツンツンツンデレなのだ。

ぐずぐずしている私への嫌味に聞こえる今の言葉だって意訳をすると、おタマ、早くこちらにいらっしゃい、だ。

するとここで、ロメリアさんに見向きもされなかった令嬢達がわなわなと震え出す。

「どうして……どうして、殿下のみならずロメリア様まで、この女に心をお砕きになるのですかっ！」

「私達は、ロメリア様を差し置いて、こんな得体の知れない女が殿下のお側に置かれるのは納得がいかないのですっ！」

「ネコ達だけ残して、この女は即刻城から……いいえ、ベルンハルトからも摘み出してしまいましょう！」

私に対する負の感情を爆発させた彼女達が、再び手を伸ばしてこようとした。その鬼気迫る表情に、子ネコ達が毛を膨らませて威嚇する。

しかしながら、令嬢達の手が私に届くことはなかった。

「タマコ嬢に、お手を触れないでいただけますか。ロメリア様はそれをお許しになりませんよ」

涼やかな声でそう告げて令嬢達の前に立ち塞がったのは、ロメリアさんとともにバラのトンネルから現れた、もう一人の女性。

彼女は、すらりと背の高い男装の麗人だった。

「メルさん、こんにちは」

「「「「ミーミーミー！」」」」

「こんにちは、タマコ嬢。ふふ……子ネコさん達も、ごきげんよう」

メル・ヒバート――メルさんは、ストレートの長い黒髪をポニーテールにし、ミケや将官達とは異なる真っ白い軍服を身に着けていた。

凛々しい出立ちだが、私の肩や頭から飛び移ってきた子ネコ達に擦り寄られ、くすぐったそうに笑う姿は可愛らしい。

メルさんはベルンハルト王国軍に所属しているわけではなく、ロメリアさん専属のボディガードであるらしい。男爵家の令嬢で、ミットー公爵家とは遠縁に当たるのだとか。

二人ともミケと同い年なので、私より五つばかりお姉さんである。

令嬢達は、腰に剣を提げたメルさんの登場に一瞬たじろいだが、彼女の中性的な美貌を目にするとたちまち頬を染めた。

メルさんはそれに苦笑いを浮かべつつ、私の耳元に囁く。

「ロメリア様の執務室から東屋の様子が見えていたのです。そこに、タマコ嬢が向かっているのにお気づきになられまして……」

「それで、わざわざ駆けつけてくださったんですか!?」

ロメリアさんの執務室は、私がさっきまでお茶をしていた会議室と同じく軍の施設にある。彼女は軍医で、半年前にナイフで刺された私の左脇腹を縫ってくれた人でもあった。

私にとっては命の恩人ともいえる相手を足下から見上げ、ネコがフンと鼻を鳴らす。

『この女も、王子と同じ特殊嗜好の持ち主じゃな……我の魅了が一向に効かんというのに、珠子には見事に絆されておるわい』

可愛子《かわいこ》ぶって愛嬌を振り撒くネコに対しても、メルさんに抱かれてミーミー甘える子ネコ達に対しても、ロメリアさんが父や兄のようにデレる素振りはない。

彼女はミケと同じく、ネコ達のフェロモンが効かない代わりに、私のなけなしのフェロモンに反応する体質らしかった。

なお、この特異体質……現時点で判明しているのは、ミケとロメリアさんと、他にもう一人いるのだが、今は割愛する。

「メル、余計なことは言わなくてよろしい。おタマはさっさとなさい」

ロメリアさんはぴしゃりとそう言うと、ネコをハンドバッグみたいに小脇に抱えた。

「ロメリアさんって、ネコには全然デレないのに、邪険にもなさいませんよね」

「ええ、ロメリア様はお優しい方ですから。小さきもの、弱きものは、殊更大切になさいます」

子ネコまみれでほくほくのメルさんとそう言い交わしつつ、私はさっさと歩き出した美しい人を追いかける。

一方、三人の令嬢達は呆然と立ち尽くしていた。

最後までロメリアさんには一瞥さえもらえず、しかも、自慢のドレスはひっつき虫だらけという惨めな姿に、私はついつい同情しかけたが……。

「侯爵家を筆頭に、武官を輩出していない家のお嬢さんばかりですね。日が高いうちからおしゃべりに興じるとは、気楽なものです」

「戦場を見てきた者と、安全な王都に引きこもっていた者の間には温度差がある――これは、いたしかたないことですわ」

メルさんは呆れたように、ロメリアさんは冷ややかに言う。

彼女達の間に挟まれた私は、小さくため息を吐いた。

「あの人達が今ああして無為に時間を過ごせるのは、ミケや将官の皆さん、それにロメリアさんやメルさんのように命を賭して戦った人達のおかげなのに……」

ベルンハルト王国とラーガスト王国の戦争に関し、私は完全なる部外者だ。

しかし、この戦争が後者の一方的な宣戦布告により始まり、ベルンハルト王国は自国の領土と民を守るために戦ったのだということは知っている。

「戦争に勝ってからも、ミケ達は会議室に場所を移して戦い続けています。それを、あの人達はご存知ないのでしょうか。ミケ達の苦労を蔑《ないがし》ろにされているみたいで……悔しくなってしまいます」

そう呟いて唇を噛む私の頭を、ロメリアさんはネコを抱えていない方の手で優しく撫でた。

「有象無象に心を煩わせる時間など無駄ですわ。もっと、建設的に生きなさい」

「建設的……あっ、そうだ！　実は今夜、王妃様と女子会をするんですが、ロメリアさんとメルさんもご一緒にいかがですか？　好きな人を誘っていいと言っていただいているんです！」

「あら……女子会とは、何ですの？」

「女子が飲み食いしながら、建設的な話をする私的な集まりのことですよ！」

王妃様とは、実はもう何度も女子会をしているが、ロメリアさんやメルさんを誘うのは初めてのことだ。

ロメリアさんが乗ってきてくれたのが嬉しくて、私は令嬢達のことなどどうでもよくなった。

子ネコ達に頬擦りをしつつ、メルさんも弾んだ声で言う。

「それでしたら、手土産が必要でございますね。ロメリア様とタマコ嬢が王宮にお入りになりましたら、私は一度屋敷に戻ってワインでも……」

「あ、大丈夫です、メルさん！　ワインは、侍従長さんからなんかいい感じのやつを掻っ払ってきてくれるはずです！　ミケが！」

「おタマ……あなた、殿下使いが荒いですわね。なんかいい感じのやつ、とは何ですの」

私達が和気藹々と言い交わす中、ロメリアさんの小脇に抱えられたネコがニンマリと笑った。

『いいぞいいぞ、珠子！　その調子で、そやつらの好感をキープしとけよ！　我らがこの世界を制すためにな！』

そんな毒親の言葉なんて、私は聞こえないふりをした。

6　知りたくなかったこと

なみなみと、淡い琥珀色の液体がグラスに注がれる。

ミケが侍従長から掻っ払ってきてくれたのは、甘口の白ワインだった。

それと同じ色をしたまんまるの目が、至近距離から見つめてくる。ネコの目だ。

『おい……おーい？　珠子ぉ？　珠子やーい？　お前、焦点が合っとらんぞ？　大丈夫か？　我のこのキュートな後ろ足、指は何本に見える？』

「……よんほん」

『いや、そんなわけっ……合っとるな』

「猫ちゃんの後ろ足の指は、四本ずつ……」

母親気取りのネコは、私が酔い始めているのに気づいてそわそわしている。

時刻は、午後九時を回ったところ。

場所は、王宮の奥も奥――王妃様のプライベートスペースである。

大きなテーブルの上には所狭しと酒の肴が並び、空になったワインボトルが何本も立てられていた。

その隙間をぴょんぴょんと跳ね回り、五匹の子ネコが追いかけっこをして遊ぶ。

テーブルは四脚の革張りのソファで囲まれており、ネコを膝に乗せた私はその一つの真ん中に陣取っていた。そして……

「どうしたどうした、おタマちゃん！　酒が進んでいないではないかー？」

「まあ、おタマ。このわたくしの注いだ酒が飲めないなんて言いませんわよね？」

「ううーん、圧がすごいいい……」

アッシュグレーの髪と青い瞳のイケおじと、フランス人形みたいな美女に挟まれ、目下アルハラに遭っているところだ。ミケの父親であるベルンハルト国王と、ミットー公爵令嬢ロメリアさんである。

今まさに私のグラスに白ワインを満たしたのは、後者だった。

『こぉら、おっさんとツンデレ娘！　国王じゃか公爵令嬢じゃか知らんが、珠子にこれ以上飲ませるのはやめい！』

「おお、何だい何だい、おネコちゃん？　君も飲みたいのかね？」

「だめですよやめてくださいい猫ちゃんにアルコールは厳禁です飲ませようものなら国王様だろうとぶっとばします」

「わははは！　わかったわかった、おタマちゃん！　おネコちゃんには酒は飲ませません！　誓います！　だから、息継ぎして！」

私を宥めた国王様は、ネコを抱き上げようとして高速猫パンチを食らっている。一国の君主にもかかわらず、クリームパンみたいなおててに連打されて、むしろ嬉しそうだ。

反対隣に座ったロメリアさんは、ワイングラスを片手で回しながら、もう片方の手で私の髪を撫でて回していた。こちらはまるで、猫を愛でるマフィアのボスみたいだ。

私はそんな二人の間でグラスに口をつけようとしたものの、ふいに後ろから伸びてきた手にそれを取り上げられてしまう。

「タマ、酒は終いだ。父上もロメリアも、タマに無理をさせないでくれ」

私の代わりにグラスを空にしたのはミケだ。

王妃様と企画し、ロメリアさんとメルさんを誘って始まった女子会は、途中からミケと国王様が乱入してただの飲み会となった。

ミケと王妃様とメルさんの三人は、ザル。

一方、ロメリアさんはあまり酒に強くはなく、国王様もできあがっているように見えるが……こちらはなかなかの狸なので、本当のところはわからない。

私はというと、ワインを二杯飲んだところでほどよく酔いが回って、三杯目は今まさにミケに阻止されてしまった。

「かぁわいいなぁ、おタマちゃんは。もうおじさんちの子になってしまいなさい」

「うーん……じょりじょりする……ほっぺがすりおろされる……」

「おタマ、わたくしの妹の座も空いておりましてよ」

「わ……いいにおい……ロメリアさんのいもうとに、なりゅ……」

『こぉらあ、珠子！　お前はこの我の娘じゃろうが！　珠子は、ネコちゃんちの子っ！』

「うん……わたしは、ネコちゃんちの……」

やんごとなき酔っ払い達とネコに、三方から迫られる。

見かねたミケが私の両脇の下に手を突っ込んで、彼らの間から引っこ抜いてくれた。

その拍子に私の膝から転がり落ちそうになったネコは、くるりと器用に体を反転させ、テーブルを飛び越えて向かいのソファに移動する。

そこに座っていたのは、ミケと同じ金髪碧眼で、清廉とした雰囲気の美女——この部屋の主である、王妃様だった。

「あらあら、いらっしゃいませ、おネコさん。撫でてもよろしいかしら？」

『うむ、くるしゅうない！　好きなだけモフるがよいぞ！　ママ友同士、仲良くせねばなっ！』

「まあまあ、なんて素敵なもふもふ……癒やされるわぁ」

『ぬははは！　そうであろうとも！　我ほど愛すべきものは、そうそうおるまいっ！』

この日の昼間もハーブのキャンディを作っていたように、お菓子作りと薬草を育てるのが趣味な王妃様は、白魔女っぽい雰囲気がある。彼女にもネコのダミ声は聞こえないはずなのだが、不思議と会話が成立していた。

ネコと穏やかに触れ合う王妃様に、国王様が子供みたいに唇を尖らせる。

「いいなー、いいなー、私もおネコちゃん抱っこしたいなー」

「うふふ、陛下はしつこく構うから嫌われるのですわ。おネコさんにも子ネコさん達にも——おタマちゃんにも」

「――えっ!?　ま、待ってほしい！　おネコちゃんと子ネコちゃん達については自覚はあるが……おおお、おタマちゃんまで!?　おタマちゃん、そうなの？　どうなの!?」

「いえ、別に国王様のこと嫌いじゃないですよ。しつこいとは思いますが」

メンタル超合金の国王様からは、糧となる黒い綿毛がほとんど収穫できないらしく、ネコ達に全く人気がない。

私のフェロモンしか効かないミケやロメリアさんも、もふもふ達からあまり期待されていなかった。

一方、王妃様とメルさんは明らかに彼らに好かれている。

二人とも常に穏やかで慈愛に満ちた微笑みを浮かべているため、一見負の感情とは無縁のように思えるが……

『表に出さずとも、いろいろ抱えとるようじゃなあ』

ネコはヘソ天で寝転がって甘えると見せかけ、王妃様の胸からポロポロとこぼれ出す黒い綿毛を食らう。

いつの間にか追いかけっこをやめていた子ネコ達もメルさんに集まり、四方八方からじゃれつきつつ食事に勤しんでいた。

私は酔いでふわふわした心地の中、そんな光景をぼんやりと眺める。

「タマ、大丈夫か？　ひとまず水を飲め。つまみは食うか？　何がいい？」

「ん……おとうさん……？」

「いや、お父さんではない。せめてお兄さんにしろと言っただろう」

『そうじゃぞ、珠子！　間違えるな！　お前の親は、このキュートな我だけじゃろ？』

「あらあら、うふふ……可愛い妹ができてよかったわねぇ、ミケランゼロ」

母に揶揄《からか》われたミケはコホンとわざとらしい咳払いを返しつつ、小さなパンの上に野菜とチーズが載ったピンチョスっぽいおつまみを私の口に入れる。

私もお返しに、彼のグラスにワインを注いだ。

視界の端では、子ネコまみれのメルさんもロメリアさんに軽食を勧め、さりげなくワインを飲むペースを抑えさせている。

上戸《じょうご》がストッパーを務めてくれているおかげで、酒に強くない私とロメリアさんも正体をなくすほど酔う心配はなさそうだ。

王妃様は逆に、よちよち歩いて隣に移動してきた国王様のグラスに、なみなみとワインを注ぎ足したが。

懲りずにネコを撫でようとした国王様は、やっぱり猫パンチを食らっていた。

ともあれ飲み会は、和やかな雰囲気のまま終わるかと思われた。

もう何杯目かもわからないグラスを空けた国王様が、王妃様の肩を抱いて思いもよらぬ話を振るまでは。

「いやはや、おタマちゃんが何事もなく回復して本当によかったな。素っ裸で現れた女の子が、倅《せがれ》に代わって凶刃を受けた、なんて報告を受けた時にはどうなることかと思ったがね」

「まあまあ、陛下……余計なことをおっしゃいましたわ」

私は、水の入ったグラスを取り落としそうになった。

ミケが受け止めてくれたおかげで床を濡らさずに済んだが、そのお礼を言う余裕もない。

「こ、ここ、国王様……？　今なんて、おっしゃいました……？」

「おタマちゃんが元気になってくれて、おじさんうれしーっ、と」

「じゃなくて！　あの……は、はだっ、はだかって……私が、ですか……？」

「うん？　そう聞いているが？」

ガツンと頭を殴りつけられたような衝撃に、ほろ酔い気分が一気に吹き飛ぶ。

王妃様の膝の上で顔を洗っていたネコが、にちゃあっと笑った。

『なーにを今更驚いておるか！　世界と世界の狭間で再生されたのは、我と珠子の細胞だけに決まっとろうが！』

「そんなっ……」

そんなこと、知らなかった。

服がログアウトしていたなんて――知りたくなかった！

「はっ……はずかしいいいいっ!!」

「タ、タマ、気にすることはないぞ？　ほら、あの時は天幕の中もひどく混乱していたからな。誰も注視してはいな……」

「いいえ！　わたくしはがっつり拝見いたしましたが？　何でしたら、手当のついでに全身隈なく検分して差し上げましたわ！」

「あああっ……ロメリア様、いけません！　タマコ嬢、大丈夫ですよ？　私は、少ししか見ておりませんからね？」

わっと叫んで両手で顔を覆う私を、ミケが慌てて宥めようとする。

対するロメリアさんは胸を張って追い討ちをかけ、メルさんは必死にその口を塞ごうとした。

恥ずかしさがピークに達した私は、ミケの手からグラスを奪い……

「珠子、飲みまぁああああすっ!!」

「あっ、こらっ……！」

生まれて初めて、やけ酒を呷った。

7　ミケの背中

時刻は午後十一時を回った。

窓の向こうに見える山際に、上弦の月が沈みかけている。

私はその金色から、目の前の金色に視線を移し、ほうとため息を吐いた。

「私はどうして、ミケにおんぶされてるんでしょ……」

「ふらふら歩いていたタマが、ついに柱に向かって明日の天気の話を始めたからだな」

「明日はねー、雨ですって」

「……柱が言っていたのか？」

やんごとなき飲み会は、つい先ほど解散となった。

ギックリ腰持ちの国王様は王妃様に手を引かれてよちよち寝所に引っ込み、ロメリアさんはメルさんを引き連れて軍の施設に向かった。軍医であるロメリアさんの執務室は、当直もできる仕様になっているらしい。

私もネコ達を連れ、ミケと一緒に居室に帰ろうとしていた。

ふさふさのしっぽをフリフリしながら前を歩くネコの背中には、五匹の子ネコがしがみついている。

「オポッサムみたい……ミケ、この世界にオポッサムはいますか？」

「さて、聞いたことのない名だ。それは動物か？」

「子供を背中に乗せて活動する動物です。敵に襲われると、死臭まで演出して死んだふりをします」

「いやなやつだな」

王宮の最も奥まった場所にあるこの一角は、王家のプライベートスペースとなっていた。飲み会が開かれた王妃様の居室から私達の部屋までは、廊下で繋がっている。

使用人の姿はまばらで、恐れ多くも王子殿下におぶってもらっている私を見咎める者もいない。

「でも、おんぶでよかった……お姫様抱っこだったら、さすがに恥ずかし死《し》んでました」

「死ぬなんて言葉を容易に使うな。……まあ、そのお姫様抱っことやらをタマにしたことは、あるんだがな」

「えっ!?　い、いつ……？」

「……タマが、私の膝の上で刺された後だ」

「それって、私が素っ裸だった時――せっかく、忘れかけてたのに！　何で蒸し返したんですかっ!?」

「まことにすまんかった」

ネコ達と同様に、私はベルンハルト王国どころかこの世界の人間でさえない。にもかかわらず、王子殿下の命の恩人という触れ込みにより、その私室の隣に部屋を与えられるという破格の待遇を受けていた。

何より、ミケが私に対してとにかく甲斐甲斐しいのだ。

「ともあれ、タマが安全に飲めるのはワイン二杯までだということが判明したな。自衛のためにも、己の限界を把握しておくのは大事なことだぞ」

そう言うミケ自身は随分と杯を重ねていたと思うが、酔っている気配は少しもない。ただし……

(昼間に会議室でお茶した時よりも、疲れてるみたい。体も――心も)

私が王妃様と催したのは文字通りの女子会だったが、ミケと国王様――現在国軍の全権を任されている王子と、療養中とはいえ国家のトップが、ただ愉快にさし飲みをしていただけとは考えにくい。

きっと、女子会に乱入する前に戦後処理や国防に関わる重要な話し合いがなされたのだろう。

私は目の前の金髪を、それこそマンチカンの方のミケにしていたみたいに丹念に撫でた。

「ミケさん、すごいねぇ、えらいねぇ。いい子いい子」

「なんだどうした。急に褒められたな？」

「人一倍仕事をして、お酒の付き合いにも参加して、さらに私の面倒まで見てくれるなんて……ミケはえらい！　百億万点！」

「ははっ、思わぬ高得点がもらえて恐悦至極」

黒い綿毛がミケから舞い上がり、私は一刻も早く彼から遠ざけようと手で振り払う。

ふわふわと宙を舞うそれらは、ネコの背中に乗っていた子ネコ達がぴょんぴょん飛び跳ねて食べてしまった。

「不思議だな……タマといると、体も心も軽くなるような気がする」

ミケが小さなため息とともに呟く。

今まさに私をおぶってくれているこの背には、いったいどれほどの責任がのしかかっているのだろう。自分自身の限界は無視してしまいがちなミケが、私は心配でならなかった。

逆に、前を行くネコは振り返ってほくそ笑む。

『ぐっふっふっ、いいぞぉいいぞぉ。そのまま珠子に依存しまくって、最後にはこのおネコ様に世界を差し出すがいい！』

「そうはさせない――ミケも、ベルンハルトも、この世界も、私が守るんだから」

「どうした、タマ。急に壮大なことを言い始めたな」

背中におぶわれたまま意気込む私に、ミケが笑った。

ネコの言葉を解さない彼には、酔っ払った私がうわ言でも言っているように思われただろうが、それでいい。

異世界生物が世界征服を目論んでいるなんて教えて、心労を増やしたくはなかった。

「安心してくださいね、ミケ。ネコの好きになんて、させませんからね」

「今夜は随分と頼もしいじゃないか、タマ」

人目がないのと、酔って気持ちが大きくなっているのをいいことに、私はさらに目の前の金髪を撫で回す。

ミケは、子ネコ達にじゃれつかれるメルさんみたいに、くすぐったそうに笑った。

そんな私達を眺めて、ネコはなおもぐふぐふと品のない笑い声を上げていたが、ふいに何かに気づいて、にゃっ！　と顔を輝かせる。

『極上の夜食、キタコレー!!』

廊下の向こうから、侍従長が歩いてきた。

大勢の使用人達を束ねる立場にあり気苦労の絶えない彼は、ネコ達に大人気だ。

本日に至っては、なんかいい感じのワインを二本も掻っ払われたため、その犯人たるミケを見つけて塩《しょ》っぱい顔になった。

そんな侍従長に、ネコはさっそく猫撫で声を上げて擦り寄っていく。

『むっふっふっ……今夜も随分溜め込んどるじゃないかー？　こりゃ、朝まで爆食いコースじゃな！』

「こんばんは、ネコさん。聞いてくださいよ。今日はとんでもない悪童に、秘蔵のワインを二本も奪われてしまいましてね」

背中にしがみついた子ネコ達ごとネコを抱き上げた侍従長は、とんでもない悪童ことミケと、その背におぶわれた私を見て肩を竦めた。

ネコはゴロゴロ喉を鳴らして侍従長の胸に額を擦り付け、ジャケットを毛だらけにしている。

さらに、子ネコ達までじゃれつき始めると、いつも隙のない老紳士でさえもメロメロになった。

ところが、一匹の子ネコが彼の袖口に顔を突っ込んで遊ぶ姿を目にし――

「あああーっ！　た、大変っ……忘れてたぁっ!!」

突然叫んだ私に、ネコはびくーんとして毛を逆立て、ミケは目を丸くして振り返る。

『珠子ぉ、やかましいっ！　何事じゃいっ！』

「タマ、どうした？　何を忘れていたと？」

「きょ、今日生まれた子を……ミットー公爵閣下の袖に隠れた子を一匹、回収し忘れてましたっ！」

昼間に軍の会議室において、私がネコの腰付近から無理矢理引き剝がしたことにより誕生した、あのゴルフボール大の毛玉のことだ。

その存在を今の今まですっかり忘れていたことに、私もネコも蒼白となる。

そんな私達を――この翌朝、思いも寄らない展開が待ち受けていた。

「ええっと……これって、どういうこと……？」

『おおお、お前……わ、我の子、か……？』

ミットー公爵に連れられて王城に戻ってきた末っ子は、もう毛玉ではなくなっていたばかりか

……

『おはよっ！　母ちゃん、きょうだい――それから、珠子姉ちゃん！』

「『しゃ、しゃべったぁ――!?』」

ミーミー鳴くばかりの真っ白い子ネコとも違う、まったく新しいネコの姿に進化していたのである。

第二章　ネコは増殖する

1　ラーガストの末王子

『おれ、ミットーさんちの子ににゃる！』

『ならーんっ!!』

ネコファミリーに、突如激震が走った。

この前日、私の手によりネコから引き剝がされたゴルフボール大の毛玉。

うっかりミットー公爵の左袖に潜り込んだままお持ち帰りされてしまったそれは、一夜明け、劇的な変身を遂げて私達の前に現れたのである。

『おれ、ミットーさんが寝てる間にいーっぱい食った。食えるだけ食った。そしたら——こうにゃった！』

にゃんっ！　と元気いっぱいに鳴いたのは、小麦色の毛並みにヒョウのような黒い斑点のある、ベンガルを彷彿とさせる子だ。

この世界に生息する大型の猫っぽい動物レーヴェにもそっくりらしい。

サイズ的には、ベンガルとしてなら成獣だが、レーヴェならば幼獣といったところか。

『かつてレーヴェとやらの飼育に失敗した後悔が、あの公爵の中で幅を利かせとったんじゃろうよ。一晩中あやつに張り付いて負の感情を食らい尽くした、我の子の姿形に影響が及ぶほどにな』

ネコはしっぽでバンバン床を叩きながら、不機嫌そうに言う。

決定打となったのは、今朝になって毛玉の変貌に気づいたミットー公爵が、手放したレーヴェの名を与えたことだった。

『おれ、〝チート〟ににゃった。前のヤツの分まで、ミットーさんと一緒にいるにゃ！』

『許さーんっ!!』

『うるせーにゃ！　母ちゃんがダメっつっても、ミットーさんちの子ににゃるしっ！』

『おおお、おまええええっ……生後一日未満で、もう反抗期かいっ……!!』

などと怒鳴り合いながら、〝ブリティッシュロングヘアっぽいの〟対〝ベンガルっぽいの〟で、猫パンチの応酬が始まった。

通り掛かった人々は、とたんにほっこりとした表情になる。

ネコ語を解さない彼らには、ただもふもふがじゃれ合っているだけのように見えるのだろう。仲良しねぇ、なんて見当違いの感想まで聞こえてくる。

先に生まれていた五匹の子ネコも、一夜にして強烈な個性を手に入れた末っ子に興味津々だ。

ミーミー、ミーミー、賑やかな彼らを抱えつつ、私はヒートアップする親子喧嘩におろおろする。

「ちょ、ちょっと、落ち着いてよ。ケガするってば……」

『もらったにゃー！』

『へぶっ……!!』

そうこうしているうちに、末っ子チートの右フックが顔面に入り、ネコが後ろにひっくり返った。ベンガルっぽいだけあって、チートは手足が長くて筋肉質なのだ。

おおっ、と観客からどよめきの声が上がる。

『母ちゃんの分からず屋っ！　報告しに来ただけだから、おれ、もう行くにゃっ！』

チートはそう捨て台詞を吐いて、軍の施設のある方へと走っていってしまった。きっと、ミットー公爵のところに戻るのだろう。

一方、生後一日未満の我が子にノックアウトされてしまったネコはよほどショックを受けたのか、仰向けに転がったまま微動だにしない。

私の腕から飛び下りた子ネコ達が、ミーミーと鳴きながら硬直した母の顔を舐めまくる。

心配そうな周囲の視線に急かされ、私は仕方なくネコを抱き上げた。

「えーっと……まあ、元気出しなよ。自立心の高い子で、頼もしいじゃない」

『ううう……我は、あいつが生まれてまだ数秒しか一緒に過ごしとらんのに、あんな人間のおっさんに掻っ攫われるなんて……』

「でも、ミットー公爵閣下は甲斐性のある方だし、ミケと一緒で立場上悩みが多いだろうからあの子も糧には困らないんじゃないかな？　そんな心配しなくても……」

『心配なんぞしとらーんっ！　この我を差し置いて、あんなおっさんに懐くのが気に入らんと言っとるんじゃあっ！』

ネコがにゃーにゃー喚いて八つ当たりをしてくる。

眉間に肉球スタンプを押されて非常に迷惑していると、ふいに自分を呼ぶ声が聞こえてきた。

「タマコさーん！　よかった、ここにいらっしゃったんですねー！」

息急き切って廊下の向こうから駆けてくるのは、顔見知りの若い侍女だ。運悪く侍従長に見つかって、廊下は走らない！　と叱られ、途中からは早歩きになって私のもとまでやってきた。

「こんにちは。何かありましたか？」

「それがですね……あ、その前に！　ネコさん抱っこしていいですか？」

「どうぞどうぞ」

「ありがとうございます！　……ふわぁ、キマるわぁ！」

ネコは、合法ドラッグか何かなのだろうか。

お腹のもふもふの毛に顔を埋めてひとしきりネコを吸った侍女は、さっきより頬をツヤツヤさせながら本題に入った。

「タマコさん、少しお時間をいただけませんか？　――トライアン様が、昨日の夜から食事を召し上がってくださらないんです」

正午を前にし、廊下の窓から見える空が濁った色の雲で覆われ始めていた。

『ふん……ヒゲが湿気《しけ》ってきおったわい。珠子、雨が降っとるんじゃないか？』

「まだみたいだけど……降りそうではあるよね」

私に抱っこされたネコが、ブツブツ文句を言いながら前足で顔を洗う。

私の肩や頭に乗っている子ネコ達も、一斉に真似をし始めた。

猫が顔を洗うと雨、というのは迷信ではなく、ヒゲが空気中の湿気を敏感に感じ取っているせいなのだとか。

先ほど声をかけてきた侍女とともに、私とネコ達は王宮の一角にある部屋を訪ねた。侍女は、籐のバスケットを抱えている。

もともとここには、二日に一度は顔を出すようにしているため、扉を守る衛兵の厳めしい顔がネコ達を前にしてとろけるのも見慣れたものだ。

昨日の午前中も私と一緒にここを訪れていたネコは、これ見よがしにため息を吐いた。

『珠子よ……お前、ここに顔を出しておること、あの王子に言っとらんだろう？　バレたら絶対にいい顔をせんぞ』

「それがわかってるから、ミケには黙ってるんじゃない。国王様から直々に頼まれたことだから断れないし、そもそも、私もあの子のこと心配だし……」

私の言う〝あの子〟は、衛兵が扉を開いたとたん、ぱっと顔を輝かせて駆け寄ってきた。

「――タマコ！」

「トラちゃん、こんにちは。お加減いかが？」

所々黒いメッシュの入った銀髪がサバトラ猫っぽい、中性的な容姿をした少年である。

十五歳になるらしいが、まだ声変わりも終わっておらず、白いシャツと黒いズボンに包まれた体は随分と華奢だ。

(成人しているミケやムキムキの将官さん達に見慣れているから、ますます繊細な感じに見える……)

私はそんな彼の長めの前髪を掻き上げるようにして、額に触れた。

蜂蜜みたいな金色の瞳が、私の一挙手一投足を見つめている。

「熱は……ないのかな。昨日の夜から食べていないって聞いたけど、どうしたの？　お腹痛い？ロメリアさんに診てもらおうか？」

「いやだ！　あの公爵令嬢はなんか怖いから、絶対いやっ！　熱もないし、お腹も痛くない！」

「ロメリアさん怖くないよ、面白いよ？　いや、でも……ご飯が食べられないのは心配だなぁ」

「……食べられないんじゃなくて、食べたくないだけだよ。だって、部屋に閉じ込められてて退屈なんだもの。お腹なんか空かないよ」

唇を尖らせながらも、甘えるみたいに私に擦り寄ってくる少年の名は、トライアン・ラーガスト。ベルンハルト王国との戦争に敗れた、ラーガスト王国の末王子である。

『図太い小僧じゃ。捕虜になって敵国の王宮に軟禁されとるっちゅーのに、悲愴感も何もあったもんじゃないな』

ネコが何やら憎々しげに呟いて、私の腕から飛び下りた。

トライアン王子——トラちゃんの方も、ネコや子ネコ達には見向きもせず、そのくせまるで猫がじゃれつくみたいに私の肩に頭を乗せてくる。

半年前に初めて対面した時は、私より背が低かったはずなのに、いつの間にか目線の高さが同じになっていた。きっと追い抜かれるのも時間の問題だろう。

そんな成長期真っ只中にある子が食事を抜くなんて、よろしくない。

「退屈しのぎになるかどうかわからないけれど、昼食用にいろいろバスケットに詰めてもらったんだ。トラちゃん、少しでもいいから食べてみない？」

「……うん」

トラちゃんの世話係である侍女から相談された私は、軟禁生活に飽き飽きしている彼が楽しめる食事とはどのようなものだろうと考えた。

そうして思い付いたのが、巻き寿司ならぬ巻きサンドイッチだ。

侍女が抱えているバスケットには、その一式が詰め込まれていた。

「薄切りにした四角いパンに好きな具材を載せて、くるくる巻いて食べるの」

「へえ……面白そうだね」

「王宮の厨房にお願いして、具材もたくさん用意してもらったんだよ。生野菜に燻製肉、チーズやフルーツ、ディップもいろいろ！　トラちゃんは何が好きかな？」

「僕、食べられないものはないけど……好きなものも特にない、かな……」

好きなものはない、とは随分と寂しいことを言うものだ。

私はたまらず、自分の肩に乗っているトラちゃんの頭を撫でた。

すると、でも、と彼が小さく呟く。

「タマコが食べるなら、僕も食べようかな……食べ終わるまで、一緒にいてくれるでしょ？」

「うんうん、もちろん一緒にいるよ！　一緒に食べようね！」

まだ幼さの残る少年のいじらしい言葉に、私は大きく頷いて返す。

一方ネコは、私達の足下でフンと鼻を鳴らした。

『あざとい小僧め。恥ずかしげもなく珠子に依存しおって』

「タマコ、いい匂い……何だかほっとする……」

トラちゃんは、ミケやロメリアさんと同じく、ネコ達のフェロモンが効かない代わりに私の影響が及ぶ体質だった。ミケと同じようなことを言いつつ、またたびを前にした猫のごとく擦り寄ってくる。

甘えん坊の弟ができたみたいで可愛くて、私はまたトラちゃんの髪を撫でた。

その際、黒い綿毛も払い落としたのだが、トラちゃん本人にも、世話係の侍女にも見えてはいない。

「「「「ミーミー！　ミーミーミー！」」」」

一方、嬉々としてそれにぱくつく子ネコ達を尻目に、ネコはさっさと窓辺に移動してしまった。

末っ子チートに反抗されてご機嫌斜めなのもあるが、そもそもネコはこの部屋に来ることに――もっと言うと、トラちゃんに対しても好意的ではないのだ。

そのため、私をジロリと見ては、ブツブツと文句を言い始める。

『まったく！　珠子の図太さには呆れるな！　よくも、平気な顔をしてそやつと会えるもんじゃ！　忘れたわけではあるまい！　何しろ、その小僧は――』

その時だった。

バン！　とノックもなく扉が開いて、驚いたネコがぶわわっと毛を膨らませる。

私は飛び上がりそうになり、トラちゃんもはっとした顔で扉の方を見た。

「――タマ、そいつから離れろ」

大股で部屋の中に入ってきたのは、ミケだった。

彼は、扉の前でおろおろする衛兵にも、慌てて頭を垂れる侍女にも目をくれず、一直線に私の方に歩いてくる。

そうして、二の腕を摑んで後ろに下がらせると、トラちゃんとの間に立ち塞がった。

トラちゃんは昏《くら》い目でミケを見上げ、どこか投げやりに呟く。

「僕がタマコと一緒にいるのが、許せないんだね。僕が――タマコを刺したから」

半年前。

ベルンハルト王国とラーガスト王国の最終決戦において、ミケを暗殺しようとベルンハルト王国軍本陣に飛び込んできたのは、トラちゃんだった。

彼の突き出したナイフは、ミケではなく、ちょうどその膝に異世界から転移してきたばかりの私に刺さったのである。

2　敵国の王子同士

ミケの髪と軍服には、水滴が付いていた。

やはり雨が降り始めたのかと思いつつ、私はそれをハンカチで拭う。

窓辺から移動して膝の上に乗ってきたネコは、また前足で顔を洗っている。

ネコがトラちゃんに好意的ではないのは、彼が私を刺した張本人だからだった。

ミケの剣幕に驚いた子ネコ達はネコのお腹の下に潜り込み、じっと観察している。ミケと……彼と対峙する、トラちゃんを。

（い、胃が痛い……）

ミケが侍女も衛兵も下がらせてしまったため、部屋の中の人間は彼とトラちゃんと私の三人だけになっていた。

元敵国同士の王子達が、テーブルを挟んでそれぞれソファに腰を下ろし、問答無用でミケの隣に座らされた私は、緊迫の状況に戦々恐々としていた。

（この世界に来る前の私だったら、きっと胃に穴が空いてた……）

しかしながら、今の私は一味違う。

異世界転移中にネコの細胞が混ざったせいか、少々図太くなったのだ。

私は、壁際に置かれた時計を目にして果敢にも挙手をする。時刻は、正午を過ぎていた。

「あのー、ミケさん。ちょっと、いいですか？」

「……なんだ」

「提案なんですけど……せっかくですので、一緒にお昼ご飯食べません？」

「……タマは腹が減っているのか？」

ミケは、そんな気分になれないと言いたげな顔をする。

それでも、私の話を一蹴しようとはしなかったため、遠慮なく続けた。

「私とトラちゃんは時間の融通がききますが、ミケは難しいでしょう？　お昼を食べ損ねたミケが、お腹を空かせたまま午後の仕事をする光景を想像すると……」

ここで、私の脳内にて、人間のミケがマンチカンのミケに置き換わる。

脳内の彼はお腹をグーグー鳴らしながら、短い前足で一生懸命書類にサインをし続けていた。その切ない表情に、たちまち打ちのめされた心地になる。

私は、隣に座るミケの金髪をなでなでしながら叫んだ。

「か、かわいそうすぎる――ひどい！　そんなの、鬼畜の所業ですよ！」

『やっかましいぞ、珠子ぉ！　情緒の忙しいやつじゃな、まったくっ！』

「いったいどんな想像をしたんだ……」

ネコは呆れていたが、ミケは毒気を抜かれたような顔になった。

トラちゃんは、じっと私を見つめている。

ともあれ、私の意見も一理あると思ったのか、ミケは小さなため息とともに言った。

「そうだな……食うか」

こうして、非公式ながらベルンハルト王子とラーガスト王子による初めての会食が始まった。

いや会食どころか、トラちゃんが王宮に軟禁されてからすでに半年経つが、ミケがここに顔を出したのも初めてである。

理由は、トラちゃんの取り調べを将官に一任していたから、そして国政に関わっていなかった彼が有用な情報をほとんど持っていなかったから、というのが表立ったものだが……

『この小僧は珠子を刺した張本人じゃ。そりゃあ、足も遠のくじゃろうよ。我だって、こいつの顔など見たくもないわい』

膝の上のネコが、相変わらず不機嫌そうに呟いた。

一緒に食卓を囲むと言っても、和気藹々とした雰囲気には決してなりえない。

けれども、こうしてミケとトラちゃんが揃った光景を見ると、思う。

(ナイフが刺さったのが、私でよかった……)

こんなことを口にしたら、きっとミケに怒られてしまうだろう。おそらくは、私の母を自任するネコにも、刺した本人であるトラちゃんにも。

私自身、刺された時の痛みも恐怖も覚えていないから言えるのだとも思う。

(でも……もしもミケが刺されていたら、トラちゃんはあの場で即刻断罪されていたかもしれない)

まだ親に庇護されているべき年齢の子が、戦争の矢面に立たされて犠牲になるなんて、あまりにも悲しいことだ。

そんな決断をミケにさせずに済んだこと、もちろんミケ自身が傷つかなかったことを思うと――

(ちょっとだけ……ちょっとだけ、この傷痕が誇らしい)

無意識に服の上から左脇腹の傷痕を摩《さす》る私を、ネコが見ていた。

ミケも何か言いたそうな顔をしたが、その手元に目を留めた私が口を開く方が早かった。

「ミケ、チーズとマリネだけですか? えええ……もっと載せましょうよ! 牛とか豚とか鶏とか!」

「いや、肉ばっかりだな。こういうのはな、載せすぎると巻く時に困るんだぞ」

「あっ、トラちゃんも! フルーツしか載せてないじゃない! 意識高い系女子なの!?」

「意識高い系って? タマコは欲張ってて可愛いね。いっぱい食べて?」

王子二人の繊細そうな手巻きサンドとは対照的に、私のはたっぷりの燻製肉に始まり、生野菜やクリームチーズのディップ、ゆで卵のスライスが幅を利かせている。

メンズのが細巻きなら、私のは極太巻き……というか、そもそもこれは巻けるのだろうか。

ミケもトラちゃんも、生粋の王子様だけあって余裕も品もあり、私は自分一人だけがっついているのが恥ずかしくなった。

一方、がっついていると言えば……

「タマ、あいつらはいったい何を騒いでいるんだ?」

「何か……追いかけてる? でも、何かいるようには見えないけど……」

二人の王子の視線が、いつの間にかネコのお腹の下から出ていた子ネコ達に集まる。彼らはミーミー鳴きながら、あちこち駆け回っていた。

私が今さっき、ミケをなでなでしたついでに取り除いた黒い綿毛がふわふわと舞うのを追いかけているのだ。

『出勤前に珠子が散々払ってやったのに……こいつ、半日でもうこんなに溜め込んできたのかい』

ミケが置かれたブラックな状況に、さしものネコも呆れたように言う。

そんなネコだが、基本的には自身のフェロモンが効く相手からしか負の感情を摂取できない。ただし、ミケ、トラちゃん、ロメリアさんのそれに関しては、私が黒い綿毛の状態にして体から引き離すことで可能となった。

しとしとと雨の音が聞こえてくる。

ミケは、欲張りすぎた手巻きサンドに四苦八苦する私を面白そうに眺めていた。

しかし、紅茶が適温になるとそれで唇を潤し、トラちゃんに向き直る。

「お前、タマを呼び寄せるためにわざと食事を抜いたな？　そうすれば、世話係の侍女からタマに相談が行き、タマもそれを無視できないとわかっていたんだろう」

「あはは、バレちゃった。だって、タマコと一緒にいたかったんだもの。あなたまで来るとは思わなかったけど……」

さっさと食事を終えた王子達が、しばし無言のままお互いを見据える。

先に動いたのは、トラちゃんだった。

彼はテーブルの上に片手を突いて身を乗り出し、ねえ、と口を開く。

「僕は、いつまでここでこうしていればいいのかな」

「戦後処理が落ち着くまでだな。今はここで大人しくしているのが一番安全ということくらい、お前自身もわかっているだろう」

敗戦により王政が崩壊したラーガスト王国では民衆が蜂起し、国王や王太子をはじめとする王族が軒並み処刑された。

そのため、国王の直系で生き残っているのは、もはやトラちゃんただ一人だという。

『ふん……皮肉なことよ。この小僧は、敵国の捕虜になったおかげで、一人だけ生き残ったんじゃから』

ネコは吐き捨てるように言うと、私の膝の上で丸くなった。

王政に恨みを持つ国民から命を狙われる可能性があるため、トラちゃんがベルンハルト王国で捕虜になっている方が安全なのはわかる。

（でも、見張りとか時間制限をつけたりして、もう少し自由に過ごさせてあげてほしいな……）

そう思ったが、口に出さなくてよかった。この後ミケが続けた言葉で、私は自分の考えが浅はかであることを思い知る。

「この王宮とて、必ずしも安全とは言えん」

彼は胸の前で両腕を組み、視線をトラちゃんから宙に逃して続けた。

「戦争で傷ついた者や家族を失った者が、ベルンハルトにも大勢いるからな。彼らがラーガストに……その王子であるトライアンに憎しみを抱く権利を奪うことは、私にはできない」

戦争を先に仕掛けたのは、ラーガスト王国である。その凶行が末王子の望むところではなかったとしても、ベルンハルト王国の人々は怒りの矛先を向けるだろう。

ミケは深いため息を吐き、トラちゃんに視線を戻した。

「我々は、お前を生かすと決めてここに置いている。よって、もしもお前の命を脅かす者が現れれば戦わねばならない。それが……ベルンハルトの人間であったとしてもな」

敵国の王子を守るために、同胞同士が戦う。

ミケにとっては何としても避けたい事態であろうことは、確かめるまでもない。

私は丸まったネコの背中を撫でながら、うんうんと頷いた。

「そっか……トラちゃんの軟禁は、トラちゃん自身を守るためでも、ベルンハルトの人達を守るためでもあるんですね」

「そういうことだ」

そんな私とミケの会話を、トラちゃんはじっと黙って聞いていた。

彼にも言い分はあるだろうが、それを必死に呑み込もうとする姿は見ていて苦しくなる。

自然と唇を嚙み締める私の横で、ミケはまたもう一つため息を吐いた。

そして、近々伝えようと思っていたことだが、と前置きして続ける。

「トライアン・ラーガスト――お前の母親についてだが」

弾かれたみたいに、トラちゃんが顔を上げた。

それを真正面から見返して、ミケは淡々と告げる。

「彼女は無事だ。ラーガスト王国内に設けたベルンハルトの総督府にて保護しているとの報告が上がっている。何も心配することはない」

思わぬ朗報に、私はよかったねとトラちゃんに声をかけようとした。

しかし、すんでのところでそれを呑み込む。

「そう……そうなんだ……あの人は、生きているんだね……」

はあー……と、トラちゃんは肺が空っぽになるくらい長い長いため息を吐いた。

それが、単に母の無事が判明して安堵したからというよりは、何だかもっと複雑な気持ちが込められているような気がして、胸がざわざわする。

思わずミケの顔を振り仰ぐが、彼は小さく肩を竦めてみせただけだった。

そうこうしているうちに、ミケがここにいるのを把握していたらしい侍従長が、お茶のおかわりを持ってきてくれた。

とたんにネコが飛び起き、顔を輝かせる。

『極上のランチ、キタコレー!!』

今日も今日とて、侍従長はネコ達に大人気だ。

あんなに不機嫌そうだったネコが、にゃあんにゃあん、と可愛子ぶった声を上げて飛び付いていく。もちろん、子ネコ達も一斉にそれに続いた。

「ちょっとちょっと!　ポットを持っていらっしゃるから危な……」

「うふふ……いやはや、ポットが邪魔ですな」

ネコ達にメロメロになった侍従長は、今にもポットを放り出しそうだ。

それを阻止しようと慌てて席を離れた私は、知らない。

ミケとトラちゃんが、この時どんな会話をしていたのかを――


「敵味方は関係なく、一人の大人として、お前のような子供が過酷な目に遭うことを心苦しく思うし……できることなら、健やかに過ごさせてやりたいと思う」

「子供扱いしないでもらいたいんだけど」

「実際、子供だろう。しかし、そうであったとて許せないことはある――タマを刺したこと、これだけは」

「……それは、僕自身もそうだ。一生この罪を忘れないよ」

3　承認欲求モンスター

「トライアンの母親は、ラーガストの地方領主の娘だったらしい」

時刻は午後一時を回り、私はミケと一緒にトラちゃんの部屋を後にした。

私はこの後、王妃様を訪ねるつもりだが、その前に軍の施設へ戻るミケを見送るため王宮の玄関に向かう。

昼食を詰めてきたバスケットの後片付けは侍女に任せ、腕にはネコを抱えていた。

侍従長の負の感情を食らって満腹のネコは、お腹の毛に潜り込んだ子ネコ達を抱くようにして丸くなっている。

しゃべりさえしなければ普通の猫と変わらないため、その満足そうな寝顔を見ると自然と癒やされた心地になった。

しかし、ミケの言葉が私を現実に引き戻す。

「元々は王太子付きの侍女だったが、国王に見初められてしまったことで随分と苦労したようだな」

「うわぁ……息子の侍女に手を出すなんて……。トラちゃんのお母さん、他のお妃様なんかにいじめられた、とかですか？」

「ああ、いかに国王の寵愛を受けようとも、後ろ盾が地方領主では弱すぎるからな。凄惨ないじめを受け続け、トライアンを産んだ頃から急激に精神を病んでいったらしい」

「じゃあ……トラちゃんはそんなお母さんしか知らないんですね……」

心が壊れて人形のようになってしまった母を、トラちゃんは物心ついた頃から面倒を見てきたようだ。

身を挺して他の妃達の悪意から守りつつ、反応のない彼女に言葉をかけ続けた。

父親である国王は金銭的な援助こそ怠らなかったものの、この頃にはすでに別の相手に夢中になっていたという。

私はミケと並んで王宮の廊下を歩きながら、居た堪れない心地になった。

「トラちゃん、ヤングケアラーだったんだ……私の元の世界でも、問題になってましたよ。本来大人が担うべき家事とか、家族の世話や責任を負わされている子供がいるって」

「皮肉なことだが、トライアンは捕虜になったことでその重圧から解放されている。だから今しばらくは、母親と離しておくべきだと思うんだ」

終わりの見えない戦後処理に疲れ果てながらも、自国のみならず敵国の王子まで気にかけるミケのことは尊敬する。

しかし、彼もまた多くのものを背負いすぎているのではないかと、私は心配になった。

「そういえば、小さなレーヴェみたいな子がミットー公爵閣下のところに行きませんでしたか？　チートって名前がつけられた」

「来た来た。公爵にベッタリで、他の将官達が羨ましがって大変だったぞ。公爵も公爵で、仕事を邪魔されまくっているのに幸せそうでな」

「全力でネコハラされてますねー。でも、それだと永遠に仕事ができませんので、公爵閣下にはあの子を軍服の胸元にでも放り込んでおくことをお勧めします。そこで落ち着いたら、しばらくは大人しくしていると思うので」

「なるほど。伝えておこう」

ミケは頷きながらも、じっとこちらを見つめてくる。

もしかして、彼もミットー公爵が羨ましかったのかと思い、私は立ち止まってネコを差し出してみた。

「ミケも抱っこしてみますか？　いい匂いがして癒やされますよ」

「そうだな……癒やされようか」

同じく立ち止まったミケも、すぐに頷いて両手を伸ばしてくる。

ところが彼が抱き上げたのは、ネコではなかった。

「いや、ミケさん!?　私じゃなくて、ネコをっ……!!」

「私は、ネコよりもタマと触れ合っている方が癒やされる」

「なら、いいですけど……いいのかな？　これ、ミケの体面的に大丈夫ですか？」

「問題ない」

ミケはそう言い切って、抱え上げた私の肩に額を押し付けてくるが、問題ないようには思えない。

実際、私達の近くに居合わせた人々はざわりとした。

私という存在はこの半年で随分と周知されたが、昨日の令嬢達みたいに快く思っていない者もいるだろう。

それに、元人見知りとしては、好意的であろうとなかろうと自分に視線が集まるのは好ましくない。

居心地の悪さに耐えかね、私もミケの肩に顔を伏せてしまおうかと思った時だった。

『ええいっ！　静まれぇ、静まれぇ、静まれえええいっっっ!!』

私とミケの間に挟まっていたネコが、ぬるんっと抜け出して叫ぶ。

ネコはミケの肩によじ登り、彼の後頭部に前足を置いて立ち上がった。

にゃおーん！　と高らかな鳴き声が響き渡り、おおっ！　とあちこちから歓声が上がる。

『愚かな人間どもめ！　珠子の貧相な毛並みではなく！　我の！　この！　ふさふさを！　見よーっ!!』

お腹にくっついていた子ネコ達も加わって、にゃごにゃごにゃー！　ミーミーミー、と大合唱が始まった。

ちょうど玄関ホールに差し掛かっていたものだから、吹き抜けの高い天井にネコ達の声が響き渡る。

「ネコちゃん可愛い……尊い……」

「もふもふ、鳴き声もすばらしい……」

「あの前足で殴られたい……」

承認欲求モンスターのおかげで、人々の関心は一瞬にして私とミケから逸れてくれた。

うっとりとした顔で見上げてくる人間達を眺め、ネコはひげ袋を膨らませて得意げな顔をする。

『ぬわーはははは！　我と子らの尊さにすっかりやられておるわ！　ちょろい！　ちょろすぎるぞ、人間っ!!』

「いや、頭の上でにゃーにゃーうるさいし、しっぽが邪魔なんだが？」

頭を踏み台にされた上、ふさふさのしっぽで横面をベシベシ叩かれ、さすがにミケが抗議の声を上げる。

それでもネコを振り落とさない彼の寛大さに感心しつつ、私はふと疑問を覚えた。

「それはそうと、ミケはどうして、私がトラちゃんのところにいるってわかったんですか？」

「侍従長から聞いた。タマこそ、陛下から申し付けられたとはいえ、なぜ私に相談もないままトライアンと会っているんだ」

「相談したら反対されるかな、と思って。それに、トラちゃんのことも心配でしたし」

「反対するに決まっているだろう。タマはあいつに刺されたんだぞ。陛下も、何を考えていらっしゃるのやら……」

憮然と呟きながらも、なおも擦り寄ってくるミケは、何やら大きな猫みたいだ。

刺された時の痛みも恐怖も覚えていない私は、トラちゃんの年齢や生い立ちを思うと恨む気になんてなれない。

一方ミケは、彼の事情を十分慮りつつも、それを理由に私の傷を蔑ろにすることはなかった。

「ミケが、昼間に王宮の方に戻ってくるのは珍しいですよね。国王様か王妃様に御用でしたか？」

金髪をそっと撫でて問えば、ミケは私の肩口に顔を埋めたままくぐもった声で答える。

「タマの様子を見に来た」

「えっ、私？　何で、また……？」

「雨が、降ってきたからな」

「雨って……——あっ！」

ここで私は、半年前の傷が痛んだのは雨のせい、というような話を彼にしたのを思い出した。昨日のことだ。

雨が降り出したのに気づいたミケは、私がまた痛がっているのではないかと心配して、わざわざ様子を見に来てくれたのだろう。

私は一瞬、言葉に詰まった。

ミケの貴重な時間を割かせてしまって申し訳ない気持ちと、忙しい中でも気にかけてもらえてうれしい気持ちとが、私の中でせめぎ合う。

しかし、顔を上げたミケを見て、自然と溢れたのは笑みだった。

「ミケ、心配してくださってありがとうございます。今日はね、全然痛くないので大丈夫ですよ」

「そうか。それならばいいんだ」

「でも、雨に感謝ですね。一緒にお昼ご飯を食べられて楽しかったです」

「私もだ。タマの欲張りっぷりには笑わせてもらったしな。将官達へのいい土産話ができた」

それは、ちょっと困る。欲張って具材を巻きすぎたせいで、半分も食べないうちに中身を全部落としてしまった、なんて失態を吹聴されるのは。

私がどうやってミケの口を封じようかと考えていると……くすくすと柔らかな笑い声が聞こえてきた。

「――メルか」

「あっ、ほんとだ、メルさんだ。昨夜はお疲れ様でした」

「殿下、タマコ嬢、お疲れ様でございます。お二人は相変わらず仲良しですね」

胸に片手を当てて優雅に礼をしたのは、白い軍服に身を包んだ男装の麗人、メルさんだった。高い位置で一つに結んだストレートの黒髪が、頭を下げた拍子にさらりと美しく前に流れる。

この時、ネコはまだミケの肩に乗ったまま、後ろに集まった観衆に向かって機嫌良く鳴き声を披露していたが、子ネコ達は我先にとメルさんに飛び移った。

可愛い集団にミーミー擦り寄られてほくほくする彼女に、ミケは私を下ろしつつ問う。

「メル、何か急ぎの用か？」

「いいえ、殿下。ロメリア様の命で、王妃殿下に書類をお届けに上がったのですが、急を要するものではございません」

「そうか、母上のところならばちょうどいい。タマを一緒に連れていってくれ」

「かしこまりました」

王宮の玄関はもうすぐそこだった。

昼間は開け放されている観音開きの巨大な扉の向こうに、青空が見える。

雨は、すでに上がっていた。

ミケが頭の上に乗っていたネコを下ろすと、その独演会にうっとりとしていた人々もようやく我に返る。

『ふふふぅん！　今日も絶好調じゃわい！　珠子、ちゃんと見とったか？　我のオンステージをっ!!』

「はいはい、見てた見てた」

人々がそそくさと持ち場に戻っていく中、ネコも私の腕の中に帰ってきた。

興奮冷めやらぬ様子のネコを宥めつつ、私はミケと向かい合う。

「ミケ、お茶の時間にまたお邪魔しますね」

「ああ」

「私が手巻きサンドを欲張った件は、皆さんには内緒にしててくださいね？」

「それは約束できないな」

ミケは小さく笑いながら、颯爽と玄関を潜っていった。

とたん、頭上から降り注ぐ日の光で彼の金髪がキラキラと輝く。

その神々しさにしばし見惚れていた私の横で、同じようにミケを見送っていたメルさんが口を開いた。

「殿下は……タマコ嬢と出会って、お変わりになりましたね」

「えっ、そうなんですか？」

私と出会った時期というのは、戦争終結の時期と重なる。もしもミケが変わったというなら、後者の影響の方が大きいのではないかと思ったが、メルさんの見解は違うようだ。

「私は、ロメリア様に随従して早くから城に上がっておりましたが……殿下がタマコ嬢ほど密接に人と接していらっしゃるのは、見たことがありませんでした」

「あっ、距離近いなぁとは思ってましたけど、あれがミケのデフォ……えっと、基本的な状態じゃないんですね？」

「下々の者にも気さくに接してくださるので、もともと人望の厚い方でしたが……どこか一線を引いていらっしゃるように感じましたね。幼馴染でいらっしゃるロメリア様や指南役のミットー公爵閣下、その他の忠臣の方々に対してもです」

「そう……なんですか？」

私は、今のミケしか知らないため比較のしようがない。

ただ、メルさんの口ぶりは、彼のその変化を歓迎している風なので、自分が悪影響を及ぼしたと気に病む必要はなさそうだ。

私はメルさんと連れ立って王妃様の部屋へと足を向けながら首を傾げた。

「私との出会い以降ってことは……初対面が衝撃的だったんですかね？」

「そうかもしれませんね。あの時は私もロメリア様も本当に驚きました。見知らぬ女の子が突然、殿下のお膝の上に裸で……」

「メ、ル、さんっ！　その記憶はすみやかに消去してもらっていいですか!?」

「ふふ……失礼しました」

メルさんを恨みがましげに見上げたところで、はたと気づく。

「よくよく考えたら……将官の皆さんも全員、あの現場に……」

「居合わせておりましたね」

「つまり私は、会議室にいる全員にすっぽんぽんを晒した可能性が……」

「ございますね」

衝撃の事実に、私はたまらず頭を抱えた。

「は、恥ずかしすぎるーっ！　これからどんな顔をしてお茶を淹れに行けばいいのっ!?」

『気にするな、珠子。我やきょうだいなんて、四六時中すっぽんぽんじゃぞ』

ネコが何の慰めにもならないことを言う。

そのふさふさの毛に、私が真っ赤になった顔を埋めようとした時だった。

「――タマコ嬢、子ネコさん達をお返しします！」

「えっ……？」

メルさんが、じゃれついていた子ネコ達を私の腕に戻してきた。

彼女はさらに、私とネコ達を近くの柱の陰に押し込んでしまう。

「メ、メルさん？　何事ですか!?」

「申し訳ありません、タマコ嬢！　どうか少しだけ隠れていてください！」

メルさんの鬼気迫る表情に、私は戸惑いつつも言われた通りに身を潜める。

その直後、聞こえてきたのは壮年の男性の、冷ややかな声だった。

「――メル、こんなところで何をしている」

4　ミケのトラウマ

突然メルさんを呼び止めた壮年の男性は、ヒバート男爵だった。

そのでっぷりとした体型と狡猾そうな顔つきからは想像できないが、メルさんの実の父親である。

メルさんの背中越しに彼を眺めて、私とネコはこそこそと言い交わす。

『文官として王宮に出仕しとるものの、さほど重要な地位に就いとるわけじゃないらしいな？』

「うん、娘のメルさんの方がずっと、知名度も好感度も高いんだって。ロメリアさんの護衛として、軍内でも一目置かれているから」

本来なら、そんな娘の活躍を誇りに思うはずなのだが……

「ふん、相変わらず男みたいな格好をさせられて、実に哀れなものだな」

ヒバート男爵はメルさんをじろじろと眺めると、鼻で笑ってそう吐き捨てた。

私とネコ達を隠した柱が死角になるように立ったメルさんの背中が、小さく震える。

私は胸が苦しくなって、ネコを抱く腕に力を込めた。

「まあ、それもミットーの娘が殿下に嫁ぐまでの辛抱だ。公爵家が王家と繋がれば、その親戚に当たる我がヒバート家も格が上がる。色気の欠片もないお前にも、いくらかましな縁談が舞い込むだろうよ」

ヒバート男爵が嘲るように続ける。

もうメルさんの背中が震えることはなかったが、彼女はずっと口を噤《つぐ》んだままだった。

一方、私の腕の中ではネコが笑う。

『げっへへへ……いやらしい男じゃなぁ。あれほど濃密な悪意で満たされている人間も珍しいぞ』

「あなたの笑い方も、相当いやらしいけど……ねえ、あの人の悪意、全部食べちゃってよ。もう、メルさんに嫌なこと言わないように」

『いーやじゃ。我はグルメなネコちゃんじゃからな。あのおっさんは脂っぽすぎて、見ているだけで胸焼けがするわい』

「何、それ……」

そんな中、一匹の子ネコが私の腕から飛び下りて駆け出した。

傍観のかまえになっていたネコが、とたんに慌て出す。

『こっ、こらあ！　どこへ行くんじゃあいっ！』

「あの子、メルさんのところに……」

『おい、珠子！　ぼーっとしとらんで、きょうだいを止めんか！　おねーちゃんじゃろ！』

「えっ、でも……メルさんは、私達を隠したかったみたいだし」

そうこうしているうちに、たたたーっとメルさんの足下まで走っていった子ネコが、白いズボンに包まれた彼女の足をよじ登り始めた。

それに気づいて俄然ソワソワし始めたのは、ヒバート男爵だ。

「お、おい！　メル！　そのもふもふの子、いいな！　実に、いい！」

「この子は、その……」

悪意の塊のような男でも、子ネコの愛らしさには敵わないらしい。しかし、顔を赤らめてハアハアしている姿は、完全に危ないおじさんだった。

実の娘のメルさんさえドン引きしているのが、背中しか見えなくてもわかる。

「そ、その子をこちらによこしなさい！　お前にはもったいない！」

「いえ、でも……」

「何をぐずぐずしているっ！　わしにも抱っこさせないかっ!!」

「そ、それは……」

い！　や！　だ！

メルさんの背中に、そうデカデカと書かれているように錯覚した。

「子ネコちゃんをよこせっ!!」

子ネコがついにメルさんの肩まで到達すると、焦れたヒバート男爵が手を伸ばしてくる。

メルさんの背中がビクリと大きく震え、居ても立っても居られなくなった私が柱の陰から飛び出そうとしたのと——

「フシャーッ!!」

凄まじい威嚇の声を上げたネコが、弾丸のように飛び出していったのは同時だった。

『汚い手で、我の子に触るなーっ!!』

ネコはヒバート男爵の前に躍り出ると、その横っ面に強烈な猫パンチをお見舞いする。

母強し、強すぎる。

「へぶ……っ!!」

横向きに吹っ飛んだヒバート男爵は、運悪く近くの柱に頭をぶつけてひっくり返ってしまった。

脳震盪を起こしたのか、そのままピクリとも動かなくなる。

「あわわ……」

するると、興奮冷めやらぬ様子のネコを抱え、子ネコを一匹肩に乗せたメルさんが、床に伸びた父親に背を向けた。

そうして、柱の陰から出て立ち尽くしていた私の腕を摑んで走り出す。

「タマコ嬢、今のうちです！　参りましょう！」

「え？　ええ？　あの人をあのままで!?」

何事か、と通り掛かった人々が集まってくる気配がしたが、メルさんが背後を振り返ることはなかった。

「メ、メルさん、ごめんなさい！　ネコが、お父様を……」

「いいえ、父は完全に自業自得です。子ネコさんにいきなり触ろうだなんて、烏滸《おこ》がましい……ネコさんがお怒りになるのも当然です」

やがて、ヒバート男爵が倒れた場所から遠く離れると、メルさんは私の腕を離した。そうして、何やらもじもじしながら言う。

「あの、タマコ嬢……お見苦しい光景をお見せしましたね」

「いいえ、それよりメルさんは大丈夫ですか？　お父様が随分なことをおっしゃっていたみたいですが……」

「父は昔からああいう人なので……もう、慣れました。この格好も、私は好きでやっているので、父になんと言われようと平気です」

「私はメルさんのその格好、とても好きです！　最高に似合っていてめちゃくちゃかっこいいと思います！」

食い気味に言う私に、メルさんは目を丸くした後、はにかんだみたいに笑った。

彼女の肩にいた子ネコも、私の言葉に同意するように鳴く。

「ミー！　ミーミー！」

「ふふ、可愛い……あなたが来てくれて、とても心強かったです。ありがとう」

子ネコの小さな額にキスをして、メルさんがまた笑みを浮かべた。

けれども、その笑顔がどこか悲しそうに見えて、私はちくりと胸が痛んだ。


「――ってことがね、あったんですよ」

「あらまあ、ヒバート卿にも困ったものですわねぇ」

ついさっき目撃したヒバート男爵父娘のやりとりを伝えると、カゴいっぱいのビルベリーを選別していた王妃様が小さくため息を吐いた。

王妃様の部屋は、書斎のベランダがハーブ園へと繋がっている。その中に建てられた小屋には、王妃様が自ら育てたさまざまなハーブや、それから作られた薬の瓶などが所狭しと並び、さながら魔女の家のようだ。

小屋には簡易のキッチンも設置されており、私は子ネコ達を肩や頭に乗せてハーブオイルを作る手伝いをしていた。

今回使うのは、乾燥させて細かくしたラベンダーの花だ。これにオイルを注ぎ、三十分ほど湯煎する。

レードルでそれをかき回す私の右手と子ネコ達の首の動きが見事にシンクロしていた。これぞ、シンクロニャイズド。

一方、王妃様はビルベリーをジャムにするらしい。

「ヒバート卿も、昔はそう悪い方ではありませんでしたのにねぇ。奥様との仲がうまくいかず、彼女がメルさんを置いて生家に戻ってしまってから、すっかり卑屈になってしまわれて……」

人には誰しも事情があるものだ。

功利主義の店長にも、クレーマーを押し付けてくる先輩にも、見て見ぬふりをする同僚にも。

（私にとっては味方じゃなかったあの人達にも、あの人達なりの事情があったのかもしれない……）

ただ、猫への迷惑行為に及んだ客だけは、どんな事情があっても許せないが。

「ロメリアさんがメルさんを気に入って側に置くようになりましたら、今度は野心に火が付いてしまいましたのね。ミットー公爵家に取り入ろうと必死になっていらっしゃると聞いておりますわ」

そう王妃様に憂いを抱かれているヒバート男爵が今、最も期待を寄せているのが、ロメリアさんとミケとの結婚だという。これによりミットー公爵家の権力がさらに増せば、遠縁であるヒバート男爵家もそのおこぼれにあずかれるかもしれないと考えているのだ。

私は、ミケとロメリアさんのツーショットを思い描いて、ほうとため息を吐いた。

「ミケとロメリアさんが、結婚かぁ……それは、すんごい美男美女カップルになりますね」

「あらまあ、おタマちゃんったら！　ミケランゼロが他の子と結婚するかもしれないと聞いての感想が、それですの？」

私の言葉に、王妃様は何やら不服そうな顔をする。

それに首を傾げていると、ふいに軽快な笑い声が上がった。

「はははっ！　我らの息子は前途多難だなぁ！」

私がメルさんと一緒に訪ねてきた時には、すでにこの部屋にいた国王様である。

王妃様のハーブ小屋の中には、簡素なベッドが一台置かれていた。

国王様はそれに俯せに寝転んでおり……

『おうおう、おっさん。ここか？　ここがええのか？』

その腰を、ネコがクリームパンみたいな前足を揃えてふみふみしていた。

「あはー……いいねぇ、おネコちゃん……これは、たまらんなぁー……」

『ぬはははははっ！　ちょろいっ！　ちょろすぎるわっ！　我に踏みつけられてこのザマとは、国王もかたなしじゃなっ!!』

魅惑の肉球マッサージに、ギックリ腰を患う国王様もご満悦の様子である。

彼はしばしうっとりとしていたが、やがて顔だけ私の方に向けて問うた。

「おタマちゃんは、ミケランゼロをどう思う？　あれは、君の目から見てどんな人間かな？」

「ミケは……誠実で責任感が強くて、とても頼もしい人だと思います。でも……」

「でも？」

「私みたいな部外者が口を挟むべきではないとは思いますが……いろいろ背負い込みすぎている気がして、心配です」

私の答えを聞いた国王様は、そうか、と笑って頷く。

それからベッドの上に起き上がり、ネコを膝に乗せて撫でながら話し始めた。

「あれが背負い込みすぎるのにはな、理由があるのだよ」

「――陛下」

いつもにこにこしていて柔らかな雰囲気の王妃様が、珍しく硬い声で国王様を呼ぶ。何事か、と私は思わず身構えた。

国王様は王妃様を一瞥したが、何事もなかったかのように私に視線を戻して続ける。

「ミケランゼロは、実は私達の次男でな――五つ上に、兄がいた」

「えっと、そのお兄様は……」

「ミケランゼロが十歳の時に、亡くなった――いや、殺されたんだ」

「えっ……」

思いも寄らない事実に、私は言葉を失った。

王妃様が悲しそうに目を伏せる。彼女に付き纏う負の感情の正体は、長男を失ったことへの悲しみ、あるいは犯人への憎悪だったのだろう。

私がかける言葉も見つけられない中、子ネコが一匹、王妃様の肩に飛び乗った。

「まあまあ、子ネコちゃん……慰めてくださるの？」

王妃様は悲しそうに微笑んで、子ネコに頬を寄せる。その姿が先ほどのメルさんと重なって、私の胸の痛みもぶり返した。

子ネコは王妃様に額をスリスリしつつ、せっせと負の感情を食べている。

（お子さんを亡くした悲しみが完全に消える日なんて、きっと生涯訪れはしないだろうけど……）

王妃様の心が少しでも慰められることを願わずにはいられなかった。

ベルンハルト王国の亡き第一王子は、レオナルドといったらしい。

国王様は王妃様の方を見ないまま、落ち着いた声で続けた。

「ミケランゼロの目の前での凶行だった。レオナルドを助けられなかったことを悔いているのだろうな。兄の分まで、自分が王子として祖国に尽くさねばという思いに囚われている」

「それで、ミケはあんなに頑張ってしまうんですね……」

「だが、ミケランゼロが潰れてしまえば元も子もない。周囲を頼るよう再三諭してきたのだが、どうにも他人に心を開き切れないようでな」

「それにも、何か理由があるのですか？」

私の問いに、国王様はここで初めて、わずかに声を震わせた。

その膝に箱座りしていたネコが、ちらりと彼を見上げる。

「おそらくは……兄を殺したのが、私の忠臣だと思われていた男だったせいだろう。ミケランゼロもレオナルドも、彼のことを慕っていた」

「……っ」

それは、手酷い裏切りだった。幼いミケは、信頼していた相手に兄を殺されたのだ。

それがトラウマとなって他人に心を開き切れない彼は、何でも一人で背負い込みすぎてしまう。

昨日、嘴が黄色い年頃と揶揄《やゆ》したミットー公爵の言葉には、そんなミケを案ずる気持ちと、もっと自分達年長者を頼ってほしいという気持ちが込められていたのかもしれない。

私はしんみりとした気持ちになったが、国王様は逆に少し声を明るくして続けた。

「しかしな、私達はおタマちゃんが来てからのミケランゼロの変化に驚いている。もちろん、うれしい驚きだよ」

私が来てミケが変わったというのは、さっきメルさんも言っていたことだった。

するとここで、王妃様も話に加わる。

「陛下も私も、おタマちゃんにはとても感謝しておりますの。ミケランゼロを凶刃から守ってくださったことに対しては、もちろんですけれど……」

「かつて救えなかった兄とは違い、君がこうして元気になってくれたこと――それが、ミケランゼロにとっては何よりの救いなんだよ」

「そんな……」

国王様と王妃様の優しい眼差しから、私はとっさに目を逸らした。

オイルをぐるぐるとかき回しながら、でも、と呟く。

「私は、たまたまあの時あの場所に来てしまっただけで、意図してミケを庇ったわけじゃありませんし……その後は、ミケやこの国にお世話になるばかりで、何もできていません……」

俯いて言う私の隣に、子ネコを肩に乗せたまま王妃様がやってきて、そっと背中を撫でてくれた。

おずおずと顔を上げれば、それこそ聖母のごとく慈愛に満ちた微笑みに迎えられる。

「おタマちゃんには、ミケランゼロの側にいてもらいたいの。あなたでないと、だめなのですよ？」

湯煎が終わったオイルを濾《こ》して保存容器に移す。

ラベンダーの花はガーゼの上に残り、その成分が抽出された透明なオイルがゆっくりとガラス瓶の底に溜まっていった。

それがまるで、元の世界ですっかり空になっていた自己肯定感が、国王様と王妃様の言葉が注がれることによって、ゆっくりと満たされていく光景であるかのように錯覚する。

うれしくて、顔が綻びそうになった。

けれど、ミケの兄の死がこの感情の根底にあるとするなら、ここで笑うのはあまりに不謹慎だろう。私は、頬の内側を噛んで弾む心を押し殺す。

そんな私と、国王夫妻を見比べたネコは、何やら胡乱げに呟いた。

『聞こえのいい言葉ばかりを言うヤツには気をつけろよ、珠子』

国王様が、ミケのトラウマをこのタイミングで私に話した理由は、後日判明することになる。

5　もふもふ大運動会と茶番

「トライアン王子を総督府まで護送し、ラーガスト革命軍に引き渡してくるように」

時刻は、午後三時を回ったところ。

ちょうど私がお茶を淹れに来ている時間に、侍従長を伴い軍の会議室を訪れた国王様は、腰痛持ちの気のいいおじさんではなく、ベルンハルト王国君主としてそう告げた。

敗戦とともに王政が崩壊したラーガスト王国では、王族を断罪したラーガスト革命軍なる者達が民衆の代表となっている。

トラちゃんを彼らに引き渡すなんて話は、私にとっては寝耳に水。戦後処理の陣頭に立っているミケでさえも把握していなかったことのようだ。

私達がトラちゃんと三人で昼食を食べてから、三日が経っていた。

いつもはミケが座っている椅子に国王様が腰を下ろし、侍従長がその脇に控える。

ミケもミットー公爵もその他の将官達も、もちろん私も立ったまま話を聞いていた。

ネコと子ネコ達、そしてミットー公爵預かりとなったベンガルっぽい見た目の末っ子チートは長テーブルの上で好き勝手に寛いでいたが、国王様は彼らには構わず、ミケに視線を定めて続ける。

「ラーガスト革命軍の指揮官は、トライアン王子の母方の伯父らしい。王族がことごとく処刑される中、トライアン王子の母親が見逃されたのもそのおかげだな」

「では、革命軍に引き渡したとしても、トライアンの安全は保証されるということですね？」

「いかにも。革命軍は彼を、象徴的国王として祭り上げる算段らしい」

「不遇の末王子がたった一人生き残り、ついには国王になりますか……」

長年の悪政により国民の心が離れ始めていた上、ベルンハルト王国に対して一方的な戦争をしかけたこと、そしてそれに敗北したことで、ラーガスト王家の権威は完全に失墜していた。

そこで中央政権からの搾取に苦しめられていた地方領主を中心として革命軍が結成されると、ベルンハルト王国は密かにこれを支援し、結果ラーガスト王国の崩壊が内部からも始まった――というわけだ。

「最終決戦を前にして、王族は国民を見捨てて第三国へ逃れようとしたらしいな」

「ええ、最年少のトライアンを一人敵陣に送っておきながら。まったく……薄情にもほどがありますね」

国王様とミケが苦虫を嚙み潰したような顔をしてそう言い交わす。

結局、逃亡を図った王族はことごとく革命軍に捕らえられ、断頭台に送られたらしい。

「最後に散ったのは、誰だったか？」

「マルカリヤン・ラーガスト王太子です。当時、父王から軍の全権を任されていました。トライアンにとっては、腹違いの長兄に当たります」

ミケの答えに頷いた国王様は、長テーブルに両肘を突いて話を続ける。

「ラーガストは元々敬虔なお国柄でな。王家は神の子孫であるとされ、国王に至っては生き神として崇められていた。戦争が終わって生活が落ち着き始めたために、彼らは再び信仰を求めるようになったのだろう」

「革命軍は、その信仰心を復興の原動力にしようと考えているのですね。王家の血を引く唯一の生き残りであるトライアンを利用して」

ミケは、ヤングケアラーだったトラちゃんを捕虜としてベルンハルトに置くことで療養させようと考えていたが、どうやらそうも言っていられない状況のようだ。

ミットー公爵をはじめとする将官達はもちろんミケも、トラちゃんをラーガスト革命軍に引き渡すという決定に異議を唱えようとはしなかった。

ところがこの後、国王様がさらに続けた言葉で、ミケはたちまち剣呑な気配を纏う。

「なお、癒やし要員として、タマコ殿にもネコ達とともに総督府まで同行してもらう」

「――お言葉ですが」

ミケは、私を背に隠すようにして、国王様の方に身を乗り出した。

「ラーガスト国内はいまだ混乱が収まってはおらず、危険です。民間人を同行させるわけには参りません」

「お前はタマコ殿を――王子の隣に部屋を与えられその庇護を受ける人間を、民間人だと言い張るのか」

「その待遇は、身を挺して私を凶刃から守ってくれたことへの対価です」

「タマコ殿がお前を救ってくれたことには、父親としても国王としても感謝をしている。だがな、ミケランゼロ――体に受けた傷は、時が経てば癒えるのだ」

国王様は、私が初めて目にするような鋭い眼差しでミケを貫いて続けた。

「いったい、いつまで対価を払い続けるつもりだ？　一生か？　タマコ殿は一生、たった一度王子を救っただけで特別待遇を享受する民間人として生きるのか？　それを周囲がどう思うのか、彼女がどのような視線に晒されるのか――想像できないわけではないだろう」

「タマがその立場に思い上がっているわけではないのは、父上とてご存知でしょう。彼女とネコ達の存在は、戦争で傷ついた者達に癒やしを与えてくれています」

「ミケランゼロ、本当の意味での戦争はまだ終わってなどいないのだ。我々は、今もまだ窮地に立たされ続けている。敵は、ラーガストだけではないのだからな。他国に付け入る隙を与えないためにも、一刻も早く国家を立て直さねばならない。そのためになら、私は使えるものは何でも使うぞ。それで、息子の恨みを買おうともな」

「父上……」

国王様に畳み掛けられ、ミケはぐっと言葉に詰まる。

絶対君主制の国家において、国王の言葉というのは絶対だ。

まだ親に庇護される年齢のトラちゃんが象徴的国王として大人達に利用されることになるとわかっていても、国王様が彼をラーガスト革命軍に引き渡すと言えば誰しもが良心の呵責を押し殺してでも従う。

それと同じように、国王様が口にした時点で、私とネコ達がその旅に同行させられることも決定事項なのだ。

これに対し、当のネコはというと……

『ぬわーははははっ！　いいぞいいぞぉ！　国境を越えて我らの勢力を広げるチャンスじゃあああっ!!』

「え……何、そのテンション……」

めちゃくちゃ乗り気になっていた。

相変わらずの悪役全開の笑い声に、私はげんなりする。

さらには、トイレハイの猫みたいに、長テーブルの上を縦横無尽に駆け回り始めた。

「あっ、あっ、いけません、おネコ様！　困ります！　困ります……って、ああーっ!!」

『ぐはははっ、困れーいっ！』

末席の方にいた准将が慌てて書類を片付けようとして、見事失敗する。

散らかされた書類には、ミケのサインの代わりに、ネコが肉球スタンプを押しまくった。

『全世界の人間が、このもふもふの前にひれ伏す時がくるだろう！　この世の全ては、我らのものじゃあああああっ!!』

『かーちゃん！　ミットーさんが行くにゃら、おれも行くにゃっ！』

「「「ミーミー、ミーッ!!」」」

とにかく大はしゃぎのネコに煽られてチートが走り出し、子ネコ達もぴょんぴょん飛び跳ねて大盛り上がりだ。

突然始まったもふもふファミリー大運動会に、傍観組がとたんに落ち着きをなくした。

「私も、ネコさん達に困らされたい……」

国王様の背後に控える侍従長が悩ましげな表情をし、

「うんうん、チートは元気だねぇ。元気が一番だにゃん」

ミットー公爵なんて、興奮したチートにガジガジ腕を齧られまくっているのに満面の笑みだ。

「はわ、かわわわ……」

「ニャニャニャ！　ニャーンッ‼」

はしゃぎまくる子ネコ達の姿に、額に向こう傷のある強面の中将は語彙力を失い、メガネをかけたインテリヤクザ風の中将は今日もまた人語を忘れてしまった。

「うふふ、ちっちゃいのに、よく動くねぇ」

「うんうん、そうだねぇ、可愛いねぇ」

黒髪オールバックとスキンヘッドの仲良し少将二人組は、ほのぼのとした表情をしている。

そんな部下達とは対照的に、ミケと国王様の間の空気はキンと張り詰めたままだった。

「お、温度差で、風邪ひきそう……」

緊張の原因が自分の処遇を巡ってのことなのだから、なおさら居心地が悪い。この世界に来る前の私なら、過呼吸になっていたかもしれない。

（全人類の籠絡を目論むネコなんて、他の国に連れ出さない方がいいに決まっている）

子ネコの数が急激に増えたりしない限り、彼らの糧となる負の感情は、このベルンハルト城に出

入りする人間のそれで十分賄えるだろう。できればこの世界で、ネコ達とは平和的に共存したい。

（ミケの心労を思えば、私だってラーガスト王国に行かない方がいいよね……）

などと考えていると、ネコが勢いよく飛び付いてきた。

『こぉらあっ、珠子ぉ！　何をしておるかっ！　さっさと、喜んで参りますーと国王に伝えんかいっ!!』

「へぶっ……」

頭を抱き締めるようにしがみつかれ、もふもふふわふわのお腹の毛に顔が埋まる。

猫好きにとってはご褒美だが、ほっこりしている場合ではないため、両手で脇を摑んで引き剝がした。

『ぐひひひひ！　この世界全てを、我らの食卓とするんじゃあああ！』

『かーちゃん！　おれ、ミットーさんといっしょに馬に乗るにゃんっ！』

「「「「ミーミー！　ミーミーミー！」」」」

ひげ袋を膨らませてにゃごにゃごうるさいネコと、ミットー公爵の腕を抱き締めてルンルンのチートト。長テーブルの上で大運動会続行中の子ネコ達を見るに、私がラーガスト王国行きを反対したところで聞き入れられる気がしない。

（それに……）

私は、目の前にあるミケの背中を見上げた。

多くのものを背負うこの背中を、微力ながら支えようと決めたのだ。

そのためには、ミケの庇護下でただ成り行きを見守るだけではいけない。

私はネコを左腕一本で抱え直すと、ミケの背中から顔を出して右手をピンと高く挙げた。

目が合った国王様が、くすりと笑う。

「どうぞ、タマコ殿。何か質問でもあるのかな？」

「……っ、タマ！」

とたんに、ミケがすごい形相をして振り返った。

黙ってろ、と言いたげなその表情に、思わず首を竦める。

この世界に来る前なら大人しく口を噤んでしまったかもしれないが、少々図太くなった今の私はそれくらいでは怯まない。

「私とネコ達が一緒に行って、本当にお役に立てますでしょうか？」

「トライアン王子は君に随分懐いているそうだな？　タマコ殿が道中寄り添えば、彼としても心強いだろう。また、君が連れているネコ達の癒やしの効果も絶大だ。半年にわたり総督府で奮闘してくれている同胞の慰問にも期待している」

「それは、どのくらいの期間を要しますか？」

「そうだな……国境まで馬車で四日、国境から総督府までは二日。革命軍との会談などのための滞在期間を含め……ここに戻ってくるのは順調にいって半月後だろうな」

国王様は淡々と話すが、その目は何かを訴えかけるように、じっと私を捉えたままだ。

ミケも、瞬きを忘れたかのように私を見つめている。

ふん、とネコが私の腕の中で鼻を鳴らして笑った。

『おうおう、小賢しいのぉ。先立って王子の過去のトラウマを打ち明けたのは、こやつを一人で行かせるのは忍びない、と珠子に思わせるためじゃな』

口には出さずとも、国王様が一番心配しているのはミケのことだ。

国王様は、体の傷は時が経てば癒えると言ったが、心の傷はどうだろう。

（お兄さんを目の前で亡くしたミケの心の傷は、今もまだ癒えてなんかいない……）

私はミケに向き直って口を開いた。

「私は、戦争のことも政治のこともわからないので、自分の立場とか、ミケの立場とかは今は置いておくとして……とにかく、ミケと長い期間会えなくなるのは、いやです」

「タマ……」

「ミケは平気ですか？　半月も私が吸えないんですよ？　いや、無理でしょ！　無理です！　隈がどえらいことになりますよ、絶対っ!!」

「タマ……？」

ずずいっと顔を近づけて、あえて大仰に力説する私に、ミケはたじたじとなる。

私は次に、チートや子ネコ達にデレデレしていた将官達に向き直った。彼らも、ミケと一緒に総督府に行くよう、国王様から命じられている。

「皆さんも、半月もネコ達と会えなくて、大丈夫ですか？」

「「「「「全然大丈夫じゃないですっ……!!」」」」」

とたんに、将官達は声を揃えて悲鳴を上げた。

ミットー公爵はチートを懐に隠し、中将、少将、准将達もそれぞれ近くにいた子ネコを抱っこする。そうして一斉に、縋るようにミケを見た。

「うっ……」

おじさん部下達のうるうるの眼差しに、ミケが顔を引き攣《つ》らせる。

やがて、彼は大きくため息を吐いて呟いた。

「私は……タマを危険な目に遭わせたくないんだ……」

「ありがとうございます。私も、できれば危険な目には遭いたくないですけど……でも、ミケと半月も会えないのはもっといや……寂しいです」

いかにも駄々を捏ねるように言うと、ミケは困った顔をして私の髪を撫でてくる。

それを鼻で笑ったネコが、鋭い牙を剥き出しにして大欠伸《おおあくび》をした。

『ふん、ばかばかしい。茶番じゃな』

その通り。これは茶番だ。

国王様の言葉は絶対で、ミケは結局、どうあっても私をラーガスト王国まで同行させなければならない。

けれど、私自身がそれを望んだとすれば、彼の罪悪感も少しはましになるはずだ。

自分の心強い味方となってくれたミケの味方に、私もなりたかった。

そんな私達のやりとりに、国王様は満足そうな顔をする。

「ミケランゼロ、人間が一人きりでできることなど、たかが知れている。家臣を使え。仲間を頼れ。人を見極め、背中を預けられる相手は自分で見つけ出せ。そして——守りたい者を、守れ」

「——はい」

ミケは、私を連れていく覚悟を決めたようだ。

そのまま旅程の話になり、出発は二週間後と決定する。

「タマコ殿の荷造りは、王妃にも手伝わせてやっておくれ。あれも、随分と心配しているからな」

そう言って、国王様が侍従長に支えられて席を立とうとしたところで、私はもう一度右手をピンと挙げた。

「あの、国王様……一つ、お願いしたいことがあるんですが」

「うん、何かな。私にできることなら何でも聞こう」

「では——帰ってきたら、また私のこと〝おタマちゃん〟って呼んでくださいますか？」

「ん……？」

国王様がきょとんとした顔になる。

彼を支えていた侍従長や、子ネコ達を抱っこした将官達は笑顔になり、ネコはフンと鼻を鳴らした。

ミケは、まじまじと私を見つめてくる。

「国王様と王妃様にそう呼んでいただけるの、好きなんです。また呼んでいただけると、うれしいです」

　私がそう告げたとたん、国王様は両手で顔を覆った。

「……私は今日、権力振りかざしたイヤなおじさんだったと思うんだが？　君の立場に対しても、割とイヤな感じのことを言ったと思うんだが？」

「それは、私がきらいだからですか？」

「そうではない。断じて」

「じゃあ、いいです。国王様にもお立場がありますもの」

　やがて顔から両手を離した国王様は、もう私もよく知る、腰痛持ちの気のいいおじさんに戻っていた。

「ミケランゼロと一緒に、無事に帰ってきておくれ……おタマちゃん」

「はい」

　国王様はそのまま、優しい父親の顔をミケにも向ける。

「ミケランゼロ……帰ったら、また飲もう。今度は、私が侍従長からいい感じの酒を掻っ払ってくるからな」

「承知しました。その時は、もう下戸の真似などなさらないでください」

　笑みを交わす国王親子を見上げ、やはり先日の飲み会のあれは、酔ったふりをしてはしゃぎたかっただけなのか、と私はため息を吐く。

　後日にいい感じの酒を掻っ払われる予定ができてしまった侍従長も、何ワロてんねん、と言いたげな顔をして、じろりと彼らを睨んだ。

第三章　ネコ勢力拡大中

1　傀儡《かいらい》の王様

カン、カン、と鋼と鋼がぶつかり合う音が響く。

割れんばかりの歓声に闘技場が大きく揺れた。

興奮した四匹の子ネコ達が、私の周りをぴょんぴょんと跳ね回る。

「「「「ミー！　ミーミー！」」」」

ローマに残るコロッセウムのような円形闘技場のアリーナでは今、二人の人物が剣を交えていた。

「ミケ……！　メルさんっ……！」

ベルンハルト王子にして国軍元帥を務めるミケと、ヒバート男爵令嬢でありミットー公爵令嬢ロメリアさんの護衛を務める男装の麗人メルさんだ。

捕虜として半年間王宮に軟禁していたトラちゃんの引き渡しのため、ラーガスト王国に出発する日まで残すところ三日となったこの日、王城の近くに立つ円形闘技場では、剣技大会が開かれていた。

これは、ラーガスト王国との戦争が始まる前までは毎年行われていた伝統的な催しで、今回は三年ぶりの開催となるらしい。

剣の腕に覚えのある者が、国王陛下の御前で名誉を懸けて競い合う。

前回優勝したのは、ミットー公爵の長男であり、ロメリアさんの兄でもある准将だったが……

「びえーん、チートぉ！　負けちゃったよぉ！」

『よーしよしよし！　ここまでよく頑張ったにゃ、坊！』

先ほど行われた準決勝で敗退し、父から借りたチートをもふもふして慰められている。なお、チートはロメリアさんのことは〝嬢〟と呼ぶ。

アリーナでは、准将を下して三年前の雪辱を果たしたミケが、別の組から勝ち上がってきたメルさんと、今まさに優勝をかけて戦っている最中だった。

『げへへ……人間はまったく、血生臭いことが好きじゃなぁ。どっちかが死ぬまでやるのか？』

「そんなわけないでしょ。これは健全なスポーツです」

私の膝の上でおててナイナイして香箱座りしているネコが、相変わらず悪い笑みを浮かべて縁起でもないことを言う。古代ローマ時代の剣闘士などは、それこそどちらかが死ぬまで戦ったらしいが、ミケとメルさんが打ち合っているのはもちろん模造刀だ。

アリーナ席の真ん中には、国王夫妻とミットー公爵夫妻の姿がある。

私の視線を追って彼らを見たネコが、不機嫌そうに鼻面に皺を寄せた。

『あやつめ、あれから王妃にベッタリじゃな』

「そうだね。王妃様が少しでも慰められているといいけど……」

レオナルド王子が亡くなった話を聞いた時に王妃様を慰めた子ネコは、あれ以来頻繁に彼女に寄り添うようになっている。

私はそんな王妃様と子ネコから少し離れた場所に、ネコと残り四匹の子ネコ達、チートを抱っこした准将、ロメリアさん、そして……

「ねえ、タマコはどっちが勝つと思う？」

「え？　えっとね……」

ラーガスト王国の末王子であるトラちゃんと横並びに座っていた。トラちゃんを、ネコを膝に乗せた私と、チートを抱えた准将で挟む形だ。

彼の無邪気な質問に、私は思わず目を泳がせる。

すると反対隣から、こほん、と上品な咳払いが聞こえてきた。

「わたくしに気を使う必要などございませんわ、おタマ。わたくしも、メルではなく殿下が勝つと思っておりますから」

「あれっ、そうなんですか？」

「身内贔屓で現実を見誤るような無様な真似はいたしません。メルは強いですが、殿下とは比べるまでもありませんわ」

「えっ……？」

わっ！　と会場中から歓声が上がり、私は慌ててアリーナへと視線を戻す。

ちょうど、カラン、と音を立てて模造刀が一本、石造りの舞台に転がったタイミングだった。

続いて膝を突いたのは、メルさん。

その喉元に、模造刀の切先を突きつけていたのは、ミケだ。

勝負あり！　と審判が叫び、ミケの勝利が確定した。

わあああっ……！　とさらに歓声が膨れ上がる。

メルさんに手を差し伸べ健闘を讃え合うミケに、人々はますます熱狂した。

それに同調するように手を叩きながら、准将が口を開く。

「殿下は三年前ももちろんお強かったですが、あの頃は競技としての剣術しかご存知ありませんでした。しかし……」

准将は、隣で居心地悪そうにしているトラちゃんを一瞥して続ける。

「実戦を経験なさって、さらにお強くなられましたね。戦争が殿下を育てたのかと思うと、さすがに複雑な思いではございますが」

しみじみとそう告げた准将を見ないまま、ねえ、とトラちゃんが口を開く。

「半年前のあの時……もしもタマコが間に入らなかったとしても、僕はあの人を殺せなかった？」

「左様でございますね。一撃で致命傷になっていたとすれば別ですが、あの程度のナイフと……僭越ながら、トライアン様の細腕では簡単なことではなかったかと存じます」

「……だってさ、タマコ。僕は無意味なことをして、あなたに痛い思いをさせただけだったんだ……ごめんね」

どこか投げやりに言うトラちゃんに、私は慌てて首を横に振った。

フンと鼻を鳴らして、ネコが彼から顔を背ける。

集まってきた子ネコ達は、同じように首を動かして私とトラちゃんを見比べていた。お馴染み、シンクロニャイズドである。

そんな私達の頭越しに、ロメリアさんが准将に冷ややかな視線を送った。

「まあ、お兄様ったら。決勝にも残れなかった方が、よくも恥ずかしげもなく偉そうに講釈を垂れられたものですわね？」

「うぐっ……」

「殿下が実戦を経験して三年前よりも強くなったとおっしゃるなら、同じだけ戦に出ていたはずのお兄様はどうして負けたのでしょうね？」

「びえーん、チートぉ！　妹が軽率に自尊心を粉砕してくるよぉ！」

『よーしよしよし！　泣くんじゃにゃいよ、坊！　男の子だろっ！』

妹から容赦ない口撃を受けて泣きついてきた准将の顔を、チートが猫科動物特有のザラザラの舌でザリザリ舐めて慰める。

小さなもふもふに甘えるマッチョな兄を鼻で笑い、ロメリアさんはアリーナに視線を戻した。

国王様が優勝者であるミケと、ここまで勝ち上がってきたメルさんを褒め称えているところだった。闘技場は割れんばかりの拍手に包まれるとともに、国王陛下、万歳！　ベルンハルトに栄光あれ！　という叫び声が幾重にも上がる。

そんな光景を前に、トラちゃんは呆然とした様子で呟いた。

「ベルンハルトの国王陛下は、国民に慕われているんだね。それに、国王陛下の方も彼らを大切に思っているみたい……僕の父上とは、大違いだ」

私はロメリアさんと顔を見合わせ、准将はぴたりと泣くのを止める。

トラちゃんはぐっと俯いて続けた。

「僕は、自分と母様があの伏魔殿で生き残るのに精一杯で、国民に目を向けたこともなかった。そんな僕なんかが国王になって、はたして何ができるんだろう……」

とたん、ふふふっ、とロメリアさんが笑った。

珍しく彼女がデレたのかと思ったが――

「何もできませんわ」

その美しい唇から飛び出したのは、さっき実兄にぶつけたものの上を行く、容赦のない言葉だった。

「できるわけがありません。あなたは傀儡ですもの。むしろ、ご自分に何かができるなんて自惚れない方がよろしいんじゃありませんこと？」

「ロ、ロメリアさぁん……」

「――今は、のお話ですわよ？」

「えっ……？」

私は今度はトラちゃんと顔を見合わせる。

そうだった。

ロメリアさんは悪役令嬢っぽくてツンツンツンツンツンデレだが、本当は面倒見がよい姉御肌なのだ。

「殿下だって、三年を掛けて成長なさったのです。トライアン様も、これからたくさん学べばよろしい。そうしていつか、真の国王として立つ日が来るでしょう」

ベルンハルト王国とラーガスト王国は敵対してきたが、今後それぞれの国を担うミケとトラちゃんの働き如何で関係を改善することも不可能ではないはずだ。

もちろん、お互いへの敵愾心や恨み辛みを払拭するのは簡単なことではないし、時間もかかるだろう。けれど……

「ベルンハルトとラーガストの人達が、今の私達みたいに隣に座ってお話ししたり、一緒に誰かを応援したりできる関係になれたらいいね？　トラちゃん」

「うん……うん、そうだね」

そうこうしているうちに、剣技大会の優勝者と準優勝者が揃ってやってきた。

会場の熱気に煽られた子ネコ達が、再びぴょんぴょんと跳ね回る。

私も彼らに負けじと飛び上がって、ミケとメルさんに手を振った。

その拍子に膝から落ちたネコによって向こう脛《ずね》に猫パンチを食らったが、何のその。

「ミケ、優勝おめでとうございます！　――おかげさまで、賭けに勝ちました！」

「賭け!?　こらっ、タマ！　賭けとはなんだ！　いったい、誰がそんなことを始め……」

「元締めはあの人ですよ」

「――父上か!?」

賭けは国王様が言い出しっぺで、王妃様と侍従長と剣技大会に参加していない将官達、それからロメリアさんと私と……

「あーあ、僕はぼろ負けだよ。何しろ、一回戦で負けると思っていた男が優勝しちゃったんだもん」

「ほう？　それは期待外れで申し訳ないな」

トラちゃんの賭け金は、面白がった国王様が出した。

べッと舌を出して挑発するトラちゃんに、ミケのこめかみに青筋が浮かぶ。

私は慌ててミケの袖を引いた。

「ミケは全試合一番人気だったので、結局あまり儲けられませんでしたけど……お祝いに、何か奢って差し上げます！」

「タマは……私に賭けたのか？」

「もちろんです。全試合、ミケにしか賭けてませんよ。だって、ミケに勝ってほしかったんです」

「んん……そうかそうか」

とたんに機嫌を直して私をよしよしするミケに、トラちゃんが面白くなさそうな顔をした。

なお、ロメリアさんは全試合メルさんに賭けていたそうだ。

最初からミケが勝つと確信していた様子だったのに、なぜだろう。

首を傾げる私に、ロメリアさんはツンと澄ました顔をして言った。

「わたくしは、メルを応援しておりましたの。勝敗など、瑣末なことですわ」

それを聞いたメルさんが、感激して涙ぐんでいたのと……

『こらぁ、珠子！　賭けをしておきながら、どこが健全なスポーツなんじゃい！』

ネコが珍しく真っ当なツッコミをしたのが印象的だった。

2　予想を裏切らない展開

――きゃあぁっ！

若い女性の、絹を裂くような悲鳴が夜の屋敷に響き渡った。

――きゃあぁっ!!

時を同じくして、男性達の野太い悲鳴も上がる。

それらを少し離れた部屋の中で聞いていた私とミケは……

「やはりこうなったか……」

「予想を裏切らない展開ですね」

顔を見合わせて苦笑いを浮かべた。

この日の早朝、ミケ率いるベルンハルト王国軍の一行は、ラーガスト王国を目指して王城を出発した。

総督府の交代人員も含め、総勢二百人余りの中隊規模だ。

ミットー公爵や准将といったお馴染みの将官達に加え、軍医としてロメリアさんとその護衛のメルさんも同行する。

ミケや将官達、メルさんは、戦時中も苦楽を共にした愛馬に跨《また が》った。

一方、私はネコ達と一緒に、トラちゃんを護送する馬車に乗る。ミケは当初これに難色を示したが……

「わたくしが同乗すると申しているではありませんか。護送用のこの馬車が最も頑丈ですし、警護対象は一台にまとまっていた方が都合がよいでしょう」

「それはまあ、そうなのだが……」

「ご安心くださいませ。道中、わたくしが殿下の分までおタマを愛でまくっておきますので」

「……私は挑発されているのか？」

ロメリアさんを恨めしそうな目で睨みつつ、最終的には頷いた。

天気にも恵まれて旅は順調に進み、日が落ちる前に最初の宿営地に到着する。

王都から馬車で一日の距離にあるのは、豊かな小麦畑を有する大きな荘園だ。収穫を目前に控え、辺り一面が黄金色に輝いていた。

広々とした草原に天幕を張った軍隊は地元住民の歓迎を受け、温かい食事を振る舞われる。

そんな中、ミケは荘園を管理する領主の屋敷に招き入れられた。

領主からすれば、王子に野宿などさせられるはずがない。何しろミケは、先の戦を勝利に導いた英雄としても、国民の間で絶大な人気を誇っているのだ。

将官達、ロメリアさんとメルさん、そして私とトラちゃんも相伴にあずかることになり、数人の護衛とともに客室へと案内されたのだが……

『ぐへへへ……王子に夜這いをかけようとは、領主の娘とやらは随分とアグレッシブじゃなあ』

ネコがニヤニヤして言う通り、年頃の領主の娘がミケの充てがわれた客室に合鍵を使って忍び込んだようだ。ちょうど日付を跨ぐ頃のことである。

なお、先ほどの絹を引き裂くような悲鳴は領主の娘のもの、野太い悲鳴はミケの代わりに囮《おとり》として彼の部屋に潜んでいたミットー公爵と准将のものだ。

「どうして、自国民にまで警戒しないといけないんだ……」

危うく夜這いされるところだったミケが、うんざりとした顔でため息を吐く。

戦勝の英雄で独身、加えてこの美貌である。夕食の席でミケと顔を合わせた瞬間から目がハートになっていた領主の娘は、彼との間に無理矢理にでも既成事実を作ろうと目論んだのだろう。

しかし、彼女の絡みつくような視線を察していたミケは、領主サイドに知られないようあらかじめ部屋を移動していた。

その避難先がここ――私とロメリアさんとメルさんの女子部屋である。

「殿下は、わたくしに襲われるとは思いませんでしたの？」

「ロメリアはそもそも、私に微塵も興味がないだろうが」

「ええ、殿下の外側には。けれど、内側……特に、骨は興味深いと思っておりますわ。殿下が死んだら骨格標本にしてもよろしくて？」

「普通に嫌だが？」

冗談か本気かわからないロメリアさんの話に、ミケはますます顔を顰《しか》める。

膝の上で丸くなったネコを撫でながらそんな二人を眺めていると、ロメリアさんがくるりと私に顔を向けた。

そして、それはそれは麗しく微笑んで言うのだ。

「わたくし、おタマにもとても興味がありますの。刺し傷を縫う前にもう少しお腹の中を観察しておけばよかったと後悔しておりますわ」

「もう少しって何ですか？　ちょっとは観察したんですか!?」

「だ、大丈夫ですよ、タマコ嬢！　あの、ちょっと、ほんのちらっと臓腑が見えたくらいで……」

「内臓見られるとか、はずかしいいいいっ!!」

相変わらず、メルさんのフォローはフォローになっていない。

わっ、と両手で顔を覆った私の頭を、隣に座った相手――トラちゃんが撫でた。彼は戦々恐々とした様子で呟く。

「やっぱり、この公爵令嬢こわいよ……」

彼の見張り兼護衛を務めるはずだったミットー公爵と准将は、現在ミケの代わりに領主の娘への対応をしているはずだ。……しかし、屈強な軍人親子が悲鳴を上げるなんて、いったい何があったのだろうか。

「私が領主の娘を取り押さえるのは、訳ないんだがな」

「殿下は何もなさらないでくださいませ。事を大きくして旅の予定が狂うのはごめんですわ」

肩を竦めるミケに、ロメリアさんがぴしゃりと言う。

そんなわけで、今夜はこの広い客室で、私とロメリアさんとメルさんに加え、ミケとトラちゃんも眠ることになった。

もともと置かれていたゆったりサイズのベッドを三つくっつけて、思い思いに寛ぐ。

私以外は生粋の王侯貴族だが……

『まあ、戦場を経験したやつらなら、男女入り乱れて雑魚寝するくらい、平気じゃろうなぁ』

そう呟いたネコが、私の膝から立ち上がって伸びをすると、ベッドの上を悠々と歩き始めた。

子ネコ達はスプリングを確認するみたいにぴょんぴょん飛び跳ねている。

なお、子ネコは五匹から四匹になっていた。王妃様にベッタリだった一匹が、そのまま王都に残ったためだ。

ネコはそれが不服なようだが、その首の後ろには新たな毛玉もでき始めていた。

そんな中、私の顔を下から覗き込むように寝転んだミケが、笑い混じりに言う。

「しかし、タマ。絨毯に包まれて部屋を脱出するのは妙案だったな？」

ミケが別の部屋に避難するのが領主の娘にバレないよう、私達は一計を案じた。

まず、ミケの客室を覗いたロメリアさんが、そこにあった絨毯を自分の客室に欲しいと大袈裟に騒いだ。

公爵令嬢であり王子の婚約者候補とも噂される彼女の要求を、地方領主ごときが撥ね除けられるはずがない。領主はしぶしぶ絨毯の移動を使用人に命じようとしたが、こちらのわがままだから自分の部下にさせる、とミケが申し出た。

夕食後、くるくるに巻かれた絨毯が運び出されるのを見た領主サイドの者達は、まさかその中に王子が包《くる》まっていたとは思ってもいなかっただろう。

今回、女優を演じたロメリアさんが、私の頰を指先でツンと突いてため息を吐く。

「おかげでわたくしは、ここの家人に絨毯にこだわりを持つわがままな女という印象を刻んでしまいましたけれど？　まあ、殿下が簀《す》巻《ま》きにされる光景が面白かったので、許して差し上げますが」

「あはは……ありがとうございます、ロメリアさん。私の元いた世界で、ああして警備の目をくぐり抜けた女王様の逸話があるんです。二千年以上前の、外国の人ですけど」

言わずと知れた、古代エジプト女王クレオパトラ七世のことだ。

私は、メルさんの膝の上に落ち着いたネコを見て、そういえば、と続ける。

「その国が最初に猫を飼い始めたって言われていて、猫の神様もいましたよ。はじめは人を罰する怖い神様だったけれど、後にファラオ……王の守護者とか、子孫繁栄とか、病気や悪霊から守ってくれるとか、あるいは家を守ってくれる穏やかな女神様として描かれるようになったそうです」

「ネコが守護神、か。ネコに似たレーヴェは丈夫で、作物を食い荒らす害獣も狩ってくれるそうだが、それに通ずるものがあるな？」

「猫が好きすぎて戦争に負けたっていう、有名な話もあります」

「ほう、詳しく聞こうか」

興味深そうな顔をして先を促すミケに倣い、私もベッドに寝転び頬杖を突く。トラちゃんとロメリアさんも同じ体勢になった。

猫が好きすぎて戦争に負けたというのは、クレオパトラ七世よりも後の古代エジプトに、ペルシャ帝国が侵攻した時のことである。古代エジプト人達が大の猫好きだという情報を得たペルシャは、猫を前線に置いて盾にしたというのだ。

「結局、猫を攻撃できなくて降伏……そのまま、国は滅んだそうです」

『ぐぬぬぬ……猫ちゃんを盾にするとは、何たる非道……血も涙もないやつらじゃな！』

メルさんの膝の上に陣取ったネコは、憤懣《ふんまん》やる方ないといった風に低く鳴いたが……

「それではまるで、ネコに国を滅ぼされたようなものではないか」

「案外、ネコも共犯だったりしてね」

「冷静な判断ができる人間が一人もおりませんでしたの？　それならば、滅びて当然ですわね」

「ネコさんがかわいそうです……」

メルさん以外の三人は、猫を盾にされても攻撃しそうだった。

それにしても、複数人で同じ場所に寝転がり、頭を突き合わせて夜遅くまで話に花を咲かせるなんて……

（何だか、修学旅行みたい）

私はくすりと笑う。

元の世界では、人見知りしすぎて全然友達ができなかった自分が、異世界に来てこんなに打ち解け合える相手に恵まれるなんて不思議な気分だった。

廊下はまだバタバタと人が行き交う音で騒がしいが、朝まで領主サイドの前に姿を現す気のないミケがこの場を仕切る。

「さて、明日も一日移動だ。もう寝るぞ」

「はーい」

「タマは素直でいいな。どうか、そのままでいてくれ」

「ふふ……」

唯一返事をした私の、以前とは正反対の色になってしまった髪を、ミケが褒めるみたいに撫でてくれる。

面白がったロメリアさんと、ミケに妙に対抗心を燃やすトラちゃんがそれを真似ると、メルさんはネコの毛並みを撫でながらくすくすと笑った。

一緒に寝ようと集まってきた子ネコ達に頬を寄せ、私は幸せな気分のまま瞼を閉じる。

『珠子よ、他人に心を預けるのも、ほどほどにしろよ……』

そんな私に、ネコはいやに冷静な目をして忠告してきた。

それが気にならなかったわけではない。

だが、この時の私は、明らかに舞い上がっていた。

後々、冷や水を浴びせられることになるとも知らずに――

なお、ミケだと思って夜這いをかけた領主の娘はというと……

『おれ、ミットーさんと坊を、守ったにゃ!!』

部屋に潜んでいたチートに、散々顔面を引っ掻かれてしまったらしい。ミットー公爵と准将が悲鳴を上げたのは、目の前で思いも寄らない制裁が下されたせいだった。

もちろん、娘の顔面が傷だらけにされようと、合鍵まで使って彼女を客室に侵入させた領主側に文句を言う権利などない。

朝食の席に、領主の娘の姿はなかった。

3　戦争の犠牲と責任

「――王子よ、お覚悟をっ!!」

その騒動が起こったのは、王都を出発して二日目の午後のことだった。

昨夜の宿営地からさらにいくつもの荘園を通り過ぎ、丘を越え森を抜け、今夜宿泊する予定の国軍施設まで山を越えればすぐというところまで来て、一行は休憩を取った。

「人間のためではなく、馬達を休ませるための休憩ですわ。山越えは骨が折れますから」

そう説明してくれたロメリアさんに促され、私とトラちゃんも一旦馬車を降りる。誂《あつら》えたみたいに転がっていた倒木に腰を下ろすと、准将が焚き火でお茶を沸かしてくれた。

ミケは、ミットー公爵やメルさんと一緒に、すぐ側の木立の陰で愛馬を労りつつ談笑している。

お馴染みの中将や少将達は、それぞれ別々の場所で末端の武官達を労っていた。

ネコや子ネコ達は、思い思いに休憩する人間達の間を練り歩き、愛嬌を振りまきつつ食事に勤しむ。

戦いに向かっているわけではないので、人々の表情も穏やかだった。

しかし、ふとした瞬間こちらに――隣に座るトラちゃんに向けられる視線は、私でさえ感じ取れるほどの殺気を孕んでいる。

「まあ、しょうがないよね……僕は憎っくきラーガストの、曲がりなりにも王子だから」

「トラちゃん……」

自嘲するように言うトラちゃんに、私は何と言葉をかければいいのかわからなかった。

私は両国の戦争に関してはまったくの部外者で、ベルンハルト側に立ってトラちゃんを糾弾するつもりはないが、安易に彼を擁護するわけにもいかないだろう。

(中立と名乗るのも烏滸《おこ》がましい、ただただ無力な傍観者でしかない……)

私はそんな自分を歯痒《はがゆ》く思った。

ロメリアさんは、私とトラちゃんのやりとりを口を挟まずに見つめている。

その強い眼差しから逃れるように、トラちゃんは目を伏せて続けた。

「この国の王子を殺そうとしたんだし……その結果、タマコのことを刺しちゃった。この事実は、なかったことにはできない。僕がこれから一生背負っていく、罪だ……」

「ト、トラちゃん、あのね？　ミケのことはともかく、私のことはもう……」

その時、ふいに頭上が陰る。

太陽が雲に隠れたのかと思い、何気なく顔を上げようとして――

「えっ……？」

誰かが、私達の背後に立っていることに気づいた。

背が高くて体格のいい男性だ。他の武官達と同じ黒い軍服に身を包んでいるので、今回の旅のメンバーだろう。

逆光でその表情はよく見えないものの、眼光鋭くこちらを――トラちゃんを見下ろしているのだけはわかった。

「ト、トラちゃん！　こっちへ……」

本能的に危険を感じた私は、トラちゃんを自分の方へ引き寄せようとした。

ところがそれよりも早く、私がロメリアさんに腕を摑まれ引っ張られてしまう。

時を同じくして、トラちゃんが小さく声を上げた。

「わっ……」

男の左手が彼を倒木のベンチから引き摺り下ろし、地面に押さえつける。

さらに、右手には……

「──王子よ、お覚悟をっ!!」

ナイフが握られていた。

「や、やめて！　トラちゃん──！」

男は、地面に仰向けに倒れたトラちゃんの上に跨り、その切先を突き立てようとする。

とっさに飛び出そうとした私の腕を、ロメリアさんが強く握って止めた。

そんな中で響いたのは、慌てて駆け寄ってきたミケの声だ。

「──やめろ！」

さすがに王子の声は無視できないのか、男がビクリとして動きを止めた。

ミケは彼を刺激しないようにか、少し離れたところで立ち止まって、落ち着いた声で語りかける。

「どうか、頼む。そのナイフをしまってくれ」

「しかし、殿下！　ラーガストの……こいつのせいで！　俺の父は、兄はっ……!!」

「今一度冷静になって、自分が押さえ込んでいる相手をよく見てほしい。──お前から父や兄を奪ったのは、本当に彼か？　お前よりずっと幼いその子が、元凶か？」

「あ……」

ミケに言われた通り、自分が押さえ込んだ相手を見た男は、急に真っ青になった。

そうしてブルブル震え出す彼に、ミケは静かな声で続ける。

「我々ベルンハルトは、ラーガストからの一方的な宣戦布告をきっかけに、多くの犠牲を強いられた。お前には──いや、全てのベルンハルトの民には、ラーガストを恨む権利がある。これは、決して否定しない」

しん、と辺りは静まり返った。

別々の場所にいたはずの将官達がいつの間にか集結しており、トラちゃんと襲撃者、そしてミケを取り囲んでいる。

その背後では全ての武官達が立ち上がり、事の成り行きを見守っていた。

中には腰に提げた剣の柄に手をかけている者もいたが、彼らが誰に向かってそれを振るおうと考えたのか——暴挙に出た同胞なのか、それとも敵国の生き残りの王子なのか、判然としない。

ミケはそんな部下達の顔をゆっくりと見回してから、トラちゃんを押さえ込む男に視線を戻して、だが、と続けた。

「トライアン王子以外の王族や、戦争を押し進めた連中は革命軍や民の手によって処刑された。今のラーガストに残っているのは、ただ戦争に巻き込まれただけの、名もなき民ばかり。我らの敵は、もういないんだ」

「では、殿下。この憤りは、恨みは、悲しみは、いったいどこにぶつければいいのでしょう……俺は、父や兄のために、何ができるのでしょうか……」

「お前の父や兄を戦場に送り出したのは、軍の全権を任されていた私だ。お前の怒りも刃も、受けるべきはその少年ではなく——私だ」

「あ、で、殿下……」

震える声で言い募る男をまっすぐに見つめ、ミケはぐっと頭を下げた。

「――すまなかった」

「で、殿下！　やめて……やめてくださいませ！　頭を上げてくださいっ！　俺は、そんなつもりでは……」

男はついにトラちゃんを放り出すと、よろよろとミケの前に跪《ひざまず》き、ナイフを地面に置いて深々と頭を垂れた。

そのまま嗚咽を上げ出した背を、ミケがそっと撫でる。

「私は神ではないから、お前の父や兄を――この戦争で犠牲になったベルンハルトの民を生き返らせることはできない。私にできるのは、彼らが守ってくれたベルンハルトを一刻も早く立て直し、彼らが守りたかった者達が幸せに生きられる世を作る努力をすること、それだけだ」

男からナイフを受け取ったミケは、彼を一度強く抱き締めると、その身柄を准将に預けた。

それから、地面に転がったままだったトラちゃんを助け起こし、背中に付いた土を払ってやる。

人々は再び静まり返り、元敵国の王子同士のやりとりを固唾を呑んで見守った。

「部下が無礼な真似をして、申し訳なかった」

「……彼の怒りはもっともなことです。僕は、死んで詫びるべきなのかもしれない」

「あなたは王子でありながら、たった一人で死地に向かわされたのだ。あなたもまた戦争の被害者だと、私は考えている」

「いいえ……父や兄を止められなかった時点で、僕もまた加害者です。ベルンハルトの皆様、僕が無力なばかりに、申し訳ありませんでした」

トラちゃんが地面に座り込んだまま頭を下げたことで、武官達の間に動揺が走る。

あまりにいじらしい姿に、一気に同情が広がった。

トラちゃんが、武官達の息子くらいの年齢であることも影響しているだろう。

ミケは彼を立たせると、その肩を抱き、声を明るくして言った。

「ラーガストが、いつかまた我らの善き隣人となる日がくると、私は信じている。そうなるようラーガストを導くのは、こちらのトライアン王子だ。我々は、いつかくるその善き日のために、彼を確実に総督府までお送りしようではないか。――皆、よろしく頼むぞ！」

御意！　と見事に声が揃うとともに、盛大な拍手が巻き起こる。

私も感動のあまり、夢中で手を叩いた。

そんな私の頭を、騒動の間も優雅にお茶を飲み続けていたロメリアさんが無言でなでなでする。

いつの間にか私の側に戻ってきていたネコは、盛り上がる人間達をどこか冷ややかに見つめていた。


山越えは、予想外に難航した。

この地方は前日に雨が降ったらしく、土砂が道を塞いでしまっている場所が何箇所もあったためだ。目的地に辿り着いた頃には、すっかり日が暮れていた。

とはいえ本日の宿泊場所は、戦時中は王都からの中継地として活躍したという、大隊規模の人員も収容できる大きな要塞だ。おかげで全員に、小さいながらも個室が用意されている。

時刻は午後九時を回った。

私は、ロメリアさんやメルさんと一緒に湯を浴びてさっぱりしてから、トラちゃんと准将を加え、上官クラス用の食堂で夕食をご馳走になる。

同席するのはいつもの将官達が中心のため、ネコ達も当たり前のように入室を許された。

そんな中、ミケはミットー公爵とともに、要塞の責任者と会談中らしい。

「先ほど越えてきた山もこの要塞の管轄なのです。山道の復旧に関する相談をなさっているのでしょう」

そう説明してくれた准将を、妹のロメリアさんがじろりと睨んだ。

「まあまあ、お兄様。随分とだらしないお顔ですこと」

「えへへへ……だってー、チートが可愛いんだもーん」

ミットー公爵から預かったチートに耳たぶをちゅぱちゅぱ吸われて、准将はさっきからデレデレしっぱなしである。

『坊！　今日も一日馬に乗ってえらかったにゃ！　ミットーさんの代わりに、おれが褒めてやるにゃん！』

顔面崩壊中の兄に、ロメリアさんがゴミを見るような目を向けた。

メルさんと苦笑いを交わす私の膝の上では、要塞を一回りして食事を済ませてきたらしいネコが大欠伸をしている。

一方、子ネコ達のターゲットは将官達だ。

「子ネコちゃん、今夜おじさんのベッドに来なーい？」

「ニャフ！　ニャフフーンッ！」

額に向こう傷のある強面中将が子ネコを口説いている隣では、メガネをかけたインテリヤクザ風の中将が今夜も元気に人語を忘れている。

「子ネコちゃんが見ててくれるなら、頑張ってピーマン食べる！」

「じゃあ僕は、ニンジン食べる！」

黒髪オールバックとスキンヘッドの仲良し少将二人組は、子ネコを囲んで小学生みたいな会話をしていた。

「ねえ、タマコ……あの大人達、大丈夫？　すごく疲れているとか？」

「あはは……あの人達は通常運転だよ」

隣に座るトラちゃんはドン引きしているが、昼間の騒動が嘘のような和気藹々とした雰囲気に、私は食事が進む。

馴染みのない声が聞こえてきたのは、そんな時だった。

「――トライアン殿下。昼間は、大変失礼しました」

私はひゅっと息を呑んだ。

馴染みはないが、その声には聞き覚えがあったからだ。

昼間……というか、山に入る直前の休憩中のことである。

トラちゃんを地面に押し付けてナイフを振り上げ、お覚悟を、と叫んだ――あの男の声だった。

「ど、どうしてここに……トラちゃんから、離れてっ!!」

私はフォークを握ったまま、無我夢中でトラちゃんと男の間に割り込んだ。

膝の上にいたネコが吹っ飛んだが、かまっていられなかった。

（准将に連行されて、王都へ送り返されたって聞いたのに！　どうして、自由の身なのっ!?）

そもそも彼は、ミケに諭されて復讐を断念したはずだ。

それなのに、どういうつもりで再びトラちゃんに接触してきたのだろうか。

訳がわからないことばかりで、心臓がバクバクと激しく脈打ち、冷や汗がこめかみから伝い落ちる。

ところがである。

「……あれ？」

私のとっさの行動に驚いて、ロメリアさんもメルさんも将官達もこちらに注目している。

にもかかわらず、トラちゃんを害そうとした男が再び現れたことに、誰一人慌てる様子がないのだ。

そればかりか当の男さえ、邪魔をする私に苛立つわけでもなく、ぽかんとした顔をしている。

緊張しているのは、私ただ一人だった。

その理由を、私はトラちゃんの言葉によって知ることになる。

「ああ、そっか。タマコは知らなかったんだね――あれは、彼が一芝居打っただけだってこと」

「どういう、こと、ですか……？」

呆然と呟く私を見て、ロメリアさんもメルさんも将官達も気まずそうな顔になった。

「にゃあ」

静まり返る食堂に、ネコの声が響いた。

飛びついてきたネコを、私は縋るみたいに両手で抱き締める。

足下がガラガラと音を立てて崩れていく――そんな感覚に襲われていたからだ。

4 うそつき娘

『おおーい、珠子ぉ。拗ねるなー。まぁーたく、面倒くさい子じゃな!』

「……面倒くさくて悪かったね」

トラちゃんがベルンハルト王国軍の武官に襲われそうになったのは、実は事前に示し合わされていたことだった。

それを知った私は食事を切り上げ、早々に充てがわれた客室に戻ってきた。

六畳ほどのスペースに、質素なベッドと小さな木造りの机と椅子があるだけのこぢんまりとした部屋は、元の世界の一人暮らしの部屋を思い起こさせる。

『靴も脱がずにベッドに突っ伏しとるんじゃないわ、まったく……』

「「「ミー……」」」

ネコは小言を言いつつ、さっきから私の背中をふみふみしていた。

子ネコ達も心配そうに、私の周りに集まってきている。

はあ、とネコがこれ見よがしにため息を吐いて続けた。

『今回の部隊には、先の戦争で死線を彷徨ったやつも、家族や友を失ったやつも大勢おるんじゃろ？　仇敵の王子がのうのうと生きとることに、そやつらが不満を抱くのも当然じゃわい』

それは、トラちゃんに向けられる視線から、私でさえ感じ取れたことだった。

『小さな火種も集まれば大火事じゃ。放置すれば、やがて戦火となろう。そうなる前に、全ての火種を掘り起こして一気に消火することにしたんじゃなぁ』

「それはわかるよ。私だって、そうするって教えておいてもらえたなら……」

『秘密を知る者は、少なければ少ないほどいい。公爵家の娘やその下僕さえ、知らんかったと言うとったろ？』

「うん……」

実際情報を共有していたのは、ミケとミットー公爵、そして襲撃役の男とトラちゃんだけだったという。

つまり、他の将官達や、ロメリアさんやメルさんといった、さっきの上官クラス用の食堂にいた人達さえ知らされていなかったのだ。

しかし、彼らは男が動いたとたんに瞬時に事情を察し、それぞれが適切な働きをした。

「あの時……とっさにトラちゃんを引き寄せようとした私を、ロメリアさんが止めたんだった」

『他にも、小僧を助けようと、あるいは便乗して恨みを晴らそうと動いた連中がおったが、将官達が盾になっとったわ』

ネコは私の背中の上で、フンと鼻を鳴らして続ける。

『何しろあれは、何人たりとも乱入が許されん、王子のために用意された舞台じゃったからな』

戦争が終結した今、自分達がすべきことは復讐ではなく、平和で安全な世を取り戻すことなのだ、と。

そのために、自分達も、犠牲となった者達も懸命に戦い、勝利を掴み取ったのだ、と。

そう、今一度武官達に思い起こさせるために、ミケはあの舞台を用意したのだろう。

ではなぜ、事情を知らされていなかったロメリアさん達がとっさに動けたのかというと……

『あの襲撃者役の男が、国王お抱えの隠密だと知っていたから、とはなぁ』

「そんなの、知らないよ……」

私以外の者には、暗黙の了解があった。

その礎石となっているのは、彼らに対するミケの信頼だ。

「私には……それが、なかった」

ベッドに顔を押し付けたまま唇を噛む私の頭を、ネコがクリームパンみたいな前足でポンポンと叩いた。

『まだ半年の付き合いじゃし、あの王子はお前を民間人と言っとったくらいじゃ。軍の事情にあまり深入りさせたくないんじゃろうよ』

「……わかってるよ」

『別に、意地悪でお前に伝えてなかったわけじゃなかろう』

「わかってるってば」

わかっている。

私が傷つくこと自体、お門違いだということも。

ただ、自分だけが何も知らなかったと気づいた私に向けられた、人々の気まずそうな顔を見て、思い出してしまったのだ。

猫カフェで同じシフトに入っていた子達が、私を除いたライングループを作っていたり、終業後に私以外のメンバーで遊んでいた、と知った時の気持ちを。

「わかってるけど……しんどい」

『はー、やれやれ……』

学生時代も友達がいなかったため、修学旅行の部屋割を決める時なんて苦痛だった。

余った私は、人数が半端だったグループの部屋を間借りさせてもらうしかなく、疎外感と孤独にいっそう苦しめられた。

（だから昨日の夜、一つの部屋に集まってミケ達と雑魚寝したのが、とても楽しかったんだ……）

この世界に来て、少しは積極的に人と関われるようになって、もう疎外感を味わうことはないなんて勝手に思い込んでいた。

「気の置けない仲だって思っていたのは私だけで、みんなは……ミケは、違ったのかもしれない……」

自分とミケの間に、突然分厚い壁が立ったように錯覚し、私の気持ちはどこまでも沈んでいく。

はあー……と、背中の上でネコが一際盛大なため息を吐いた。

それから、ベッドに突っ伏した私の後頭部に額を擦り付け、ゴロゴロと喉を鳴らして言う。

『あのなぁ、珠子よぉ。我もきょうだい達も、お前の負の感情を食ってやることはできんのじゃ。自力で振り払うか、消化せい』

「……何でできないの？」

『珠子は同族じゃろ。共食いになってしまうからのぉ』

「……変な理屈。そもそも、同族じゃないし」

その時、コンコンと扉を叩く音がした。

続いて聞こえた声に、私はベッドから飛び起きる。

「――タマ、起きているか？」

ミケだった。

『んぎゃ……！　こらぁ、珠子ぉ！　お前、何度この母を吹っ飛ばせば気が済むんじゃっ！』

「いたいいたいっ……ご、ごめんって！」

「――タマ、どうした？　大丈夫か？」

「あっ、はい！　だいじょう、ぶ……」

私がいきなり起き上がったせいで後ろに吹っ飛んだネコが、怒って猫パンチをしてくる。

物音が聞こえたらしいミケの問いに、とっさに返事をしてしまったため、居留守も寝たふりも使えなくなってしまった。

「ロメリア達に話を聞いた。中に入れてくれないか。少し、話をしたい」

ミケは、私がトラちゃん襲撃事件の真相を知ってしまったと聞いて訪ねてきたようだ。

扉越しに話せないということは、廊下に配置されている守衛には真相を聞かせられないということだろう。

私は扉に駆け寄り、鍵を開けようとして――手を止めた。

「……私のことは、気にしていただかなくても大丈夫です。事情は理解しましたし……言いふらしたりはしません」

「そんなことを心配しているんじゃない。私が心配なのは、タマ自身の……」

「私は、大丈夫です。でも、今日は疲れたので、もう眠っていいですか……」

「タマ……」

今顔を合わせてしまうと、ミケを詰《なじ》ってしまいそうで怖かった。

私は、ミケにとって信用に足る人間ではないのか。

まだ他に、私にだけ黙っていることがあるんじゃないのか、と。

自分のそんな姿を想像すると惨めでたまらないし……

（ミケを、困らせたくない……）

ミケの役に立ちたいと思っていたはずの自分が、彼を煩わせてしまうなんて許せなかった。

私は声が震えそうになるのを必死に堪え、扉を隔てた相手に向かって明るく装う。

「本当に、大丈夫なんです！　明日の朝には、絶対元気な顔を見せますので！　ミケも疲れたでしょう？　早く休んでください！」

「……明日、朝一番に訪ねる。その時は、顔を見せてくれるんだな？」

「はい、約束します――おやすみなさい、ミケ」

「ああ……おやすみ、タマ」

やがて、扉の向こうで足音が遠のいたのを確認し、私は鍵から手を離した。

いつのまにか足下に来ていたネコが、そんな私を半眼で見上げて吐き捨てる。

『この、うそつき娘がっ』

「何よ……」

『その顔のどこが大丈夫なんじゃ』

「うるさいな……」

私はネコの視線から逃れるようにベッドに駆け戻った。

勢いよく突っ伏すと、ベッドに乗っていた子ネコ達が反動で跳ねる。

ネコもため息を吐きながら戻ってきて、私の靴を咥えて脱がし、床に落とした。

『やれやれ……珠子とて、あの王子に言えんことがあるんじゃぞ？』

「ないよ、別に。……まさか、陰キャだったってこと？」

『だったも何も、お前は今でも十分陰キャだろーが。まさか、陽キャになったつもりでおったんか？　片腹痛いな』

「ひどくない？」

ベッドから少しだけ顔を上げて睨む私に、ネコはまた悪役さながらの笑みで応えた。

『ぐふふふ……我らをただの可愛いもふもふ扱いする人間どもは、我らがこれまで数多《あまた》の世界を滅ぼしてきたとは思いも寄るまいなぁ』

「世界を、滅ぼした？　あなた達がって……何の話をしている、の……？」

それこそ思いも寄らない話題に、私は慌ててベッドの上に起き上がる。

にちゃあ、とネコが不穏な笑いを浮かべて続けた。

『元来の我らは本能に従い、人間の負の感情を際限なく食らう生き物よ。しかも、爆発的に増える。数が増えれば糧となる負の感情が足りなくなるじゃろ。すると、どうすると思う？』

「新天地を求めて世界を渡るんでしょ？　あなたが、私のところに来たみたいに……」

『その前段階の話をしとるんじゃい。糧が少なくなれば、普通は増やそうとするじゃろ？　人間なら、作物を育てたり、家畜を養ったりしてな。我らも育てるんじゃ。人間の負の感情をな』

「ど、どうやって……？」

ゴクリ、と自分の唾を呑み込む音がいやに大きく響いた。

ネコがさらに牙を剥き出しにして笑う。金色の目は、爛々と輝いていた。

『人間の心理に干渉し、戦争を引き起こす。世界は負の感情に溢れ、我らはさらに数を増やし――世界が滅べば、ここでようやく新天地を求めて旅立つ』

「そ、そんな……」

『この世界は、いったいどれほど保つのか……楽しみじゃなぁ、珠子ぉ？』

「ひっ……」

私は、ぞっとした。

ネコが冗談を言っているわけではないと、本能的に確信してしまったからだ。きっと、ネコの細胞の一部が私の中に溶け込んでしまっているせいだろう。

ネコは真っ青になった私を面白そうに眺めると、ベッドから木造りの机へと飛び移る。

そうして、空気を入れ替えようとわずかに開いていた窓の隙間をするりと抜けて、外へ出てしまった。

「ちょっ、ちょっと！　どこへ……」

『夜食を馳走になってくる。お前の辛気臭い顔は腹の足しにもならんからな。心配せんでも、今すぐこの世界が滅びたりはせんわ』

「そ、そう……なの……？」

『では、母はもう行くぞ。ちゃんと戸締まりしてから寝ろよ』

そう言い残し、ネコの白い体が闇に溶ける。

私はただ呆然とそれを見送ることしかできなかった。

5　ネコとミケ、保護者対保護者

『まあ……今回の世界じゃあ、食い潰せるほど、なかなか数が増えんのが実情じゃがなぁ』

珠子の部屋を出たネコはそう呟いて、にゃふーっとため息を吐く。

『しょーがないわ。のんびりやるか。我は気の長いネコちゃんじゃからな』

「「「ミー？」」」

シンクロニャイズドして首を傾げる子ネコ達の顔を、ネコは母猫が毛繕いしてやるみたいに順番に舐めた。

子ネコのうち一匹は珠子の側に残ったが、あとの三匹は一緒に窓の外に出てきたのだ。

彼らが夜食を求めて各所に散っていくと、身軽になったネコは窓台から窓台へと飛び移り、五つばかり離れたバルコニーへやってきた。

珠子の中の猫の概念を忠実に再現しているだけあり、抜群に夜目が利く。

一際大きな窓台に降り立つと、ネコはどっこらしょと後ろ足で立ち上がった。そうして、前足で窓をカリカリ引っ掻いて鳴き始める。

その鳴き声は、にゃあにゃあと愛らしく、人間の庇護欲をそそった。

ところが、実際は……

『おらおらおらおら、開っけろーい！　おネコ様のおなーりーじゃ！』

めちゃくちゃ尊大なセリフを吐いていた。

そうこうしているうちに窓が開き、金髪碧眼の男が顔を出す。

「何だ、お前……タマについていなくていいのか？」

ネコには人間の美醜はわからないが、珠子曰く超絶イケメン王子様なミケランゼロ・ベルンハルトである。

なお、ネコは親バカなので、自分の娘と認識している珠子のことは、人間っぽい形をした者の中では最も可愛く美しく尊いと思っているし、異論も認めない。天邪鬼《あまのじゃく》でもあるので、本人には決して言わないだろうが。

「ネコが私のところに来るのは珍しいな。軍の施設ではいつも、将官達にべったりのくせに」

『それはな、お前が我に興味がないからじゃ。そもそも、お前だって珠子にべったりじゃろうが』

ミケランゼロが開いた窓から、ネコがするりと部屋の中に入る。さすがに王子に充てがわれた部屋だけあって、珠子が泊まる一般士官用の部屋がいくつも入るほどの広さがあった。

そんな中、ネコはまっすぐにベッドに向かう。

そして、窓辺に留まっているミケランゼロを見て、にゃあ、と……

『おいこら、王子。ボケッとしとらんで、さっさとこちらへ来て座らんか。ベッドじゃないぞ、下に座れ。床に両手を突いての謝罪を要求する』

ぬあー、にゃあ、にゃにゃ、うー、ううー、にゃうー、とどすの利いた声で鳴いた。

その目は据わり、耳は横にピンと張ったイカ耳状態。

しっぽをバンバンと、何度もベッドに叩きつけている。

怒ったり苛立ったりしている時の猫、そのものだった。

『おネコ様の大事な娘さんを凹ませて大変申し訳ございませんでした、と謝れ。さすれば、今日のところは猫パンチ一発で許してやらんこともない。その際、爪を出すか出さないかはお前次第じゃ！』

何だかんだ言いつつも、この自称母上様は、珠子を悲しい気持ちにさせた元凶であるミケランゼロに腹を立てているのだ。

彼やベルンハルト王国の事情など、ネコにとっては知ったことではない。

「……何やら、説教をされているような気がするな？」

ネコの言葉がわからないミケランゼロも、いかにも恨みがましげな態度からその思いを感じとったようだ。

窓を閉め直し、ネコがいるベッドの方へやってきた。

しかし、床ではなくベッドに座ったものだから、爪出し猫パンチの刑が確定したかに思われたが
……

「んにゃ？」

ネコがシャキンと爪を出して右前足を振り上げるよりも早く、ミケランゼロが両脇の下に手を入れて持ち上げてしまった。

さらには、その真っ白いふかふかのお腹の毛に顔を埋め、すうと大きく息を吸う。

「お前……もふもふだし、いい匂いがするな……」

『いや、今更じゃな。大丈夫か？　人生、だいぶ損しとったぞ？』

普段はほとんどネコに興味を示さないミケランゼロが、珠子にするみたいにその毛並みに癒やしを求める。

これにはネコも拍子抜けし、ついでに同情もした。

『お前……さては、相当参っとるな？』

ぽむっ、と金色の頭を叩いたクリームパンみたいな前足は、爪が引っ込んでいた。

ミケランゼロはもう一度大きく息を吸い込むと、だが、と続ける。

「私は……タマの髪の方が好きだな。あれに顔を埋めていると、心が安らぐんだ」

『そりゃ、お前。珠子がお前を思いやって、せっせと負の感情を払っとるからじゃろうが』

「……タマを吸いたい……一晩中、吸っていたい……」

『おーい、やめろー！　やめろやめろやめろ！　我の娘に対するいかがわしい発言、やめろーっ!!』

腹に悩ましげなため息を吐きつけてくるミケランゼロの頭に、ネコは連続猫パンチをお見舞いして猛抗議する。

そんなネコだって、以前珠子に体を使ってでもミケランゼロを陥落させろと言ったのだが、その矛盾を指摘する者はここにはいない。

暴れるネコを顔に張り付かせたまま、ミケランゼロはベッドに仰向けに倒れ込んだ。

「タマを……傷つけるつもりなど、なかったんだ……」

苦しそうに吐き出された言葉に、ネコはピタリと動きを止める。

カチカチ、と時計の音がいやに大きく響いた。

「ただでさえ、違う世界に来てしまって不安な思いをしているだろうに、配慮が足りなかった……かわいそうなことをしてしまった」

ミケランゼロの懺悔《ざんげ》が続く。

その顔の上で、ネコはやれやれとため息を吐いた。

「明日、タマとしっかり話をしよう。馬車での移動も飽きてきた頃だろうから、私の馬に一緒に乗せようか」

『おいおい、珠子は乗馬なんぞしたことがないぞ？　あとで、尻が痛いとうるさいんじゃないか？』

「明日は……確か、大きな町を通る予定だったな。休憩がてら立ち寄って、何か買ってやろう。タマは、何を喜ぶんだろうな？」

『知らん。菓子でも買ってやれ。お前、珠子を甘やかしすぎじゃぞ』

ネコに話しかけている風だが、ミケランゼロのこれは独り言だ。

珠子を意図せず傷つけてしまい、彼自身もショックを受けたのだろう。

「タマが傷つくのは、もう見たくない。体も、心も……」

元敵国の王子を祖国に送り届けるなんていう重要な任務の最中にありながら、一人きりとなったその口から出るのは、タマ、タマ、と彼女の名前ばかりだった。

これには、さしものネコも毒気を抜かれてしまう。

『まったく……お前、我の娘が好きすぎじゃぞ……』

ネコは、後退るようにしてミケランゼロの手から抜け出した。

そして、彼の腹の上におすわりをすると、なーお、と鳴く。

『うだうだ言っとらんで、もう寝ろ。今夜は特別に我が側にいてやるわい』

「……もしかして、慰めてくれているのか？」

『お前が潰れたら困るんじゃよ。我らはベルンハルトを足掛かりにこの世界を席巻する算段じゃからな。お前には元気いっぱい珠子にとち狂っておいてもらわねばならん！』

「はは……何を言っているのか、全然わからんな」

にゃーお、なーん、うにゃー、と澄ました顔をしておしゃべりを続けるネコに、ミケランゼロもここでようやく笑顔になった。

ネコの背中の毛並みをゆったりと撫でながら、彼はひどく眠そうな声で続ける。

「お前がここにいて、タマは寂しがっていないだろうか……」

『心配あるまい。きょうだいが一匹、側に残っとるからな』

ネコは一つ大きな欠伸をすると、撫でてもらったお返しみたいに前足を揃えてミケランゼロの胸をふみふみし始める。

ほどなく、静かな寝息が聞こえてきた。

6　自己嫌悪と後悔

窓の向こうに見える空がようやく白み始める。

ネコは結局、私の部屋に戻ってくることはなかった。

ネコ達が出ていった後、ベッドに入ってはみたものの、結局まんじりともしないまま夜明けを迎えてしまった。

枕元では子ネコが一匹、まだすうすうと気持ちよさそうに寝息を立てている。昨夜、気がつけば側に残って寄り添ってくれていた子だ。

ヘソ天で眠るその子の真っ白いお腹に鼻を押し付けると、日干ししたお布団みたいないい匂いがする。

「ミケがやたらと吸ってくるってことは、もしかしたら私の髪もこんな匂いがするのかも……」

そう呟いたところで、私は両手で顔を覆って盛大なため息を吐いた。

「ミケに会ったら、速攻で謝ろう、そうしよう……」

昨夜、ミケと顔を合わせるのを拒んだものの、時間が経つにつれて私は冷静さを取り戻していった。

そうして、疎外感の次は自己嫌悪に苛まれることになったのである。

「戦争中、ミケはきっと私には想像できないような死線を潜り抜けてきたはずだよね。そんなミケが、私に詳細を知らせないって判断したのなら、きっとそれが最善だったんだ……」

すぐにそう思い至ることができず、ネコに言われたみたいに拗ねて部屋に引き籠もったなんて……。

「恥ずか、死ぬ！」

思わずそう叫んだ私は、両手で顔を覆ったままベッドの上で転がり回る。

死ぬなんて言葉を容易に使うな、というミケの叱責が聞こえた気がした。

しかし、素っ裸で彼の膝の上に異世界トリップしてきた事実より、昨夜の自分の行いの方がよほど恥ずかしい。

「ミケに謝って……それから、トラちゃんとロメリアさんと、メルさんにも。准将は……別にいいかな。チートにデレデレしてたし」

まだ起き出すには早い時間だが、今から眠ると寝坊してしまいそうなため、私はひとまず身支度をすることに決めた。

着替えを済ませ、共同の洗面所に向かうため洗面用具だけ持って部屋を出る。子ネコはまだ眠っていたが、一匹で部屋に置いていくのは忍びなくて、そっとワンピースのポケットに入れた。

二百人以上が滞在しているとは思えないほど、要塞の中はとても静かだった。昨夜の山越えで疲れて、みんなまだぐっすり眠っているのだろう。

私が廊下に配置されていた夜勤の守衛に挨拶をしていると、二つ隣の部屋の扉がそっと開いて、見知った顔が現れる。

「おはようございます。お早いですね」

「おはようございます――メルさん」

ちなみに、私の一つ隣の部屋はロメリアさんが使っているが、朝が弱いためまだまだ起き出す気配はない。

「メルさん、あの……昨夜はごめんなさい。皆さんの話もろくに聞かずに引き籠もっちゃって……」

「どうかお気になさらず。心の整理をつけるのには、誰しも時間が必要なものです」

一緒に洗面所で顔を洗った後のこと。私の謝罪を静かに微笑んで受け入れてくれたメルさんが、朝日を見ながらお茶でも飲まないかと誘ってくれた。

「朝食まではまだ随分と時間がございますし、ロメリア様のお目覚めまで私も暇なのです。付き合っていただけませんか？」

「あっ、はい……では遠慮なく、ご一緒させていただきます」

気を使わせてしまったかもしれないとは思ったが、誘ってもらえたのが素直に嬉しい。

とはいえ……

「あの、メルさん……う、馬で行くんですか……？」

「はい……この裏の森を抜けた先に丘がございまして、ぜひともそちらで朝日をご覧いただきたいのです」

馬に乗せられたのは、想定外だった。

要塞の門番は、入る者は厳しく審査するが、出る者にはほとんど興味を示さない。メルさんの前に抱えられるようにして座らされ、それこそ借りてきた猫みたいに固まる乗馬初体験の私を見て、大丈夫かい？　と笑っただけだった。

しかし、要塞を出てほどなく、私は後悔し始める。

お尻が痛くなってきたのが、理由ではない。

（ミケは、朝一番に訪ねるって言ってくれていたのに……）

昨夜は明るく振る舞ってはみたが、ミケはきっと私がしょぼくれていたことに気づいている。そんな私が部屋にいないとなると、彼を心配させてしまうだろう。

一方で、私に朝日を見せようとわざわざ馬まで出してくれたメルさんの好意も無下にできない。それに、大きく揺れる馬の上で口を開こうものなら、舌を噛んでしまいそうだった。

（丘に着いたらメルさんに事情を話して、早めに要塞に戻ってもらおう……）

この判断が間違いであることに気づくのに、そう時間はかからなかった。

メルさんが駆る馬はぐんぐんと加速していき、あっという間に要塞から離れてしまう。鬱蒼とした森を抜け、目的地である丘に着く頃——太陽が、山際から顔を出した。

丘が朝焼けの色に染まる一方で、その上に突っ立つ巨木の影はより黒く際立つ。

馬から下ろされた私は、その影の中で顔を青くして後退った。

「メ、メル……さん……？」

同時に馬を下り、私に向かって一歩踏み出した相手は、朝焼けにより血を浴びたみたいに真っ赤に染まっていた。

俯いてしまっているため、表情は見えない。

ただ、その手に握られたナイフの刀身が、光を浴びてギラリと輝いた。

「タマコ嬢——申し訳ありません」

「メルさん、そんな……どうして……」

私はとっさに、今はもう痛みもないはずの左脇腹の傷痕を押さえる。

ザッ、と切り裂かれる音が響いたのは、その直後だった。

第四章　ネコ一家緊急事態

1　珠子の不在と覚悟の証

『た、たたた、珠子ぉ！　どこ行ったんじゃぁああああ!?』
みぎゃあああああっ!!　と、森の中に凄まじいネコの叫び声が響いたのは、太陽が山際から完全に離れてからだった。

　時を少し遡り、要塞。

「――おい、起きろ。タマのところに行くぞ」

　一般士官用のものとは違い、上官用の部屋には水回りの設備も整っている。

　ミケランゼロは完璧に身支度を終えてから、いまだベッドで眠りこけているネコを揺すった。

　しかし、うにゃうにゃとひげ袋を動かすばかりで、まったく起きる気配がないため、仕方なく腕に抱えて廊下に出る。

　彼は昨夜宣言した通り、まっすぐに珠子の部屋に向かった。

「——タマ?」

ところが、いくらノックをしようと、扉が開く気配どころか返事もない。

廊下に立っていた守衛の話では、夜が明け切らないうちに顔を洗いに出たままだと言うではないか。廊下で顔を合わせて連れ立っていったらしいメルも、まだ戻ってはいなかった。

「ゆうに二時間は経っているじゃないか。どこへ行ったんだ?」

『おおーい、珠子ぉー! どこじゃあー! どこ行ったー!?』

「メルと一緒に、先に朝食を食べに行ったのか……」

『この母に朝の挨拶もせんままどこぞへ行くとは、けしからんぞーっ!!』

ようやく覚醒したネコも、珠子の不在に気づいて騒ぎ出す。

ネコはミケランゼロの腕を抜け出し、にゃあにゃあと鳴きながら廊下を右往左往し始めた。

「「「ミーミー! ミーッ!!」」」

そのただならぬ声が聞こえたのか、あちこちに散っていた三匹の子ネコも駆け戻ってくる。

この頃にはほとんどの武官達が目を覚ましており、何事かと廊下に顔を出した。

最後に、ギギギ……、と軋んだ音を立てて珠子の隣の部屋の扉が開き……

「……やかましいですわよ」

『みぎゃーっ!? や、山姥ぁぁあーっ!?』

「「「ミィイイイッ!?」」」

寝起きで、凄まじく乱れ切った髪のロメリアが現れた。

あまりの有様に、ネコ達は一斉に毛を逆立ててやんのかステップを踏む。

この山姥のごときロメリアを、フランス人形みたいと珠子が評するような美しい姿に整えるのもメルの役目だった。

そのため、ボサボサ頭のロメリアを目にしたミケランゼロは、たちまち険しい顔つきになる。

「メルがロメリアを放置したまま食事に行くなど、ありえない。何か、不測の事態が起こったのか」

この後、要塞のどこにも珠子がいないこと、メルの荷物と愛馬の姿もなくなっていること――そして、近くの丘に朝日を見に行くと言って、彼女達が馬に相乗りして出掛けていったことが判明する。

それを聞いたミケランゼロは、慌てて馬に跨り、二人が向かったとされる丘を目指した。

同行者は、ミットー公爵、准将、ロメリアらミットー公爵一家と……

「どうして……！　ねえ！　何で、タマコがっ……!?」

「黙っていろ、トライアン！　舌を噛むぞ！」

一緒に行くと言って聞かなかったトライアンの四名だ。

トライアンは、ラーガスト王国に引き渡すと決まった時点で捕虜ではなくなったが、警備上の都合で准将との相乗りになっている。

『ぬぉおおお！　たぁあまこぉおおお!!』

『かーちゃん、落ち着くにゃ！　しっかり掴まってないと、落ちちゃうにゃん！』

「「「ミイイイッ!!」」」

ネコはミケランゼロに、チートはミットー公爵に、子ネコ達はロメリアにくっついてきた。

やがて辿り着いた丘の上に、珠子とメルの姿はなかったが――そこに突っ立つ木の下にある物を見つけて、一行は体を強張らせた。

木陰にあったそれが、遠目には一瞬、血溜まりに見えたからだ。

ただし近づいてみると、まったくの別物であると判明した。

ロメリアがそれを一束拾い上げ、確信を持って告げる。

「これは――メルの髪ですわ」

長く艶やかな黒髪が切り落とされ、渦を描くようにして木の下に捨てられていたのだ。

「……切り口を見る限り、鋭利な刃物で一気に切り落とされたようだな」

「しかし、周囲には血痕はもちろん、争った形跡もございませんね。メルが何者かに襲われて髪を切られた、というわけではなさそうです」

「殿下、父上！　真新しい蹄《ひづめ》の跡が、要塞とは別の方角へと続いております！」

ミケランゼロとミットー公爵が難しい顔をする中、周囲を調べていた准将が新たな情報を持ってくる。

ロメリアは拾い上げた一束の髪を見下ろし、口を噤んでいた。

その美しい横顔を、トライアンがじっと睨みつけている。

一方、ネコ一家はというと……

『たまこぉ！　たぁまこぉおおお!!』

『かーちゃん！　落ち着くにゃ！』

ネコがふぎゃーふぎゃーと鳴き喚き、チートはにゃーにゃー言いつつその周りをくるくると走り回る。子ネコ達もミーミー鳴きながら右往左往して、とにかく一家揃って珠子の所在不明に取り乱していた。

遠目に見ればもふもふ大集合でほっこりしそうな光景だが、当人達はいたって真剣だ。

『珠子ねーちゃんは毛並みが貧相で弱っちそうにゃけど、きょうだいの中じゃ一番でっかいから大丈夫にゃ！』

『ばっかもーん！　珠子はあれでも人間の中じゃ小さい方なんじゃいっ！　ああ、今頃どこかで不安がって泣いとるかもしれん！　たまこぉおおっ！　聞こえたら、返事をせぇえええいっ!!』

ふみゃーっ、みぎゃーっ、とネコ達が騒ぎまくる中、人間達は額を集めた。

「――状況的に、メルがタマを連れ去ったと考えるのが妥当だろう」

ミケランゼロが、そう結論づける。

異を唱える者は、誰もいなかった。

「そもそも普段のメルなら、軽い散歩のつもりであったとしても、ロメリアに何も告げずに要塞を出るなどありえない」

「ええ、殿下に断りもなく、タマコ殿を連れ出すようなこともしないでしょうね」

「では……最初から、殿下やロメリアに知られずにタマコ殿を連れ去るつもりで、機会を窺っていたということでしょうか？」

加えて、メルが自ら切り落としたであろう黒髪の意味するところは……

「メルの、覚悟の証ですわ。おそらく、もうわたくしの下《もと》には戻らないつもりでしょうね」

ずっと黙っていたロメリアがようやく口を開く。

彼女は上着を脱ぐと、メルの髪を拾い上げて包んだ。

まるで赤子を抱くようにそれを両腕で持った彼女は、苦々しい顔をして続ける。

「メルがわたくしの命以外で動くとしたら……それは、ヒバート男爵の指示としか考えられませんわ」

「ヒバート男爵……メルの父親か」

自分が口にした人物の姿を思い浮かべ、ミケランゼロも眉を顰《ひそ》めた。

その足下では、ネコが一際凄まじい声を上げる。

『ヒバートじゃとぉ？　いつぞや汚い手で我の子に触れようとした、あのいやらしいおっさんが黒幕かい！　うぬぬぬぬぬっ、許さーんっ!!』

「「「ミィイイイイッ!!」」」

『えっ？　えっ？　かーちゃんもきょうだいも、そいつと知り合いにゃ？　おれだけ知らないの、やだにゃー！』

まさしく怒髪天を衝《つ》く形相のネコと、可愛い顔を皺くちゃにする三匹の子ネコ達。唯一ヒバート男爵と面識のないチートは、彼らの周りをくるくる走り回った。

そんなネコ達の喧騒の中、ミケランゼロが首を捻る。

「ここ数年は特に、あまりいい評判は聞かないな。だが、彼はそもそも、タマと接点はないはずだが……」

「何寝ぼけたことをおっしゃってますの、殿下。今や、ベルンハルトの城におタマと接点のない者などおりませんわ」

ドスッ、とミケランゼロの胸を人差し指で突いて言う妹に、不敬罪ぃいい、と准将が喉の奥で悲鳴を上げる。なお、メルの代わりにロメリアを人前に出せる姿に整えたのも、この兄である。

「ロ、ロメリア！　メルの愚行に動揺する気持ちはわかるが、少しは口を慎み……」

「お兄様が慎みなさい」

鋭すぎる舌鋒を阻もうと手を伸ばしてくる准将の鳩尾《みぞおち》に、ロメリアが容赦のない肘鉄砲を食らわせて黙らせる。

彼女は、ミケランゼロをじろりと睨んで続けた。

「軍の将官達と懇意であり、陛下や妃殿下からも恩情を賜り――何より、殿下に特別目をかけられているのです。皆がおタマに注目し、様々な感情を抱いておりますわ。あの子が連れているネコ達を通じて交流を持つ者も少なくはありません」

するとここで、ミットー公爵も顎を撫でながら口を開く。

「ヒバート男爵は、殿下とロメリアの婚約を強く推しておりましたからな。これを実現させるためには、タマコ殿が邪魔だと判断したのでしょう」

「それで、メルに……自分の娘にタマを攫わせたというのか？　そもそも、攫ってどうする」

「私がヒバート男爵でしたら、邪魔な存在は早めに消すでしょうね」

「……っ、まさか」

容赦ない言葉に、ミケランゼロが凄まじい形相でミットー公爵を睨む。

不穏な雰囲気を察知して、チートが慌ててミットー公爵の肩に駆け上がった。

『ミットーさんに手を出したら、しょーちしないにゃっ!!』

シャーッ！　と牙を剝き出してミケランゼロを威嚇し、まさしく一触即発の状況だったが……

「ありえませんわ」

ロメリアが、父の意見をぴしゃりと一蹴した。

彼女は挑むように、ミケランゼロをまっすぐに見つめて言う。

「メルが、おタマを傷つけることなどありえませんわ。己の命に代えても、必ず守ります」

「どうして、そう言い切れる」

「わたくしが、おタマを好ましく思っているからです。メルは、わたくしが大切に思うものは同じように大切にします。断言いたしますわ、殿下――おタマは無事です」

「そう、か……」

メルのことを最も理解しているのは、その父親であるヒバート男爵ではなくロメリアだ。それを知っているミケランゼロは、ロメリアの断言に少しだけ肩の力を抜いた。

ところが、そんな彼らをじっと見つめて、ここで初めてトライアンが口を挟む。

「あのさぁ……本当は、この公爵令嬢が従者の女にタマコを攫わせたんじゃないの？　自分が、未来のベルンハルト王妃になるのに邪魔だったから」

　今回ラーガスト王国に向かう一行の中でも、もちろんこの場でも最も年若い彼が、ロメリアを指差して冷ややかに言う。大人達を見る彼の眼差しは、猜疑心に満ちていた。

　ところが、自分以外の全員が、その発想はなかったという顔をするものだから、彼は眉間に皺を寄せて畳み掛ける。

「僕としては、ここにいるミットー公爵家の三人とも、共犯なんじゃないかって思ってるよ。だって、王妃を出した家はさらに権力が手に入るでしょう？」

　ところが、これを否定したのは疑いを掛けられたミットー一家ではなく、ミケランゼロだった。

「お前の言い分はもっともだが……私は、彼らが私利私欲からタマをいざこざに巻き込むなんて、ありえないと思っている」

「それは、どうして？」

　まっすぐな少年の問いかけに、ミケランゼロも真摯に答える。

「ロメリアがメルを信じるのと同じだな。私が大切に思うものを、この三人も同じように大切にしてくれると信じている。ラーガスト王国との戦争を、私達はお互いの命を預け合い、信頼し合うことで乗り越え、生き延びてきたんだからな」

「へえ……」

　敗戦国の王子であるトライアンは面白くなさそうな顔をする。

ベルンハルト人達の絆を否定することはなかったが、彼らを見る少年王子の目は厳しいままだった。

「でもさ、結局はあなた達の事情に巻き込まれて、タマコは攫われたんだよね？」

これには、大人達も反論の余地がない。

「トライアン殿下のおっしゃる通りでございます。メルとヒバート男爵の関係をここまで放置してしまったのがそもそもの間違いでしたな。戦時中は二人を引き離せていたためさほど問題に思いませんでしたが……この状況を招いたのは、完全に私の不徳のいたすところでございます」

「じゃあ、一刻も早くタマコを追いかけようよ！　あなた達と違って、僕はそのメルって女、全然信用してないからね！」

「殿下方は、どうか本隊にお戻りください。倅《せがれ》が供をいたします。私とロメリアでメルを捕らえ、必ずやタマコ殿を保護いたします」

「いやだ！　僕も行く！　ミットー公爵家だって信用できないっ！」

トライアンが摑み掛からんばかりに抗議すれば、ミットー公爵の肩に乗っていたチートが今度は彼を威嚇する。

トライアンを引っ掻かれては大変と、慌てて間に入った准将が猫パンチを食らっていた。

そんな中、ミケランゼロがある決断を下す。

2　最善を尽くす

太陽が山際から完全に離れた頃、私とメルさんはすでに要塞から遠く離れ、次の町の外れにある森の中にいた。

二時間あまりぶっ続けで走り続けたにもかかわらず馬は存外元気で、湖のほとりに生えた草を呑気に食んでいる。

対する私はというと……

「お、おしりが、いたい……」

初乗馬の洗礼に苛まれていた。

元の世界ではもちろんのこと、こちらの世界に来てからも、直接馬の背に乗る機会などこれまでなかったのだ。駆ける馬の揺れに合わせることができず、その反動をもろにお尻で受けてしまった。

「この痛みの感じ……絶対、打ち身だけじゃなくて、擦り剝けてるよぅ……」

痛いやら情けないやらで、私は泣きたい気分だったが……

「配慮が足りず、申し訳ありませんでした……」

目の前にもっと泣きそうな顔をした人がいるものだから、ぐっと涙を堪えた。

メルさんが、私の正面に跪いている。

あの綺麗なストレートの黒髪をばっさりと切り落としてしまい、より中性的な印象になった彼女は、ひどく追い詰められた表情をしていた。

朝焼けに染まる丘の上でナイフを取り出された時は身構えてしまったが、彼女はそれで私を傷つけることはもとより、脅すこともなかった。

ただ、己の退路を断つかのように髪を切り落とすと、再び私を馬の背に押し上げて走り出したのである。

私は、何が何だかわからなかった。ものすごいスピードで後ろに流れていく景色を呆然と見送ることしかできない。

ただ、先日の御前試合での戦いっぷりを見ていたため、自分ではどうあってもメルさんには敵わないこと、走っている馬から飛び下りるのは自殺行為であることくらいは理解していた。

そのため、馬の足が止まるまで、じっと耐えたのだ。

「あの、メルさん。一応お尋ねしたいんですけど……ミケ達のところに戻ったりって……」

「申し訳ありません。それは、できません」

私の問いに、メルさんは言葉通り申し訳なさそうに、しかしきっぱりと答えた。

今自分がどこにいるのかもわからない私は、途方に暮れる。

(朝一番に顔を見せるって、ミケと約束したのに……)

彼はもう、私の不在に気づいただろうか。

探してくれているだろうか。

ネコ達は、いったいどうしているだろう。

一気に不安が押し寄せてきて、体がブルブルと震え出す。

それに気づいたらしいメルさんが、私の肩に触れようとした時だった。

「あっ……」

ワンピースのポケットがもぞもぞしたかと思ったら、真っ白くてもふもふしたものがぴょこんと飛び出してきた。

昨夜、唯一私の側に残っていた子ネコである。

「ミー？」

今やっと起きたらしいその子は、私とメルさんの顔を見比べて、可愛らしく首を傾げた。


「――私が、タマを取り戻しに行こう」

このミケランゼロの決断に、ミットー公爵と准将がすぐさま異議を唱えた。

「殿下、タマコ殿を案ずるお気持ちはお察ししますが、どうかお考え直しください。今回の旅において、殿下にはトライアン殿下をラーガスト革命軍に引き渡すという重要な責務がございます」

「僭越ながら申し上げますと、殿下にはやはり本来の目的に専念していただくべきかと」

信頼する部下達からの進言に対し、ミケランゼロはこう答える。

「陛下はもう一つ、大事な役目を私に託された――タマとネコ達を連れて総督府に向かい、ラーガストの復興に尽力する同胞を癒やすことだ」

これを果たすためには、珠子の存在は不可欠である。

彼女が奪われたならば、取り戻すのもまた、自身の責務である、と。

「そして、陛下は……いや、父上は、タマが無事に城に戻ってくることも望んでおられる。私は、これを叶えて差し上げたい」

ミットー公爵と准将が、どうしたものかと顔を見合わせた。

『おい、人間ども！　悠長にしとらんでさっさと珠子を追わんか！　我は長距離走は苦手なんじゃ！　お前らの馬に乗せてけっ！』

「「「ミー！　ミミー！　ミミミー!!」」」

『ふむふむ、にゃるほど。把握。ヒバートっておっちゃんは、ハアハアしててキモいんだにゃ！』

ネコは相変わらず、みぎゃーっ、みぎゃーっ、と筆舌に尽くし難い声を上げつつ、人間達の周りをぐるぐるしている。

ミットー公爵の肩から下りたチートは、ヒバート男爵について子ネコ達から説明を受けていた。

ロメリアはというと、自分がメルを追えるのなら、同行者がミケランゼロであろうとなかろうと気にしない。

ただ、なかなか珠子を追いかけない大人達に焦れて走り出しそうになるトライアンの腕を、ガッチリ摑んでいた。

そんなロメリアに、ミケランゼロが問う。

「メルは、どこへ向かっていると思う？」

「ベルンハルトに留まる気はないでしょう。おそらくは、ある程度の地理を把握しているラーガストにひとまず潜伏し、折を見て第三国を目指すのではないかと思われます」

「ならば、国境まで辿り着く前に……最悪ラーガストに入られた場合でも、総督府の管轄内で捕らえたいな」

「十分可能かと存じます。あちらの馬は二人乗せておりますし、長距離移動を想定しているのならばメルも無理はさせないでしょう。それに、おタマは馬に乗ったことがないと申しておりましたから、今頃お尻が痛いとぴいぴい言っているかもしれませんわ」

こんなことが起きなければ、今日は珠子を自分の馬に相乗りさせるつもりでいたミケランゼロは、ロメリアの言葉に少しだけ目を泳がせた。

ミットー公爵と准将は、この時点ではまだ、ミケランゼロに珠子とメルを追わせていいものかと迷っていた。

そんな中、ロメリアの手を振り払ったトライアンが、ミケランゼロに詰め寄る。そして、頭一つ分は背の高い彼の胸ぐらを両手で摑んだ。

慌てて准将が止めに入ろうとするが、ミケランゼロは片手を掲げてそれを制す。

「僕も行く！　馬くらい一人で乗れるから、足手まといにはならないよ！」

「だめだ。連れていけない」

「何でだよ！　僕だって、タマコのことが……」

「お前と私達の間には、信頼関係がないからだ」

ミケランゼロに一蹴され、トライアンは唇を嚙み締める。

その悔しそうな顔を見下ろして、ミケランゼロは凪《な》いだ声で続けた。

「——今は、の話だが」

「……えっ？」

先日の御前試合の見学中、ロメリアにも同じように告げられたことをトライアンは思い出す。

彼女は、今はまだ象徴的な国王としてしか意味をなさないトライアンも、これから多くを学んでいつか真の国王として立つ日が来るだろうと言った。

敵対していたベルンハルト王国とラーガスト王国の関係改善も、今後それぞれの国を担うミケランゼロとトライアンが協力できれば、決して不可能ではないはずだ。そして……

（タマコも、それを望んでいた……）

トライアンは、ミケランゼロの胸ぐらを摑んでいた手を離した。

顔を俯かせて、ぼそぼそと言う。

「……絶対、タマコにまた会わせてくれる？」

「ああ、必ず」

「僕は、あなたを信じるしかない……信じていいの？」

「お前の信頼を裏切らないために、最善を尽くす」

そう答えたミケランゼロだが、いや、とすぐに首を横に振った。

「お前の信頼を裏切らないためでも、勅命や父上の願いを叶えるためでもないな……私自身が、タマを取り戻さずにはいられないんだ」

彼の本心を耳にしたミットー公爵と准将が、無言のまま頷き合う。

忠実な家臣達は、王子の決断に全面的に従うことに決めた。

「要塞に戻り支度を整え次第出立する。私とロメリアと准将は部隊から離れてメルの馬の足跡を追う。ミットー公爵はトライアンを守護しつつ部隊を率い、予定通りの道筋を進んでくれ。二日後に国境で落ち合おう」

「承知しました」

准将がトライアンを馬に乗せ、チートを肩に乗せたミットー公爵と子ネコ達を抱えたロメリアもそれぞれ騎乗する。

最後にミケランゼロが、足下で右往左往していたネコを抱え上げた。

「お前は……タマを大切に思っているんだな」

『あったりまえじゃあ！　あれは、我の一の娘じゃぞっ!!』

「私も――タマが大切だ」

『お、おう……』

ミケランゼロも、ネコを抱えたまま愛馬に跨る。

そうして、その背中――珠子の髪を思わせる真っ白い毛並みを撫でながら、ネコにだけ聞こえる声で言った。

「必ずタマを見つけ出し、取り戻す。約束する。だから――彼女に辿り着くまで、私の心を支えてくれないか？」

『……しょうがないやつじゃ』

ネコはふんと鼻を鳴らしつつも、ミケランゼロの腕の中で大人しくなった。

3　父親の呪縛

早朝に要塞を出たこの日、私とメルさんが最後に辿り着いたのは、森に囲まれたのどかな村にある小さな聖堂だった。

あたりはすでに真っ暗で、森の奥からはホーホーとフクロウの鳴き声が聞こえてくる。

聖堂は老齢の女性司祭が一人で管理しているらしく、女の二人旅――片や男装、片や着の身着のままという、どう見ても訳ありの私達を快く迎え入れてくれた。

「――さて、メルさん。どうしてこんなことになったのか、話してくださいますよね？」

「はい……」

簡素なベッドが二つ置かれただけの部屋で、私はメルさんと向かい合う。

しょんぼりとする彼女の肩には子ネコが一匹乗っており、慰めるみたいに頬に擦り寄っていた。

「にゃう、みゅうー……」

そのもふもふの体が朝より大きくなっているのは、ここまでの道中、メルさんの負の感情をもりもり食べていたためだろう。鳴き声も、少しばかり成猫のそれに近づいたようだ。

（ミットー公爵閣下にベッタリのチートもそうだけど、同一人物の負の感情を集中的に摂取すると、成長が早いみたい……）

　子ネコのおかげで、最初は頑なだったメルさんの表情もいくらか和らいでいた。

　ただし、彼女に巣食った負の感情は、子ネコ一匹の消費では追いつかないくらい、根深いもののようだ。

「私は今回、ラーガストまでの道中において、タマコ嬢を殿下のお側より排除するよう申し付けられておりました」

「えっと……排除、とは？　誰がメルさんにそう言ったんですか？」

「父……です。端的に申し上げれば——私は父から、あなたを殺すよう命ぜられたのです」

「え……」

　絶句して青褪める私に、メルさんは慌てて首を横に振った。

　その拍子に、切りっぱなしの黒髪が当たって子ネコが振り落とされる。

「もちろん、そんなことはいたしません！　タマコ嬢を殺すなんて……そんなこと、できるはずがない！　ロメリア様は、あなたを大切に思っていらっしゃいますし、私だって……」

「よ、よよ、よかった……私も、メルさんが大切ですよ？　ロメリアさんのことも！」

　しかし、納得がいかない。

　先日、メルさんへのひどい振る舞いを目撃したため、ヒバート男爵に対する好感度はマイナスに振り切っているが……

「そもそも私は、メルさんのお父様と面識がありません。恨まれるほどの接点はないはずなんですけど」

そう訴える私に、メルさんは静かな声で答えた。

「いつぞや、王宮の庭で会ったようなご令嬢達と同じ……殿下がタマコ嬢を大切にしていらっしゃるのが、気に入らないのでございましょう。父は昔から、ロメリア様が殿下に嫁ぐことで、ミットー家の遠縁であるヒバート家も巨利を得られると信じ切っているのです」

「ミケは、私のお兄さんだったりお父さんだったりするだけなんですけど……ミケとロメリアさんが結婚するのに、私が邪魔だと思われてるってことですか？」

「少なくとも、父はそう考えているようです」

とはいえメルさんが言うには、ミケとロメリアさんはお互いをまったく異性として意識していないし、王家からミットー公爵家に婚約の話があったわけでもないらしい。

「私がお二人の仲を邪魔する以前の問題だと思うんですけど……」

「ええ、さようでございますね……」

それを把握していながら、メルさんはどうして父親の命令を撥ね除けられないのか——なんて言葉は、私は到底口にできなかった。

彼女が、苦しそうに言うからだ。

「わかっているのです……父の命令は理不尽で、無謀で、何の落ち度もないタマコ嬢を巻き込むなんて、間違っていることだと。でも、私は父に逆らえない、どうしても逆らえなかったんです……」

「メルさん……」

　メルさんの母親が実家に戻った頃から、ヒバート男爵が卑屈になっていったという話は、王妃様から聞いたことがあったが……。

「父と母が離婚に至ったのは、男児が生まれないことで、父方の祖母が母をひどく詰ったせいなんです」

「俗に言う、嫁姑問題ですね……」

「堪えかねた母が家を出ますと……父は、私が女に生まれたせいでこうなったのだと言って、私を責めるようになりました」

「そんな……」

　メルさんが男装をするようになったのも、そんな家庭環境が理由だった。

「男になれば……父が喜んでくれると思ったのですけれど……」

　そう言って、メルさんがまた悲しそうに笑うものだから、私は居たたまれなくなる。さっき振り落とされた子ネコが、再びメルさんの肩に上がって頬に擦り寄った。

「結局、父は何をしようとも私を受け入れてはくれませんでした。けれど、どん底にいた私をロメリア様が見つけてくださり、側に置いてくださいました。あの方は、父に全否定された私という存在を、肯定してくださったのです」

　ロメリアさんに取り立てられ、ミットー公爵家で寝起きをするようになったことで、メルさんは父親とはある程度距離を取れるようになっていた。

ヒバート男爵も、娘がミットー公爵家に重用されることに満足していたらしいが……

「そんな父は今、私を良家に嫁がせようと躍起になっています。ロメリア様が王家に嫁げば、ヒバート家の価値も上がって良縁が舞い込むと信じているのです。なぜ男に生まれなかったのか、と私を詰ったくせに」

滑稽でしょう、とメルさんが涙声で呟いた。

「みぃ！　にゃう！　にゃうう！」

慰めようとするみたいに、子ネコがしきりにメルさんの頬を舐め始める。

膝の上に置かれた彼女の拳が震えているのが目に入り、私はとっさに手を伸ばしてそれに触れた。

ぱっと顔を上げたメルさんが、縋るように見つめてくる。

「タマコ嬢……申し訳ありません！　本当に、申し訳ありませんでした！　嫌われても恨まれても当然のことをしてしまったと、自覚しております！」

そう言う彼女の両目は、涙でいっぱいになっていた。

強引にミケから引き離されて不安だし、相変わらずお尻は痛いが……

「メルさんを嫌いになんてなりませんし、恨んでもいませんよ」

不思議と、メルさんを責めようという気は少しも起きない。

一方で、身勝手な父親なんて早く見限ってしまえばいいのに、と焦れったくなる。

（メルさんほど強く美しい人なら、もっと自由にのびのびと生きられるはずなのに……）

そう思ったが――私はやはり、口に出すことができなかった。

メルさんが、ぽつりとこう言うからだ。

「自分の存在を、父に認めてもらいたかった……この期に及んでも、父に愛されたいという思いを捨てきれなかったのです……」

「それは、何も悪いことじゃないと思います。私も……」

その時、コンコンとノックの音がして、一瞬にして表情を引き締めたメルさんが扉に駆け寄る。

扉を叩いたのは、司祭だった。

食事も風呂も寝床も惜しまず提供してくれた親切な司祭は、私がこっそり頼んでいたあるものを持ってきてくれたのだ。

「にゃう、にゃーうー」

「あらあら！　まあまあ！　可愛子ちゃんねぇ！」

お礼と言っては何だが、子ネコがたっぷりと愛嬌を振り撒いた。

司祭は、まるで赤ちゃんをあやすみたいに子ネコを抱っこし、しまいには子守唄まで歌い始める。

優しそうなおばあさんと子ネコの組み合わせは尊く、見ていると心が洗われるようだった。

「あの、タマコ嬢……これは？」

やがて、子ネコを回収して扉を閉めたメルさんは、司祭から受け取ったものを眺めて首を傾げる。

そんな彼女に向かって、私は気持ちを切り替えるみたいに声を明るくして言った。

「メルさん、髪を整えてもいいですか？」

司祭が持ってきてくれたのは、ケープの代わりとなる古布と櫛、そして細長い刃をした鋏《はさみ》だった。

というのも、ナイフでざっくりと切り落とされたメルさんの髪は、長さがまちまちになっていたのだ。

馬で駆けている時は気にならなかったものの、こうして見るとやはり不自然である。

「元の世界の勤め先では、長毛種の猫のトリミング……散髪をすることもあったんです。簡単でもよろしければ、任せてもらえませんか？」

「……お願い、します」

かくして、ベッドに座るメルさんの背後に陣取った私は、彼女の肩にケープ代わりの古布を巻き付け、右手に鋏、左手に櫛を構える。

子ネコは最初、私の肩の上でそわそわしていたが、ほどなくして、またメルさんの方に飛び移っていった。

髪を切るごとに、彼女の負の感情が次々に剝がれ落ち始めたからだ。

「みゃう！　みゃあ、にゃああっ！」

「ふふ……元気な子ですね」

ぴょんぴょんと自分の周りを跳ね回る子ネコを、メルさんは穏やかに見つめていたが、やがて意を決したように口を開く。

「正直に申し上げます、タマコ嬢。要塞から連れ出す時――本当は、あなたを殺すつもりでおりました」

「……っ」

首のすぐ側で鋭利な刃物を使っている時に――簡単にメルさんの命を奪える状況でわざわざ告白したのは、私に刺される覚悟ができているという、無言の意思表示だろう。

私は、鋏を持つ手が震えそうになるのを必死で堪えた。

メルさんは逆に、落ち着いた声で続ける。

「でも、先ほども申し上げた通りです。あなたを殺すことなんて、できるはずがありませんでした。代わりに、私はこれまでの自分を捨てるつもりで、髪を切ったのです。髪の短い貴族の女に、縁談など来ないでしょうから」

つまり、あの時点でメルさんは父親の呪縛から解き放たれていたとも言える。

だとしたら、ミケ達が起き出す前に、私を連れて何事もなかったように要塞に戻ればよかったのではなかろうか。

シャキシャキと鋏を動かしつつそう口にする私に、メルさんも小さく頷く。

「私も、なぜそうしなかったのだろうと疑問に思っていたのです。でも、わかりました」

その時だった。

一際大きな黒い綿毛が、メルさんの胸から染み出してくる。

「みゃーおっ！」

突然、子ネコが勇ましい鳴き声を上げた。

後ろ足で力強く飛び上がり、メルさんから出てきた黒い綿毛に食らい付く。そうしてあっという間に、自分の体よりも大きいそれを丸呑みにしてしまった。

同時に、メルさんの背筋がすっと伸びる。

背後に陣取る私には、彼女がどんな表情をしているのかは見えない。だが、想像するのは難しくなかった。

「私は……愛されたいと願う一方で、憎んでおりました。父のことも、母を追い詰めた祖母のことも、ヒバートという家そのものを。だから――潰したいのです。徹底的に」

おそらく、メルさんが抱えていた最も大きな負の感情がこれだったのだろう。それを吐き出した彼女は今、きっと憑き物が取れたような顔をしているに違いない。

メルさんは、私を攫うことで自らを罪人に貶め、ヒバート家を道連れにする決意をしていた。

「タマコ嬢、私はこのままラーガストに入り、あなたを総督府までお連れいたします。そこで洗いざらい罪を告白し、沙汰を受ける所存にございます」

「本当に、それしか方法はありませんか？　今からでも、ミケ達と合流しましょうよ。私が、メルさんに馬に乗せてほしいとわがままを言って、そのまま道に迷ったことにすれば……」

「そのような言い訳は、殿下には通じませんよ。何より、私のためにあなたに嘘などつかせるわけには参りません」

「メルさん……」

鋏の先を使って毛先の長さを整えて、散髪は終了する。

私が切り落とした髪をこぼさないように慎重にケープを取ると、メルさんは恐る恐るといった様子で襟足に触れた。

直毛だと思っていた彼女の髪は、短くすると少しクセが出るらしく、素人の私が切ったにもかかわらず、丸いシルエットのキュートなショートヘアに仕上がった。

メルさんも、窓に映った自身の姿を見て満足そうに笑う。

「ふふ、頭が軽い。素敵にしてくださって、ありがとうございます、タマコ嬢。ロメリア様がご覧になったら、何とおっしゃ……」

言いかけて、メルさんは口を噤む。

「ロメリア様にも、ご迷惑をおかけしてしまいますね……」

彼女は一瞬悲しそうな顔をしたが、すっと立ち上がって私に向き直った時、その表情にもう迷いはなかった。

私がベッドの縁に腰掛けると、メルさんはその前の床に片膝を突く。

「私事に巻き込んでしまって申し訳ありません、タマコ嬢。総督府に着くまで、あなたのことはこの命に代えてもお守りします」

「でも、メルさんが本当に守りたいのは、私ではなくロメリアさんですよね？」

「……驚きました。タマコ嬢も、意地悪を言うんですね？」

「そうですよ。私は、ロメリアさんみたいに人間ができていませんので」

とたんにメルさんが、あははっ、と声を立てて笑う。

常に慎ましく微笑むばかりだった彼女が、初めて見せてくれた屈託のない笑みを、私はたまらなく愛おしく感じた。

「ロメリア様はご存知の通りの物言いをなさるので、誤解を受けることが多いのですが？」

「確かに、ツンツンしてて言葉はきついですけど……でも、裏表がなくて、姑息な真似は絶対なさらないし、推せます」

「そう――そうなんです！　ロメリア様は本当は思慮深くて情の厚い、まっすぐな方なんです！　タマコ嬢に理解していただけて、うれしい……！」

「メルさんが同担拒否じゃなくてよかった」

ロメリアさんの話題で盛り上がる私達をよそに、子ネコが大欠伸をする。

メルさんの負の感情をたらふく食べて、その子はさらに大きくなっていた。

4　窮鼠猫を噛む

『姉様……珠子姉様、起きてくださいまし』

「ふが……」

メルさんに攫われる形でミケやネコ達と離れ離れになった日の翌朝。

私は、何やらプニプニしたもので鼻呼吸を封じられて目を覚ました。

「はわ……ぽっぷこーんのにおい……ごほうびだ……」

それが肉球であることはすぐにわかったが、子ネコのものにしてはいささか大きい気がする。

はたして、この尊いプニプニはいったい誰のものなのか。

私はおそるおそる瞼を上げた。

『やっと、起きまして？　おはようございます』

「おはよー……わあー、キレイな猫ちゃんだー……って、どなた!?」

『あら、いやだ。珠子姉様ったら、可愛い妹の顔も忘れてしまいましたの？』

「いや、初めて見る顔なんですけど……いもうとぉ!?」

私の妹を自称する可愛子ちゃんは、たっぷりとした金色の毛並みと、翠色《みどりいろ》の瞳をした猫っぽい生き物だった。それが、仰向けに寝転んだ私の胸の上に寝そべり、右の前足を鼻に押し付けてくる。

その猫っぽい妹越しに、すでに身支度を終えたメルさんが顔を覗き込んできた。

「おはようございます、タマコ嬢。子ネコさんがいなくなった代わりに、こちらの綺麗な方がいらっしゃったんですが、もしかして……」

「おはようございます、メルさん。その、もしかしてだと思います。ミットー公爵閣下にお世話になっているチート同様――この子も、一晩のうちに進化したんでしょう」

『ええ、ええ。その通りですわ』

金色の毛並みの子は、私とメルさんの考察に満足そうに頷いた。

それからメルさんの肩へと飛び移り、その首筋に巻き付く。

まるで、髪を切って無防備になった彼女の首を守る、上等の毛皮のマフラーみたいだ。

『昨日一日をかけて、この体をメルのモヤモヤでいっぱいにしたために、こうなりましたのよ』

「あー、確かに……。いっぱい食べてたもんねぇ……」

メルさんは、不思議そうな顔をして金色の毛並みの子を見つめていたが、やがてくすりと笑って言った。

「何だかこの子……ロメリア様みたいですね？」

「あっ、確かに似てますね！　毛並みと瞳の色と……優雅でツンとしているところも！」

『それはそうでしょう。メルの心は、ロメリアでいっぱいですもの』

最初に進化したチートは、ミットー公爵の中にあったレーヴェのイメージを写してあの姿になったと思っていたが……

（そもそもベースがネコだから、みんな猫っぽい姿になってるのかな……）

そのネコのベースは、私の中にあった一般的な猫のイメージだ。原始の姿である真っ白い毛玉に猫のイメージが合わさって、ネコはあのブリティッシュロングへアっぽい見た目になったのだろう。チートはレーヴェのイメージからベンガルっぽい姿に、そしてロメリアさんのイメージから出来上がったのが……

「丸っぽいくさび形の顔に、ふさふさのしっぽ……何だか、ソマリみたいな子だなぁ」

「ソマリ……可愛らしい名ですね」

ソマリはアビシニアンの長毛種で、その豊かなしっぽから〝狐のような猫〟と表されることもある。スレンダーでシルクのような手触りの毛並みをした、実に美しい猫だ。

メルさんは、ソマリという響きをすっかり気に入ったらしく、そのまま名前として採用してしまった。

ソマリはメルさんに頬を擦り寄せ、にゃあ、と甘えた声で鳴く。

「ソマリ……ミットー公爵閣下のチートのように、あなたは私の側にいてくれますか？」

『よろしくってよ。わたくしが、メルの中の黒いものをみんな食べて差し上げますわ——一生』

「あ、これ……ネコが知ったらまた発狂するやつだ……」

かくして、私とメルさんによる女二人旅は、このロメリアさんをリスペクトしまくったソマリを加えた女二人と一匹旅に変更され、ラーガスト王国との国境を目指すこととなる。

親切な司祭に対しては心ばかりの寄付を預けるとともに、ソマリが朝食代わりにごっそり負の感情を食らった。

馬にはまだ少しも乗り慣れなかったが、メルさんが折り畳んだ布を敷いてくれたため、お尻の痛みは幾分軽減された。

ソマリは、メルさんの肩の上でうまい具合にバランスを取りつつ、耳をあちこちに向けて警戒している。

それが横にピンと張ったイカ耳になったのは、国境までもう少しというところまで来た時だった。

『珠子姉様、メル——やばいですわよ』

人気《ひとけ》のない森の中を直走っていた私達は、突如オオカミの群れに遭遇する。

早々に後ろ足に噛みつかれた馬は、どうにかこうにかそれを振り払ったものの、ついでに背中に乗っていた人間達も振り落としてしまった。

パニックになった馬はその場でひと暴れした後、元来た方向に駆けていく。

一方、置いていかれた私とメルさんとソマリはというと……

「メルさん！　私、自分が木登りできること初めて知りました！」

「ええ、ええ！　とてもお上手でしたよ、タマコ嬢！」

『ちょっと、お二人とも！　そんな呑気なことを言っている場合ではありませんわ！』

暴れる馬にオオカミ達が怯んでいる隙に、近くにあった大きな樫の木に登って彼らの牙から逃れていた。

オオカミは全部で十頭。

フンフンと鼻を鳴らしつつ、木の根元をぐるぐると回っている。

『オオカミが木登りできなくて、ようございましたわね』

「オオカミが諦めるのを待つか、他の誰かが通りかかるのを待つか、ですね。人数が多ければ、オオカミには対処できないこともありません」

「うう……誰か来てくれますかね……？」

さてはてどうしたものか、と私達が額を寄せ合った時だった。

ふいに、オオカミ達の視線が逸れたかと思ったら、彼らは一斉に姿勢を低くしてウーウーと唸り出したのだ。

「――何か、きます」

メルさんが硬い声で呟く。

ソマリは耳を平たく倒して両目をまん丸にした。

『いやですわ……やばいやつですわ』

「な、何……？　今度は、何が来るの……？」

辺りは異様な雰囲気に包まれ、私の心臓はバクバクとうるさいほどに脈打つ。

やがて、馬が駆けていったのとは反対の方角の茂みから、それはのっそりと現れた。

「……っ!!」

私は、悲鳴を上げそうになった自分の口を、慌てて手で塞ぐ。

ぶわわわっと全身の毛を膨らませたソマリが、メルさんの腕の中に逃げ込んだ。

メルさんはそれを片腕で抱き締めつつ、ゴクリと喉を鳴らして唾を呑み込む。そうして、震える声で呟いた。

「――レーヴェです」

「レーヴェ？　あれ、が……？」

この世界に生息する、猫に似た大型動物レーヴェ。

小麦色の毛並みにヒョウのような黒い斑点があり、ベンガルを彷彿とさせる見た目をしている。

以前、軍の会議室で話題に出た際、大きいとは聞いていたが……

「虎さんサイズだなんて、聞いてないっ……!!」

せいぜい、サーバルキャットやカラカルくらいの大きさだと勝手に想像していた私は、度肝を抜かれた。

あの時ミケが言った通り、私など簡単に、頭からバリバリ食われてしまうだろう。しかも……

「まずい、レーヴェは木に登れる……このままここにいては、逃げ場がなくなってしまいます！」

『何ですってぇええ!?』

「た、大変だっ……！」

木の上が、安全圏ではなくなってしまった。

そうこうしているうちに、ついにオオカミとレーヴェの戦いが始まった。十対一にもかかわらず、オオカミ達は劣勢を強いられている。

キャンと鳴いて吹っ飛ばされるものから、首を一噛みされて声もなく絶命するものまでいて、レーヴェ無双状態だ。

か弱き人間達はその隙にこっそり木から下りると、一目散に走り出した。

ところが……

『んまあ、大変！　追ってきますわっ!!』

あっという間にオオカミ達を蹴散らしたレーヴェが、私達を追いかけてきたのである。もしかしたら最初から、レーヴェの獲物はオオカミではなく人間だったのかもしれない。

「タマコ嬢、振り返らずに走って――ここで、食い止めます！」

「メ、メルさん！　そんな無茶なこと……」

「いいから走って！　ソマリをお願いしますっ!!」

「メルさんっ……!!」

私を突き飛ばすようにして先に逃し、メルさんが剣を抜く。

しかし、いくら彼女が強かろうと、あの虎みたいに大きな猛獣に敵うとは思えなかった。

案の定、飛びかかってきたレーヴェの牙はどうにか剣で防いだものの、その勢いと重みに耐えきれずに地面に押し倒されてしまう。

悪いことというのは重なるもので、逃げようにもこの先は崖だった。それに……

『珠子姉様!?　何をする気ですの!?　あなた、きょうだい最弱ですのにっ……!!』

メルさんが食べられるのをただ見ているなんて、できるはずもない。

「お、お、おねーちゃんの生まれた世界にはね！　窮鼠猫を噛むって諺《ことわざ》があるのっ！　覚えといてっ！」

私は、近くに落ちていた太い木の枝を掴むと、レーヴェに殴り掛かった。

5　絶体絶命

バキッ、と硬いものが折れる音が響く。

しかし折れたのは、レーヴェの前足ではなく、それを殴った枝の方だった。

つまり窮鼠の渾身の一撃は、猫にちっともダメージを与えられなかったわけだ。

「タマコ嬢、いけません！　逃げてっ……!!」

『ああ、もう！　しょうがありませんわねっ！』

メルさんは真っ青な顔をして叫び、ソマリは私を引っ叩《ぱた》こうとした巨大な前足に噛みついた。

私の攻撃は屁でもなかったようだが、ソマリの牙はそれなりに効いたらしく、レーヴェが一瞬怯む。

すかさず巨体の下から抜け出したメルさんが、その喉に剣を突き立てようとしたが……

「うあっ……!!」

ソマリの牙から逃れようと振り回された前足が、メルさんを吹っ飛ばしてしまった。

「ぎゃあ！　メルさんっ、危ないいいいっ!!」

彼女の体が崖に向かってゴロゴロ転がっていくのを目にした私は、無我夢中でタックルをして止める。

それにほっとしたのも束の間、ついに振り払われたソマリも加わり、私達は崖の上で追い詰められてしまった。

『まずいですわね！　非常に、まずいですわ！』

ソマリがこれでもかとばかりに毛を逆立て、フーッ！　と牙を剝く。

メルさんの剣は、私達とレーヴェのちょうど中間くらいの位置に転がっていた。素人目に見ても後者の間合いだ。

もはや剣を取り戻すのは叶わないと判断したらしいメルさんが、私とソマリを腕の中に隠して我が身を盾にしようとする。

「ソマリをネコさんに……タマコ嬢は殿下に、絶対にお返ししなければ……っ！」

「メ、メルさん……」

美しい顔を土で汚し、こめかみからは血を流し、なおかつブルブルと震えながらも、彼女は懸命に私とソマリを守ろうとしてくれていた。

絶体絶命である。

このままなすすべもなく、レーヴェに引き裂かれるのを待つのか。あるいは……

（一か八か、崖から飛び下りる……？）

しかし、おそるおそる覗いた崖の下は、土が剝き出しの地面だ。

これが、川や茂みならば落ちても生き残れる可能性があっただろうが——完全に、望みは絶たれた。

「ネコ……トラちゃん……ロメリアさん……」

もはや、これまでか。

そう思った時、走馬灯のごとく私の脳裏に浮かんだのは、元の世界の誰でもなく、まだ半年あまりの付き合いしかない相手ばかりだった。

中でも心残りなのは、翌朝には元気な顔を見せるという約束を果たせなかった相手——

「ミケ……」

私とソマリをぎゅっと抱き締め、ロメリア様、ごめんなさい、と呟くメルさんの声が胸を打つ。

私達のすぐ後ろが崖なのがわかっているらしいレーヴェは、勢いよく飛びついてこようとはしなかった。ただ、猫が追い詰めた鼠をいたぶるみたいに、意地悪そうに目を細めて怯える私達を矯《た》めつ眇《すが》めつ眺めている。

(こわい……いやだ、いやだ……)

レーヴェが恐ろしくて、死ぬのが怖かった。

何より、ミケ達ともう会えないのかと思うと、辛くて、悲しくて――絶望を覚える。

すぐ側にあるソマリの体は柔らかくてふわふわで、ちゃんと日干ししたお布団みたいないい匂いがするのに、私が慰められることは少しもなかった。

やがて、鋭い爪を携えたレーヴェの足が大きく前へ踏み出す。

「……っ!」

いよいよ襲いくるであろう衝撃に備え、私達が全身を強張らせた――その時だった。

『我の娘達に何さらしとんじゃこらぁあああああっ!!』

ふぎゃあああああっ! という凄まじい叫び声とともに、真っ白い塊が飛んでくる。

それがレーヴェの頭にしがみつき、鼻に噛みついたのだ。

ギャッ! と悲鳴を上げた巨体が仰け反り、地面に倒れ込んだかと思ったら転がり回る。

それでもなおレーヴェに噛みついたままの白い塊が、ネコだとわかったのと――

ドッ……!

茂みから飛び出してきた馬が、レーヴェの横っ腹を蹴り付けたのは同時だった。

その背に跨っていたのは……


「――ミケ!!」


淡い灰色の軍服を纏い、真っ黒い大きな軍馬に跨ったミケの金髪が、降り注ぐ太陽の光を浴びてキラキラと輝く。

まるで天に遣わされた救世主のごとく神々しく現れた彼は、私と目が合うなり破顔した。

「タマ、無事か？　無事だな!?」

「ぶ、無事ですー！」

恐怖も絶望もたちまちのうちに飛散し、私は声を弾ませて叫び返す。

「ミケ！　レーヴェ、思ってたのと違いましたっ！」

「よし、タマ！　その話は、後で詳しく聞こうな！」

ここでようやくネコがレーヴェから離れ、ミケの馬の上へと飛び移る。

『おいこら、デカいの！　我の娘達に手を出そうとしたこと、後悔させてやるぞっ!!』

フーッと全身の毛を逆立てて威嚇する姿は、普段の一回りも二回りも大きく、かつ頼もしく見えた。

そんな中、くっついたままだったメルさんの体がビクリと震える。

「ロメリア、さま……」

ミケが出てきた茂みの向こうから、同じく馬に跨った准将と、さらにロメリアさんが続いた。

ロメリアさんは自身も馬に跨りつつ、先ほどオオカミに襲われて走っていってしまったメルさんの愛馬の手綱を持っている。

「グルグル……グルグル……」

そうこうしているうちに、レーヴェが血の泡を吐きつつヨロヨロと立ち上がった。

軍馬の強烈な一撃を横っ腹にもろに食らった上、急所である鼻をネコにしこたま噛まれて、かなりのダメージを受けているようだ。

血走った目でミケ達を睨みつけ、低く唸り声を上げる。

ミケはその目をじっと見つめつつ、馬上で剣を抜いた。

「そうだ、こっちを見ていろ——私が、お前の相手だ」

さらに、准将も剣を抜いて馬首を並べれば、レーヴェは二人の間で視線をうろうろさせた。レーヴェほどの猛獣でも、軍馬に乗ったミケや准将を相手にするのは容易ではないのだろう。

ミケが一歩馬を進めれば、ついにじりじりと後退りを始める。

それでもなお、レーヴェは燃えるような目で馬上の人間達を睨みつけていた。

「……っ、今のうちに！　タマコ嬢は、ソマリと一緒にここを動かないでくださいね！」

「メ、メルさんっ!?」

突破口を開いたのは、メルさんだった。

　メルさんは私とソマリをその場に残して駆け出すと、落ちていた剣を拾ってレーヴェに向かって投げつける。

　それが前足を掠めて地面を抉ったとたんだった。

「ギャッ!!」

　レーヴェはビョーンと飛び上がって、あっけなく茂みの向こうへ逃げていってしまった。

　バキバキと草木が踏み荒らされる音が遠のき、やがて静けさが戻ってくる。

「……やれやれ」

　大きくため息を吐いたミケが剣を鞘に戻すと同時に、張り詰めていた空気がようやく緩んだ。

『ふんっ！　しっぽを巻いて逃げよったわ！　たわいないなっ!!』

「あー、こわかったー」

　ネコが毛を膨らませるのをやめ、准将は眉を八の字にしながら剣を収める。

　メルさんも緊張の糸が切れた様子で地面に崩れ落ち、ロメリアさんは静かな目でそれを見つめていた。

『さて……メルにはどんな沙汰が下るのでしょう。まあ、何があってもわたくしは彼女の味方ですけれど』

　私の腕の中のソマリは、ロメリアさんよろしくツンと澄まして言う。

　そして、私はというと……

「わーん、ミケー！　レーヴェがあんなのだとは思いませんでした！　探しに行くって言った時、止めてくださってありがとうございますー！」

「確かに、レーヴェの話は後で聞くとは言ったがな。この状況で第一声がそれか？」

『まーったく、珠子は！　緊張感のない子じゃわいっ！』

ミケとネコが呆れた風に言いつつも、馬を下りてこちらに歩いてくる。

ロメリアさんがすかさずそれに続き、うっかり出遅れた准将は全員の分の手綱を持たされてしまった。

私もミケ達に駆け寄るため、立ち上がろうと地面に片手を突いた——その時。

「え……？」

手を突いた場所に突如亀裂が走り、地面が割れる。

バキバキバキッと音が聞こえ、私が座り込んでいた場所が後ろに傾《かし》いだ。

崖が崩れていると気づいた時には、もう遅い。

足場をなくして空中に放り出される瞬間、私はとっさに、ソマリをメルさんの方へ放り投げた。

『た、珠子姉様っ!?』

ソマリの悲鳴と——

「タマ……くそっ！」

『ぎょえー！　珠子ぉおおおお!!』

ミケの舌打ちとネコの叫び声を聞きながら、私は真っ逆様に崖の下へと落ちていく。

せっかくミケ達がレーヴェを追い払ってくれて助かったと思ったのに、再び絶体絶命に陥ってしまった。

（このまま一人、硬い地面に叩きつけられて死ぬの……？）

私が、今度こそ絶望に呑まれそうになった時だ。

「――タマ！」

ミケの声がすぐ近くで聞こえ、私は全身を包み込むようにして抱き締められた。さらに……

『ぬぉおおおお！　こりゃあ、いかん！　さすがに死ぬぅうう！』

ネコの声まで聞こえ、私は両目を見開く。

一人で死ぬのだと思ったのに、どういうわけかミケとネコまで付いてきてしまった。

「だ、だめ！　だめだめだめだめ！　ミケもネコも、死なないでよ……っ!!」

そう喚く私に空中で前足をひっかけたネコが、意を決した顔で叫ぶ。

『やむをえん！　三人まとめて死ぬよりマシじゃろ！　飛ぶぞ――別の世界へ！』

「えっ……」

かくして私達は生きるため、ネコの摩訶不思議な能力に身を委ねることになった。

第五章　ネコ一家新規加入

1　無力な傍観者

「殿下！　殿下ぁ！　ああ……何ということだっ……!!」

上司であり、現国王の唯一の王子であるミケランゼロが崖から落ちるのを、なす術もなく見送ってしまった准将は、地面に両手を突いて打ちひしがれる。

「殿下を失い、我々は……ベルンハルトは、これからどうすれば……」

「わ、私の……私のせいだ……私がタマコ嬢を攫ったりしたから……」

絶望と悲しみにガリガリと地面を掻く准将の背後では、茫然自失となったメルが幽鬼のような青い顔をして立ち尽くしていた。

ところが、そんな二人とは対照的に、普段と少しも変わらない口調で言うのはロメリアだ。

「滅多なことを言うものではありませんわ、お兄様。殿下は、亡くなってなどおられませんわよ」

「は……？」

「えっ……？」

「お兄様もメルも下を見てごらんなさいまし。彼らのひしゃげた遺体など、どこにもございませんわ」

そう言われた准将とメルは顔を見合わせ、それから恐る恐る崖の下を覗き込んだ。

「確かに……下には崩れた崖の先端が散らばっているだけで、殿下達のお姿は見えないが……」

「あの、ロメリア様……崖の残骸に埋もれているという、可能性は……？」

情けない顔をした兄と従者を、ロメリアは冷ややかに一瞥する。

そうして、きっぱりと言った。

「殿下は、ご無事ですわ。おタマとネコもです」

「お、お前は、何を根拠にそんなことを……」

「わたくしは、殿下達が落ちていかれる様をつぶさに見ておりましたが……消えたのです」

「消え、た？　消えたとは、どういうことでございましょうか、ロメリア様」

准将とメルが再び顔を見合わせる。

ロメリアは崖の際に仁王立ちして腕組みをし、眼下を睨みつつ続けた。

「おタマが現れた時のことを思い出してごらんなさいまし。あの子は我が軍の天幕の中、何もない空間から突如現れましたわ。ネコと、ともに」

准将とメルはロメリアの背後に座り込んで、言われた通りに半年前の記憶を辿る。

「おタマによると、あの時彼女は別の世界からやってきたのだそうです。裏を返せば、元の世界では〝突如おタマが消えた〟という状況のはず」

この直後、ラーガスト王子トライアンが天幕に飛び込んできた。

珠子がミケランゼロの代わりにナイフで刺されたという印象が強烈すぎてかすみそうになるが、どこからともなく現れた彼女やネコの存在そのものが摩訶不思議なのだ。

「そして今、そのおタマとネコと一緒に、殿下は地面に激突する直前に消えました。おそらくは、半年前のおタマと同じ状況――別の世界に向かったのですわ」

そう言い切ったロメリアの肩に、ここまで傍観していたソマリが飛び乗った。

にゃあんと甘い声で鳴きつつ、彼女の美しい顔に頬擦りして満足そうに言う。

『うふふ、さすがはロメリア。ご明察ですわ。おっしゃる通り、母様は珠子姉様と王子を連れて世界を渡ったのでございます――生き残るために』

あいにくソマリの肯定は、この場にいる人間達には聞こえない。

ただ、ツンと澄ました彼女と、自分の発言に絶対の自信を抱いているロメリアのツーショットを仰ぎ見た者達は、気持ちが前向きになっているのを自覚した。

「殿下も、おタマも、ネコも、無事です。わたくし達は、わたくし達のなすべきことをいたしましょう」

『ええ、ええ、その通りですわ。こんなところで立ち止まっているわけには参りません。わたくしの――我らネコの尊さをこの世界に知らしめるため、前進あるのみですわ』

殊更美しい一人と一匹の、そっくりな色合いの髪と毛並みが、崖の下から吹き上げた風で大きく舞い上がる。

異様に神々しく、かつ何やら強キャラ感が迸《ほとばし》っている彼女達を見上げて、メルはうっとりとした表情になった。

「何だか、ロメリア様がお二人いらっしゃるみたい……心強いです」

「ロメリアが二人ぃ!?　ナニソレ！　こわ……っ!!」

対照的に、准将はムキムキの体を縮こめて身震いする。

それでも、先ほどまで絶望と悲しみに支配されていた彼の中には、確かな希望が生まれていた。

「そう、そうだね……私達にはなすべきことがある、か……」

准将はそう呟き、今一度崖の下を覗き込む。

そうして、遠い地面の上にミケランゼロ達の姿がないことを確認すると、ようやく立ち上がった。

気持ちを切り替えるみたいに、パンパンと自分の両の頬を叩いてから、よしと頷く。

「殿下のご無事を信じる。我々は早急に本隊と合流し、父上の――大将閣下の指示を仰ごう」

それを聞いたメルは神妙な顔をし、両手を揃えて差し出した。

「ロメリア様、准将閣下……お縄をちょうだいいたします」

今度は、准将とロメリアが顔を見合わせる。よく訓練されている兄は、妹に無言のまま顎をしゃくられただけで、正しく彼女の意思を汲んだ。

「メルはロメリアの部下だからね。私は君を裁く立場にないよ」

そう言って、准将はメルの横を通り過ぎると愛馬に跨り、ミケランゼロの馬の手綱を取る。

ロメリアは、ソマリを肩に乗せたままメルの正面に立つと、毅然と言い放った。

「お前の沙汰は、殿下にご相談してから決めます。それまではこれまで通り、わたくしの手となり足となり働きなさい」

「……仰せのままに」


──やめて！

そう叫んだ声は、聞き慣れた私のそれではなく、まだ幼い子供の声だった。

私を庇うように抱き締めるのは、頭二つ分ほど背の高い見知らぬ少年だ。

アッシュグレーの髪と青い瞳はベルンハルトの国王様を彷彿とさせ、顔立ちにはミケの面影がある。


──兄上っ！

子供が悲痛な声でそう叫び、その瞬間、私は合点がいった。

（私は、ミケだ──お兄さんが殺された時のミケになってるんだ……）

目の前の見知らぬ少年は、若くして亡くなったベルンハルト王国の第一王子レオナルド。ミケとは五つ年が離れており、国王様の話ではその忠臣と思われていた人物に殺されたという。

ミケは、この兄を助けられなかったことを悔い、彼の分まで祖国に尽くそうとするあまり、一人で多くを背負い込みすぎるきらいがあった。

しかし、どういうわけかミケの視点で事件を追体験させられている私は、この時気づいてしまう。

レオナルド王子はただ殺されたのではなく──ミケを庇って刺されたのだということに。

——兄上……兄上！　あにうえあにうえあにうえええええっ……‼

自分の代わりに凶刃を受けて崩れ落ちた兄。

血に濡れたその体に縋り付き、幼いミケが泣き叫ぶ。

私の意識はいつのまにかミケの体から離れていたが、それでもただの無力な傍観者だ。

血が溢れ出すレオナルド王子の傷を手で塞いでやることも、泣きじゃくる小さなミケを抱き締めてあげることもできない。

（ミケ……！）

兄を失う悲しみや苦しみ、犯人に対する怒りや憎しみ——ミケの小さな体からは凄まじいばかりの負の感情が、黒い綿毛の姿になって溢れ出した。

それが周囲を覆い尽くそうとするのに慌てた私は、無我夢中で黒い綿毛を掻き分ける。その最中のことである。

（誰……？　もう一人、誰かいる……）

黒い綿毛を掻き分けてできた隙間の向こうに、私は人影を見つけた。

幼いミケでも絶命したレオナルド王子でもない、血に濡れたナイフを握った若い男である。

右目の下に泣き黒子《ぼくろ》のある彼こそが——

（レオナルド王子を——ミケのお兄さんを殺した、犯人⁉）

負の感情を迸らせるミケとは対照的に、その男の顔には何の感情も浮かんでいない。

そんな彼と——私は一瞬、目が合ったような気がした。

次の瞬間、私の視界はついに幼いミケの負の感情で塗り潰されてしまう。

押し寄せる黒い綿毛の大群から眼球を守ろうと、きつく両目を瞑った。

それから、どれくらい経っただろうか。

次に瞼を開いた時、私は簡素なベッドに寝かされていた。

「……ここ、は？」

見覚えのない天井をしばしぼんやりと眺め、それから周囲を見回そうとして、それを見つける。

「……ミケ？」

左脇腹のあたりに、金色の毛に覆われたものがあったのだ。

半年余り前の、異世界転移してきて初めてこの世界で目を覚ました時のことを思い出す。

しかし、私はもう、側に寄り添ってくれている相手をマンチカンのミケと間違えることはなかった。

「ミケ……ミケ！　ミケだ……っ！」

寝転がったまま左手を伸ばし、金色の毛をわしゃわしゃと撫でる。

とたん、弾かれたみたいに顔を上げたのは、私を追いかけて崖から落ちた人。

「タマ、目が覚めたのか……よかった……」

人間のミケは、綺麗な顔を泣き出しそうにくしゃりと歪める。

そして、覆い被さるようにして私を抱き締めた。

2　ようこそこちらの世界へ

カッ、と小気味良い音を立て、薪は見事に真っ二つになった。

ずっしりとした薪割り斧を力強く振って、ミケが次々に薪を割っていく。

私は適度な大きさになったそれを拾い集め、せっせと薪置き場に積み上げた。

ミケは、飾り気のないズボンとブーツに足を突っ込んでいるものの、上半身は裸だ。

私は、マキシ丈のストンとしたワンピースを身に着け、柔らかな布のミュールを履いていた。

ミケも私も、借り物を身に着けている。というのも……

「私達って……結局、川に落ちたから助かったんですか？」

「正確には、着地点が川になったから助かった、だな」

崖から落ちて絶体絶命だった私達は、ネコの摩訶不思議な力により、地面ではなく水面に落下することで難を逃れた。

その際ずぶ濡れになった私とミケの服は日向に干しているが、そろそろ乾く頃だろうか。

「私は結局、落下の途中で気を失っちゃったみたいですけど……ミケとネコは、ずっと意識があったんですか？」

「さすがに私も、着水の直後は朦朧《もうろう》としたぞ。ネコは……あの時は、ピンピンしていたな」

ミケが、薪置き場の隅にいるネコにちらりと視線をやった。

今朝のネコは、別人……いや別ネコかと思うくらい静かな上、さっきから微動だにしない。

崖から落ちた後、私は四時間ほど気を失っていたらしい。

あれから一夜明け、時刻は現在午前六時を回ったあたり。

朝日が遠い山際から今まさに飛び立たんとしていた。

「まあまあ、お二人ともご苦労様。朝早くから精が出るわねぇ」

ふいに、おっとりとした女性の声が背後から掛かる。

ミケが薪割りの手を止め、私は手についた木屑を払いつつ振り返った。

声の主は、私の祖母くらいの年齢の女性だ。質素だが、清潔な身なりをしている。かまどで火を焚くのに薪を取りに来たらしい彼女は、薪置き場の隅でネコの背中を撫でながら言った。

「うふふ、何度見ても可愛らしい子ねぇ。お兄さんとお姉さんも、パンを焼くから食べていってちょうだいね」

「わあ、うれしい！　ありがとうございます！」

「お心遣い感謝します」

崖から落ち、川でずぶ濡れになった私達は、たまたま近くを通り掛かったこの老婦人の世話になった。老婦人は同い年の夫と二人暮らしをしており、私が目覚めて最初に見たのは彼らの家の天井だったのだ。

ミケは素性を隠し、老夫婦には旅の途中でトラブルに巻き込まれたと説明したらしい。

薪を割っているのは一宿一飯のお礼で、これが済んだら私達は早々に出立する予定である。

何しろここは、ミケが生まれ育ったのとは異なる世界、ではなく……

「私も主人もこのラーガストで長く生きているけれど、こんな子を見るのは初めてだわ」

なおもネコの毛並みを撫でて老婦人が言う通り、ベルンハルト王国の隣に位置するラーガスト王国——まさに、私達が目指していた国の、のどかな農村だった。

「つまり……ネコは、違う世界には行かなかったんですね」

私は、薪を抱えて戻っていく老婦人を見送りつつ呟く。

それに、再び薪割り斧を振り上げたミケが否と答えた。

「行かなかったのではなく……行けなかった、みたいだな」

「えっ？　行けなかった？　行けなかったんですか!?」

「ああ。だから——あの通り、気を落としている」

「それで、あんな猫背になってるんだ……ネコだけに」

薪置き場の隅に座り込んだネコは、見るからに悄然としていた。

その首の後ろにできた毛玉は順調に育っているが、何やら本体の方が弱っている。

撫でてくれた老婦人に愛嬌を振り撒く気力もなかったほどだから、相当だろう。

それにしても、異世界に行けなかったとはどういうことだろうか。

疑問に思っていると、ネコはいまだかつてないほど弱々しい声で私を呼んだ。

『珠子や……母はもう、だめじゃ……』

「いや、何が……ちょっと大丈夫？　しっぽへニャへニャになってるじゃない。元気出してよ」

『我はもう、世界から世界へと移る力を失ってしまった……これでは、ただのかわゆいネコちゃんではないか……』

「ただのかわゆいネコちゃんって……凹んでるのかと思ったら、普通に自己肯定感高いなぁ」

崖から落ち、地面に激突するのを、ネコは異世界に転移することで回避しようとした。

しかし結果的には、この世界の中でしか転移することが叶わなかったらしい。

「あなたの能力が変化した原因として考えられるのは……この世界に来る際に、私と一部が入れ替わってしまったこと？」

『……うむ、そうじゃな。それしかないじゃろうな』

とたん、私はばつが悪い心地になった。

私はあくまで異世界転移に巻き込まれただけだが、ネコが自分の一部を譲ったのは、そんな私を生かすためだったからだ。

「なんか……ごめんね？」

私が猫背を撫でて謝ると、ネコはふるふると首を横に振った。

『珠子のせいではないわい。ただ、お前が元の世界に戻れる可能性は完全になくなっ……』

「むしろ、好都合だ。そもそも、生き辛い思いをさせた世界になどタマは返さんと言っただろう。元の世界に戻れる可能性など最初から必要ない」

食い気味にそう言って、ミケが一撃で薪を真っ二つにする。

私は地面に転がったそれを拾いつつ、はたとあることに気づいた。

「あれ……？　ミケ、今……ネコの言葉が聞こえてました、か……？」

目を丸くして問う私に、ミケはにやりと笑って言う。

「聞こえていた。そいつ、実は凄まじく可愛げのない声をしていたんだな。あと、口が悪い」

「そう！　そうなんです！　お口の悪いネコちゃんなんです……って、えーっ？　いつの間に!?」

「川から上がった時には、気を失ったタマに縋り付いて、タマコタマコと叫んでいるのが聞こえていたな。ネコが言うには、タマはきょうだい最弱らしいじゃないか？」

「うっ……それは認めたくないです……」

今回私達の体は、異世界へ行くことこそ叶わなかったものの、この世界の中では転移を経験した。

半年前のように細胞レベルまでバラバラになるほどではないが、私もミケも、何かしら影響を受けずにはいられなかったようだ。

（レオナルド王子が殺された時のミケの記憶が私に共有されたのも、ミケにネコの言葉が聞こえるようになったのも、きっとそのせいだ）

ただしミケは、私みたいに負の感情を黒い綿毛にして取り除いたり、それを視認したりはできないままらしい。

これについて、ネコは引き続き秘密にしているようだ。

暗黙の了解で、私もそれに倣うことにした。

ともあれ、ミケがネコの言葉を解するようになったのは大きい。

「わあ、わあ！　ミケ、いらっしゃいませ！　ようこそこちらの世界へっ!!」

「随分と歓迎されているようだな」

「だって！　ネコの暴言珍言へのツッコミ仲間ができたのかと思うと、嬉しくって！」

『ぬぬぬ……珠子め。母のありがたい説法に対して何たる言い草じゃい』

ネコははしゃぐ私をじろりと見上げたが、言葉にはいつものようなキレがない。

それが何だか無性に寂しく思えた私は、薪を持っていない方の手でその毛並みをわしゃわしゃと撫でながら、殊更声を明るくして言った。

「覚悟しといてくださいね、ミケ！　ネコって本当に、尊大で口うるさくって可愛げがないので！」

「いや、タマの方もなかなかの暴言を吐いていると思うんだが？」

私の言い草に、ミケが苦笑いを浮かべる。

そんな私達を半眼で見据え、ネコがボソボソと呟いた。

『ところで……お前達。ギクシャクしとったのは、もういいのか？』

「「あ……」」

私とミケは、思わず顔を見合わせる。

ネコの摩訶不思議な力は、私達を一瞬でラーガスト側に移動させただけでなく――実は、ほぼ一日分、時間を飛び越えさせていた。

つまり、トラちゃんが武官に襲われそうになり、それをミケが収めつつベルンハルト王国軍の心を一つにした出来事は、もう四日も前のことになる。

あれが実は、言い方は悪いがやらせであり、事前に知らされていなかったことで疎外感を覚えた私は、ショックのあまり部屋に閉じこもったのだ。

「私の配慮が足りないばかりに、タマに悲しい思いをさせてしまったな……すまなかった」

「違う……違うんです！　ミケが謝ることなんて、一つもないんです！」

神妙な顔をして謝るミケに、私は慌てて首を横に振った。

「自分が仲間外れにされたわけじゃないって、少し考えればわかることなのに……私こそ、子供みたいに拗ねちゃって、ごめんなさい」

「いや、拗ねるのは構わないが……タマの顔を見られないのは、私も辛かったな」

「本当にごめんなさい……それに、翌朝には絶対元気な顔を見せるって約束も、果たせなくて……」

「それこそ謝る必要はない。メルに攫われたのだから、不可抗力だ。とにかく、私がタマを蔑ろにすることなどありえないと……それだけは知っておいてくれ」

ミケの言葉に、今度は私が神妙な顔をして頷く。

メルさんに関しては、いち早くミケと情報を共有した。ヒバート男爵家には追って沙汰が下されるだろうが、私はメルさんの情状酌量を願い出るつもりでいる。

彼女との短い旅も、今となっては笑い話だ。

それに、おかげで得たものもあった。

薪を拾って立ち上がった私は、改めてミケに向き直る。

彼も、薪割り斧を下ろして私を見た。

自他ともに認める筋金入りの人見知りだったのに、ミケと目を合わせるのに、私はもはや躊躇《ちゅうちょ》を覚えない。だって……

「あの崖を一緒に落ちてくれたような人が、私を蔑ろになんてするわけがないですもん」

そしてこれは、ネコにも言えることだ。

私は薪を置き場に積むと、いまだ猫背になっているネコを抱き上げ頬擦りする。そのふかふかの毛並みは日干ししたお布団みたいな匂いがして、やはりほっとした心地になった。

「ネコ、一緒に来てくれてありがとう。ミケと私を助けてくれて、ありがとうね」

『な、何じゃい何じゃい……急にしおらしくしおって……』

「ネコって、本当にお母さんみたい……」

『みたいも何も、我は珠子の母だと言うとろうが』

当たり前のようにそう言うネコの毛並みに、顔を埋める。

私は、自分の体中から黒い綿毛が溢れ出すように錯覚した。

「母が……あなたみたいだったら、よかったのに……」

そう呟いた私の頭を、いつの間にか側に来ていたミケがそっと撫でた。

3　情けは人の為ならず

朝食をご馳走になった後、私達は予定通り出立することにした。

目指すは当初からの目的地、総督府である。

「私が行方不明となってベルンハルト王国軍も動揺しているだろうが、ミットー公爵達なら予定通り総督府に向かうはずだ」

ミケは、迷うことなくそう断言した。

彼の部下達に対する深い信頼を目の当たりにし、私は感銘を受ける。

そんな私の腕の中では、ネコが牙を剝き出して大欠伸をしていた。

首の後ろにできた毛玉が気になってモミモミすると、胡乱な目で見上げられる。

異世界へ転移する能力を失った事実からは立ち直ったネコだったが、少々機嫌がよろしくない。

世話になった老夫婦は負の感情が少なかったため、ネコは昨日からほとんど食事がとれていないのだ。

『まったく、質素な生活に満足しおって。謙虚なじーさんばーさんじゃわい。あれしきの量じゃ、腹の足しにもならんわ』

「じゃあ、今までみたいにミケのを食べたらいいんじゃない？」

『いーやじゃや、気が進まん！　よって、我は省エネモードに入る！　珠子は責任をもってこの母を抱っこしてゆけよ！』

「はいはい、仰せのままに」

ミケは相変わらず払えば払うほど黒い綿毛の出る身だが、ネコは積極的にそれを食べようとはしなくなった。

私の負の感情を食べないのと同じ理由だとすると、ネコは彼までファミリーに加えてしまったということになるが……

そんなミケは今、老婦人の夫と握手を交わしているところだった。

「いやはや、おかげで一月は薪に困らん。ちょうど腰を痛めていたものだから、助かったよ。どうもありがとう」

「お礼を言うのは我々の方です。親切にしていただき、ありがとうございました」

私はというと、ミケの背後で、ネコを挟んで老婦人と向かい合う。

老婦人はさも名残惜しげにネコを撫で回した。

「ネコちゃん、もうお別れなんて寂しいわぁ。道中気をつけてね」

『うむ、ばーさんも達者で暮らせよ』

ネコは相変わらずご機嫌斜めだが、にゃあん、と可愛子ぶった声で鳴いて愛想をした。

わざわざ家の前まで出て見送ってくれた老夫婦の話から考えるに、日の高いうちに総督府まで辿り着けそうだ。

ネコは、老婦人の夫と向き合うミケの背中を眺めて気怠げに言った。

『ふん……王子のくせに、随分と腰の低い物言いをするじゃないか？』

「素性を隠してるんだもん。当然でしょ」

こぢんまりとした老夫婦の家の前には小麦畑が広がっているが、すでに刈り取りが終わった後のようだ。

畑の先には森があり、背後に山が連なっている。総督府はその山の手前にあるそうだ。対して、ベルンハルト王国との国境は山を越えたずっと先にある。

つまるところ、ネコの転移により、私達は総督府を通り過ぎてしまっていたのだ。

そのためミケは、ベルンハルト王国軍と合流するよりも、総督府で彼らを待つ決断をした。予定通りであれば、ベルンハルト王国軍も本日到着するはずだ。

「あそこの森では、時折獣が出るらしいから気をつけてお行きよ」

「人が襲われたって話は、今のところは聞かないけれど、念のためね」

すっかり乾いた元の衣服を身に着けた私達は、老婦人が焼いたパンも昼食用に持たせてもらう。老夫婦の孫が私と同い年で、現在は総督府で働いているらしく、せっかくなので差し入れの焼き菓子も預かった。

そうして、いよいよ別れを告げようとした時だ。

老夫婦は顔を見合わせ――夫の方が、意を決したように切り出した。

「お二人は――ベルンハルトから来たのだろう？」

ミケが、さりげなく私を背に隠す。

問うようでいて確信を滲ませた相手の言葉に、彼は警戒した。

何しろ、ベルンハルト王国とラーガスト王国は半年前まで戦争をしていたのだ。

ミケの大きな背中に隠された私も緊張を覚え、ネコをぎゅっと抱き締めた。

言葉の真意を問うように、ミケは無言のまま老夫婦の次の言葉を待つ。

彼はそもそも軍服姿だったし、これから向かう総督府を管理しているのもベルンハルト王国軍であるため、私達がベルンハルトから来たことに老夫婦が気づいていても不思議ではない。

ただ、このタイミングで改まってそれを持ち出したのはなぜなのか。

そんな疑問を抱いていると……

「ラーガストが、すまなかったねぇ。国王はまったく、愚かなことをしたと思うよ」

「ベルンハルトの方々に、恨まれても仕方がないと思っているわ。でも――私達は、ベルンハルト軍に感謝をしているのよ」

思ってもみない謝罪と感謝を受けて、ミケは目を丸くする。

私は、腕に抱いたネコと顔を見合わせた。

老夫婦が言うには、戦時中――特にラーガスト側の戦況が目に見えて悪くなった頃には、ここのような僻地は半ば見捨てられていたらしい。統率の崩れたラーガスト兵による略奪が横行し、老夫婦も先祖代々守ってきた土地を離れる決断を迫られていた。

そんな中で進軍してきたベルンハルト王国軍が、ならず者と化したラーガスト兵を蹴散らし、敵国の村人を逆に守る形になったという。

「ラーガスト兵は逃げる際、我々の食料ばかりか、次に撒く小麦の種までごっそり持っていってしまってね」

「せっかく戦争が終わったとしても、もう飢えて死ぬしかないと絶望していたら……帰国するベルンハルト軍が、食料と種を分けてくれたの」

何とか命を繋いだ老夫婦は、目の前にある畑でベルンハルト王国軍にもらった小麦を育て、収穫し――それを使って焼いたパンを、今回私達に振る舞ってくれたのだ。

「ラーガストがベルンハルトの善き隣人となれるまでは、きっと多くの時が必要だろう。その頃には、わしらはもう生きとらんかもしれんしなぁ」

「だから今回、こうしてあなた達と出会って、少しでもあの時の恩返しになっていると嬉しいわ」

老夫婦の言葉に、ミケの大きな背中が一瞬震える。

彼は一歩踏み出し、左右の手でそれぞれ老夫婦の手を握ると、嚙み締めるように言った。

「ありがとうございます。私も今回、お二人に会えてよかった……どうか、今後も健やかにお過ごしください」

「私の生まれ育った世界には、情けは人の為ならず、という諺がありましてですね……」

老夫婦に別れを告げ、私達は一路総督府に向かって歩き出した。

森までは、収穫が終わった小麦畑の間に一本道が通っている。

収穫期が終わると、若者は町へ出稼ぎに行くのが古くからの慣わしのようで、時々すれ違う村人は年寄りばかりだった。

私の呟きに、まずは腕の中のネコが反応する。

『何じゃあ、それは。甘やかすとそいつのためにならんー、という格言か？』

「そう誤解されることも多いんだけどね。実際は、人に親切にすると、その人のためになるだけじゃなくて、巡り巡って自分のためにもなるよー、っていう意味」

ちらりと隣を見上げれば、ミケも私を見下ろしていて目が合った。

彼が、穏やかに笑って言う。

「情けは人の為ならず、か。我々が半年前に残していった小麦の種と同様に、友好の種もちゃんとラーガストに根付いていた……その恩恵を、私達は今回あの老夫婦から受け取ったんだな」

「はい。そう思うと、おばあさんが焼いてくれたパン……ただでさえおいしかったのに、何倍も何十倍もおいしく感じられますね」

『ふん……我は食えんから、どうでもいいがな』

ネコがまた大欠伸をして、不貞寝するみたいに私の腕の中で丸くなった。

ミケが毎日目の下に隈を作りまくって取り組んでいる戦後処理には、ベルンハルト王国自体の立て直しだけではなく、ラーガスト王国の復興も含まれている。

理由は、ラーガストがこれ以上破綻して難民が押し寄せるのを回避するためとか、第三国の干渉を避けるためとか、少しでも賠償金を請求するためとかいう政治的なものが主だ。

だがミケ個人としては、なす術もなく戦争に巻き込まれたラーガストの名もなき人々を労りたいという気持ちもあったのだろう。

だから、そんな名もなき人々である老夫婦の感謝の言葉に、少しは報われた心地になったに違いない。

彼は晴れやかな顔をして言った。

「ラーガストの一般市民の声を聞く機会など、なかなかなかったからな。タマが攫われたのも、我々が崖から落ちたのも災難だったが、結果的には得るものがあった」

今回の私を巡る一連の騒動に関係し、ミケにはこの他にももたらされたものがあったという。

私がメルさんに連れ去られたと判明し、トラちゃんはミットー公爵家の三人も共犯ではないかと指摘した。

確かに、ミケとロメリアさんが結婚して利を得るのはミットー公爵家だ。客観的に見て、トラちゃんの主張はもっともだった。

だが――

「私は、ミットー公爵家を信じるのに迷いはなかった。戦時中は、当たり前のように彼らに背中を預けていたことを思い出したんだ」

ミケはそう言って、左手を差し出してくる。

小麦畑の間を通っていた一本道が終わり、私達は森の中へ踏み込もうとしていた。

獣が出ると老夫婦から聞いていたこともあり、私は慌ててミケの左手に自分の右手を重ねる。

それをしっかりと握ってくれた彼は、木漏れ日に眩しそうに目を細めて続けた。

「私の周りには、優秀な先達も仲間もいる。彼らを信じ、頼ることができたからこそ、私は昨日、タマを追いかけられた――タマを救えた」

信頼していた相手に兄を殺されたことから、他人に心を開き切れなくなっている。それゆえ、一人で背負い込みすぎる傾向にある、と国王様と王妃様はミケを心配していたが……

「この半年、ひたすら気を張って勤しんできたが……何もかも自分一人で事足りる、とどこか驕《おご》っていたのかもしれない。その結果、隈を作ってタマを心配させていたのだとしたら……滑稽だな」

私が働きかけるまでもなく、ミケは自分で自分の危うさに気づけた。

そうして彼が浮かべたのが、自嘲ではなく、苦笑いであったことに、私は少しほっとする。

すると、眠ったと思っていたネコが、げっへっへっ、と意地悪そうに笑った。

『ようやく、己の青さに気づいたか。そんなんじゃから、あの公爵にヒヨコ呼ばわりされるんじゃい』

「ヒヨコ？　……ああ、嘴が黄色い年頃とか揶揄された、あれのことか？」

とたんに、苦虫を嚙み潰したような顔になるミケに、私もたまらず噴き出す。

ミケがヒヨコ呼ばわりされたのは確か、ミットー公爵がレーヴェの幼獣を拾った話題になった時だ。

そういえば、彼を手酷く嚙んだというレーヴェがその後どうなったのか聞いてなかった、と気づいた時だった。

「――っ！」

ミケが突然立ち止まり、私を背中に隠しつつ腰に提げた剣に右手を添えた。

腕の中のネコの毛がぶわわわっと膨らむ。

何事かと顔を上げた私は、次の瞬間、喉の奥で悲鳴を上げた。

「ひっ……」

茂みの向こうから、にゅっと首を出してこちらを見つめているものがいたのだ。

小麦色の毛並みにヒョウのような黒い斑点があり、ベンガルを彷彿とさせる見た目をしている猫に似た大型肉食獣……

「――レーヴェ！」

しかし、顔のサイズを見ただけでもわかる。

一昨日《おととい》、国境付近で遭遇したものより、さらに大きな個体であることが。

「タマ、私の背中に隠れるようにして、ゆっくりと下がれ。音を立てないようにな」

「ミ、ミケ……」

『ふ、ふんっ！　ででで、でかい面をしおって！』

老夫婦の言っていた獣とは、このレーヴェのことだったのだろうか。

ミケがそっと逃がそうとしてくれるが、私は恐怖で膝が笑いそうになる。

ネコは体を膨らませて威嚇するが、イカ耳になっているところを見ると、怖いのは怖いらしい。

私に爪を立ててしがみついてくる。

シャッ、と音を立ててミケが剣を抜いた。

ガサガサと茂みを揺らして、レーヴェも巨体をあらわにする。

辺りを包む緊迫感に息をするのさえ苦しくなった――その時だった。

『ごきげんよう、人間。それと、小さな同朋』

「『――しゃべった!?』」

4　賢明なレーヴェ

二日前に遭遇した個体が虎サイズだとしたら……

「こ、こっちは、ライガーサイズだ……！」

とにかくどデカいそのレーヴェが、ちょこんと……いや、どしーん！　と豪快におすわりをしたために、私達の体はコントみたいにぴょんと跳ねた。

足下には、月桂樹みたいな楕円形の葉っぱがたくさん落ちている。

大きなレーヴェはそれをふみふみしながら、意外にも可愛らしく首を傾げて問うた。

『ねえねえ、人間と小さな同朋――ミットーさんを、知ってるにゃ？』

「『……知ってる』」

にゃ、という語尾は可愛らしいが、その声は成獣らしく低く艶やか――俗に言う、イケボである。

しかし、聞き覚えのある名が出たことで、私とミケとネコには、このレーヴェの素性に心当たりができた上……

『おれ、〝チート〟。ミットーさんがくれた名前にゃ』

ご丁寧に、本人が名乗ってくれた。

チートというのは、ミットー公爵が若かりし頃に拾い、飼い慣らすのに失敗したレーヴェの名前だ。今は、ネコの毛玉から進化してベンガルっぽい姿になった、ネコ一家の末っ子が名乗っている。

「っていうか、レーヴェの言葉がわかる……！　私達って、猫科は全部いける感じですかね？」

「まさか……タマとネコは、昨日のレーヴェともしゃべれたのか？」

『いやいやいや！　あやつは言葉が通じているようには見えんかったが!?』

騒然となる私達に、元祖チートは何やらもじもじしながら問いを重ねる。

その前足には、ネコの座布団になりそうな大きな肉球が付いていた。

『ミットーさん……元気かにゃ？　おれが噛んじゃったところ、治ったかにゃあ？』

彼は、悪意を持ってミットー公爵を噛んだのではなかった。

首輪を着けるのは嫌だと伝えようと甘噛みしたつもりが、力加減を誤って大惨事に繋がってしまったというのだ。

これには、さしものネコさえドン引きした。

『いやいやいや！　公爵の傷痕を見たが、甘噛みであれってどういうことじゃい！』

『えへへ……おれ、ドジっ子なんだにゃあ』

当時のミットー公爵が今のミケくらいの年齢だったと考えれば、それからすでに三十年余りが経っている。

彼は、手に余ったチートを元いた場所に戻したらしい。

確か、ラーガスト近くの森だと聞いていたが……

『あそこには、こわいお姉さんがいたにゃ。だからおれ、こっちに引っ越したんだにゃ』

「こわいお姉さんって……」

「もしかして、一昨日タマ達が襲われていた、あのレーヴェのことではないか？」

『あいつ、メスじゃったんかい』

元祖チートは優しい飼い主を傷つけてしまったことを悔やみ続け、このラーガスト王国の森に引っ越して以降も、人間に牙を立てることはなかったらしい。

「その一方で、農作物を荒らす害獣を捕食していたため、ここまで問題なく人間と共存してこれた、というわけか」

「獣は出るけど人が襲われた話は聞かないって、おじいさんとおばあさんもおっしゃってましたもんね」

元祖チートは、戦時中もこの森に住んでおり、ベルンハルト王国軍の行軍にも出くわしている。

その中には、ミットー公爵もいたはずだが……

『人間いっぱいは、こわい……おれ、ずっと隠れてたんだにゃ。でも、あんた達は、小さな同朋と一緒だったから……』

『なるほど、この我のキュートな姿を見て、話が通じそうじゃと思って出てきたわけかい。賢明じゃな』

ここで、ネコが私の腕から抜け出した。

元祖チートに近づいていくと、鼻と鼻をくっつけ合って互いにクンクンし始める。

これだけ体の大きさに差があっても、鼻キスで挨拶するところは何とも猫らしい。

『お前が嚙んでできた公爵の傷はもう完治しとるし、あやつは拾って育てたレーヴェのことも忘れてはおらんぞ』

『本当かにゃ？　だったら、うれしいにゃん！』

ネコの言葉に、元祖チートは太くて長いしっぽをピンと立て、小刻みに震わせた。ついには、ドスドスと地面を踏み鳴らして小躍りし始める。

それを眺めつつ、私はミケの袖を引いた。

「ねえ、ミケ……私、気づいちゃったんですけど」

「何に気づいたと？」

「あの子のしゃべり方っていうか、語尾の〝にゃ〟っていうの——あれって、公爵閣下の影響ですよね？」

「……何だって？」

ミケはまだ知らないが、今現在チートを名乗っている子も同じしゃべり方をする。

新旧のチートがミットー公爵から人間の言葉を学んだのだと考えれば……

「公爵閣下はきっと、あのレーヴェにもそういう風に話しかけてたんですよ。〝にゃ〟って」

そもそも思い返してみれば、ミットー公爵は子ネコとじゃれている時から、普通に語尾が怪しかったのだ。

他の将官達の壊れっぷりが強烈だったため、かすんでしまっていただけで。

私の主張を受けて記憶を辿ったミケは、ミットー公爵が〝にゃ〟と口にする姿を思い出して……

「ふぐっ……」

腹筋が崩壊した。

お腹を押さえて震える彼の顔を、ネコと元祖チートが、にゃんだ、にゃんだ、と覗き込む。

私はミケの背中を撫でながら続けた。

「もしかして公爵閣下って、赤ちゃん言葉とかも使っちゃう系の人なんですかね？　准将やロメリアさんが赤ちゃんの時も、〝おっぱい飲みまちゅか〟とか聞いてたんじゃないですか？」

「……っ、くっ、やめてくれ、タマ。想像してしまったじゃないか」

「ミケにも言ってたかもしれませんよ？　〝殿下、高い高いしまちゅかー〟とか」

「……ふふっ、勘弁してくれ。次に公爵の顔を見た瞬間、爆笑する自信がある」

ミケは、ついにはその場にしゃがみ込んで笑いを堪える。

ところが……

『おれ、人間来ると、ミットーさんいないかにゃーって、いつも見てたにゃ』

『ここは、そんなに頻繁に人間が通るんかい』

『昨日も、人間いっぱい通ったにゃ。夜にこそこそ通ったにゃ』

「――夜に、こそこそ？」

ネコと元祖チートの会話を耳にしたとたん、一瞬にしてミケの表情が変わった。

今の今までお腹を抱えていたのが嘘のように、すっと立ち上がると、目の前にお座りした相手に問う。

「大勢の人間が、昨日の夜にこの辺りを通ったというのか……そいつらはどこへ向かった？」

『あっちにゃ』

元祖チートの大きな前足が差したのは、森の向こうにある山の麓――今まさに私達が目指している、総督府のある方角だ。

「えっと、総督府でミケが会談する予定の、革命軍でしょうか？」

「いや、革命軍ならば、夜にこそこそ行動する必要はない」

戦争終結後、もはや統率もままならなくなっていたラーガスト王国軍は実質解体された。

王家の親衛隊の多くは国王や王太子達とともに処刑され、末端の兵士のうち、有志は革命軍に転身している。

王侯貴族からなる議会も機能しておらず、現在のラーガスト側の代表は革命軍だ。

「我が軍が統べる総督府と協力関係にある彼らなら、昼間に堂々と移動するだろう」

『こそこそせねばならんとすると……それは、革命軍と敵対する連中じゃろうなぁ？』

険しい顔をするミケを見上げ、後ろ足で首の後ろ――新たな毛玉ができ始めている辺りを掻きながら、ネコが口を挟む。

ミケは、鋭い目で総督府の方角を睨んだ。

「前政権の残党の可能性があるな……嫌な予感がする」

彼はしばし顎に片手を当てて何やら思案している様子だったが、やがて足下に落ちていた葉っぱを一枚拾い上げる。

元祖チートがふみふみしていたそれは、楕円形で濃い緑色をしていた。

タンニンが多く含まれているのか、爪で引っ掻かれた部分が変色し、まるで茶色いペンで線を引いたようになっている。

それをじっと見つめていたミケは、いまだ首の後ろを掻いているネコと、そこにできた毛玉を気にする私を順に見る。

それから、元祖チートに向かって問うた。

「つかぬことを聞くが――あの山の向こうは、お前の縄張りか？」

5　総督府

レーヴェのチートと出会った森を抜けた先には小高い丘があった。

その上からは、総督府の全貌が窺える。

総督府は、この周辺を治めていた領主の屋敷を庁舎として利用していた。

「元の持ち主である領主一家は、終戦を待たずに領民を見捨てて逃げたらしいが、途中で野盗に襲

い。

しかし、ベルンハルト王国軍の進攻を前にして、ラーガスト王国軍が略奪の上で焼き払ったらしい。

大きな山を背にして立つ古めかしい屋敷の周辺には、かつては多くの商店が立ち並んでいた。

ミケと、私の腕に抱かれたネコがそう言い交わす。

『ふん、何とも因果なものだな』

われて全滅したという話だ」


現在は、焼けた建物の残骸が全て取り除かれ、所々で再建され始めている。

そんな総督府とその周辺は、丘の上から見る限りでは混乱している様子はない。

目を凝らしていたミケは、少しだけ肩の力を抜いた。

それからふと、足下に視線を落として呟く。

「あの時……タマが来なければ、私はここで死んでいたかもしれないな」

予定通りに国境から総督府に向かっていれば通るはずではなかったこの丘は、半年前の最終決戦においてベルンハルト王国軍が本陣を構えた場所——私が異世界転移してきた、まさにその場所であった。

あの時の記憶が一切ない私は、これといって感慨を抱けないが、ミケは違うようだ。

御前試合の見学中、准将はトラちゃんに対し、ミケはナイフで刺されたくらいでは死ななかっただろうと言ったが……

「もしもの話でも、ミケが死ぬなんて言葉、聞きたくないです」

口を尖らせて抗議する私に、ミケが小さく笑う。

そうして、大きな手でゆったりと私の髪を――元の世界で生きていた時とは正反対の色になった髪を撫でた。

「あの時死ななかったとしても……タマという癒やしがなければ、私はこの半年の間に潰れていたかもしれない」

しみじみと語る彼を、私の腕の中からネコがジロリと睨み上げる。

『我が、珠子を連れてきたんじゃぞ！　つまりは、我もまたお前の命の恩人じゃ！』

「わかったわかった。お前もありがとうな」

『こらあっ！　珠子のついでみたいに撫でるんじゃないっ！　もっと心を込めて！　恭《うやうや》しくっ！

おネコ様を崇め奉り、末代までこの尊さを語り継げよっ!!』

「注文の多い……」

ミケは呆れつつも、ネコの頭を要求通り恭しく撫でる。

それから同じくらい丁寧に、もう一度私の髪も撫でつつ呟いた。

「タマがいない世界など、想像したくもないな……」

私にとってここは、新たな人生が始まった場所でもある。ミケを皮切りに、脇腹を刺された代償というには余りあるほどの良縁に恵まれた。

もしも今、元の世界に戻してやると言われても、私は断固拒否するだろう。

ネコが異世界転移能力を失ったことは、むしろ好都合だったのだ。

ただし、ネコにとっては不本意であり、不幸なことかもしれない。

私は罪悪感を紛らわせようと、ミケと一緒になってネコを撫でる。

首の後ろにでき始めていた毛玉は、この時にはすでになくなっていた。


総督府となった屋敷はぐるりと高い塀で囲まれており、門ではベルンハルト王国軍の軍服を着た数名が検問を行っていた。

ミケは私とネコを連れ、軍服の上着を脱いで検問の列に並ぶ。国軍元帥である彼の軍服は、他の軍人のそれとは色が違って目立つからだ。

万が一、どこかに不穏分子が潜んでいる場合を想定し、用心してのことだった。

そうして、ちょうど私達の番になる直前のことだ。

「……はっ？　で、でん……ええっ!?」

門の近くを通りかかった年嵩の武官が、ミケに気づいてぎょっとした。

漫画みたいに二度見し、幻覚かもと言いたげにゴシゴシと両目を擦り——しかし、次の瞬間には何食わぬ顔をして検問担当に交ざると、さっさと手続きを済ませて私達を中に入れてくれる。

そのまま先導して庭を歩き始めたが、人気のない場所まで来ると、バッと振り返ってミケの両手を握った。

「でで、殿下、何事でございますか!?　と、供は？　軍はどうなされたのですっ!?」

「長らくの駐留ご苦労、大佐。驚かせてすまない。まあ、いろいろあってな……」

ミケが大佐と呼んだ彼は、戦争終結後に赴任した、この総督府の最高責任者だった。

息子のような年頃の王子が、供も連れずにやってきたことにたいそう驚いていたが、彼が怪我を負っている様子もないため、ひとまずほっとしたらしい。

その興味は、同行した私とネコにも向いた。

「殿下、こちらのお嬢さんともふもふの子は、もしやあの時の……」

「ああ、そうか……大佐も、あの時本陣にいたんだったな」

「ええ、殿下を凶刃から守ってくださった方ですね。すっぽんぽんで」

「わーっ!!」

全裸で異世界転移したなんて、黒歴史すぎる。一つだけ何でも願いを叶えてやると言われたら、その瞬間のミケ達の記憶を改竄《かいざん》して、私に服を着せてもらいたいものだ。

一方ネコは、俄然元気を取り戻した。

羞恥に震える私の腕から大佐の腕へと飛び移り、にゃあん、にゃあん、と猫撫で声を上げ始める。

ただし実際は……

『ぬわーははは！　寄越せぇ！　お前の真っ黒いのを、寄越せぇ！　ぜーんぶ、寄越せぇぇぇぇぇっ!!』

「おやおや、こんなに懐かれるなんて照れますなぁ。私は小動物には不人気なんですが」

『ぐへへへへ、おっさん……人が良さそうな顔をして、なかなか溜め込んどるじゃないかぁ？　おうおう！　お前、腹ん中は真っ黒かぁー？』

「あっははは！　うふふ！　くすぐったいなぁ！」

悪役っぽさ全開のネコと、ひたすらそれにデレデレする大佐に、ミケはスンとした宇宙猫の顔になった。

これまで一人でこの光景を見てきた私も、遠い目をして問う。

「ネコの声……聞こえないままの方がよかったって、思ってますでしょ？」

「思ってる……」

ミケが、労るみたいに私の頭をまたなでなでした。

『はー、食った食った。珠子、食いすぎて動けんから抱っこせい！』

「はいはい」

やがて、腹が満たされて機嫌の直ったネコが、腕の中に戻ってくる。

負の感情を提供した大佐の方も、黒い軍服を白い毛だらけにされながらもほくほくしていたが、ミケが元祖チートから聞いた話をすると、とたんに顔面を引き締めた。

「革命軍の代表は、もう到着しているのか？」

「はい。一昨日、小隊とともに総督府に入られ、一通りの話し合いは済ませております」

「一昨日、か。ではやはり、昨夜こそこそしていたという連中は、革命軍ではないな」

「ラーガスト王国軍の残党でしょうか。近頃王都の方では、親衛隊の生き残りや傭兵崩れが革命軍への抵抗運動を行っている、と小耳に挟んではおりますが……」

予定通りであれば、二、三時間もすればミットー公爵率いるベルンハルト王国軍が到着する。

ミケはそれを待つ間に、大佐や革命軍の代表を交え、今後の対応を協議することに決めた。

私とネコはその間、大佐の部下である女性中尉に預けられたのだが……。

「はわわわ、おネコ様っておっしゃるんですかぁ？　こんな尊い存在……生まれて初めて出会いました！」

『ぬっふっふっ！　そうじゃろうそうじゃろう！　お前、なかなか見る目があるではないか！　褒美に、好きなだけもふもふしてよいぞ！』

「ああっ……なんと素晴らしい手触り！　なんて芳《かぐわ》しい香り！　心が洗われるようです……！」

『にゃーはははは っ！　くるしゅうない！　くるしゅうないぞ！』

初見では、メルさんを彷彿とさせる中性的で洗練された印象だった彼女も、ネコを見ると瞬く間にメロメロのデレデレのフニャフニャになった。

おかげでさらに機嫌のよくなったネコを連れ、私はひとまず国王様に与えられた役目を果たすため、総督府のあちこちを慰問に回ることにする。

その途中で、一晩お世話になった老夫婦の孫の居場所にも案内してもらった。預かってきた焼き菓子を渡すためだ。

あの親切な老夫婦の孫らしく、たいそう人の良さそうな青年だった。

祖父母がベルンハルト王子を助けたと聞いて驚いていたが……。

「そうですか、祖父が腰を痛めて……。教えてくださり、ありがとうございます。明後日は仕事が休みなので、祖父母の様子を見に帰ります」

そう言ってネコを撫でた彼も、ほとんど負の感情を抱えてはいなかった。

それから、さらに一時間ほど総督府内を回る。

そんな私達におずおずと声をかけてきたのは、トラちゃんと同い年くらいに見えるメイドだった。

「あの、そちらのもふもふした動物と接すると、心が癒やされると伺ったのですが……」

どうやら、ネコに接した者から話を聞いてわざわざ駆け付けたらしい。

メイドの少女は縋るような面持ちで続けた。

「ぜひとも、癒やして差し上げてほしい方がいるのです。ネコ殿を、その方に会わせていただけませんでしょうか？」

『よーしよしよし！　どんとこいじゃあ！　我に任せろいっ！』

「えーっと……大丈夫みたいです」

そうして、私とネコが案内されたのは、一階の奥まった場所にある静かな部屋だった。

中に入ると、庭園に面した大きな掃き出し窓を眺めるようにソファが置かれている。

同行した中尉が、声のトーンを落として私の耳元に囁いた。

「カタリナ・ラーガスト——ラーガスト国王の側室で……ベルンハルトの捕虜となっていた、トライアン王子の母君です」

「……っ！」

予期せずトラちゃんの母親と対面する機会を得た私だが、思わず片手で口を覆った。

うわっ！　と叫んでしまいそうになったからだ。

『これはこれは……』

もう片方の手に抱いていたネコも、両目をまんまるにした。

トラちゃんの母親は、窓の方を向いてソファに座っているようだ。

ようだ、と不確定な言い方しかできないのには訳がある。

何しろ、私とネコの目には――ソファに、巨大な黒い綿毛が鎮座しているようにしか見えなかったのだから。

第六章　ネコは全てを解決する

1　トライアンの母

「トラちゃんのお母さんが総督府に保護されてるって話は、前にミケから聞いてたけど……」

『うむ……確か、あの小僧の軟禁部屋で、お前と王子が昼飯を食った日じゃったな』

トラちゃんの母親カタリナさんは、王太子の侍女をしている時にその父親であるラーガスト国王に見初められてトラちゃんを産んだ。

しかし、後ろ盾となる実家が地方領主であったため、身分の高い妃達にひどくいじめられて心を病んだという。

そんな彼女が負の感情に塗《まみ》れているのは、何ら驚くべきことではないが……

「それにしても……すごい量だね、ネコ。さすがにあれは食べきれないんじゃない？」

『たわけ！　任せろと言ったからには、今更できませんなどと言えるかいっ！』

ネコはそう啖呵《たんか》を切ると、私の腕からぴょんと飛び下りる。

そうして、カタリナさんが座っている――ただし、私達の目には巨大な黒い綿毛が乗っかっているようにしか見えない、窓辺のソファへたったか駆けていった。

『見とれよぉ、珠子！　母が本気を出したら、このくらい朝飯前じゃあ！』

にゃおん！　と一つ高らかに鳴き、ネコが黒い綿毛の塊に突入する。

そのまま、凄まじい勢いでそれを食べ始めた。

『ぬおおっ！　これはまた！　濃厚な味わいじゃわい！　嫌悪感と！　絶望が！　凝り固まってっ……うひひひひっ！』

「ちょ、ちょっと、ネコ？　大丈夫なの!?」

カタリナさんが何年も抱えていたであろう負の感情は、量だけではなく内容も相当なようで、元々ぶっ飛んでいるネコがさらにおかしなテンションになっている。

とはいえ、負の感情が視認できない人には、ネコがカタリナさんにひたすらじゃれついているように見えるのだろう。

「わあああ！　いいなぁ！　カタリナ様、いいなぁ！　私もネコ殿にハムハムされたいなぁ！」

「はわわわわ！　おネコ様っ……尊い！　もふもふしたぁああいっ！」

固唾を呑んで見守る私の隣では、メイドの少女と中尉がメロメロになっていた。

『むぐうっ……さすがに！　これは！　胃にもたれるぞいっ……！』

文句を言いつつも、ネコの爆食は続く。

やがて、巨大な黒い綿毛の間からブロンドの髪が覗き始めた。さらには人間のシルエットが現れ、それはほっそりとした女性の後ろ姿になる。

トラちゃんの母親カタリナさんの本来の姿が、ようやく私の目にも見えるようになってきた。

「ネコ……？　だ、大丈夫……？」

おそるおそるソファの前に回ってみれば、彼女の膝の上に真っ白い毛玉が乗っかっていた。お腹をパンパンに膨らませて仰向けに倒れ込んだ、ネコだ。

有言実行。ネコは、カタリナさんが溜め込んでいたあの凄まじい量の負の感情を食べ尽くしたのだった。

『どうじゃあ……珠子ぉ……見たかぁ……母の、本気をぉ……』

「う、うんっ……すごいね！　が、頑張ったね！」

ネコが、よろよろとカタリナさんの膝から下りる。

私は手を伸ばしてそれを支えようとしたが……

『おえーっ!!』

「ぎゃーっ、いきなり吐いた！　って、大丈夫、任せて！　猫が吐くのには慣れてるっ！」

元猫カフェ店員の本領発揮とばかりに張り切るも、ネコが吐いた負の感情は、猫が戻した食べ物や毛玉みたいに床を汚すことはなく、落ち切る前に消え去った。

『うう……キモチ悪い……胃がひっくり返ったぞい……』

「もう、無理しないでよ。別に一気に食べ切らなくたって……」

私は床に膝を突き、吐き疲れてぐったりとしたネコを抱っこする。

そんな中、ふいに視線を感じて顔を上げ……

「あ、こ、こんにちは……はじめまして……」

トラちゃんと似た金色の瞳が、瞬きもせずに私とネコを見つめているのに気づいた。

カタリナさんは、美しい人だった。

長年心を病んでいたという通り、生気に乏しく痩せてはいるものの、その儚げな雰囲気が庇護欲をそそる。

とはいえ、彼女の心を蝕んでいた負の感情は、ネコが食い尽くしたのだ。

間もなく、カタリナさんに劇的な変化が現れる。

「ううっ……」

「まあ、カタリナ様っ!?」

ふいに、カタリナさんが両手で顔を覆って嗚咽を上げた。

慌てて駆け寄ってきたメイドの少女に、信じられないと言いたげな表情をした中尉が続く。

何が何だかわからず、私は床に座り込んだままネコと顔を見合わせた。

側に膝を突いた中尉が、興奮を抑えきれない様子で呟く。

「もう半年の付き合いになりますが、彼女が感情を表すのは初めて……自発的に動いたのも声を発したのも、これが初めてです！」

「そ、そうなんですか!?」

「これもおネコ様のお力でしょうか！　すごい……奇跡ですっ!!」

『むっふっふっ、悪い気はせんなぁ』

カタリナさんは、やがてわんわんと声を上げて泣き始めた。

トラちゃんを産んで以降精神を病んでいったということだから、半年どころか十数年は正気ではなかったのだろう。

その間に肥大していた負の感情をネコが取り除いたことで、これまで堰き止められていた自我が一気に溢れ出したのかもしれない。

幼子のように泣きじゃくる彼女の側で、世話係のメイドの少女も涙ぐんでいる。

そうこうしているうちに、開きっぱなしの扉の向こうからバタバタと足音が聞こえてきた。

「カタリナ！　お前、正気に戻ったのか！」

ほどなく、准将と同じ年頃の男性が部屋の中に駆け込んできたかと思ったら、いきなりカタリナさんを抱き締めた。

続いて現れたのは、ミケと大佐だ。

上官のお出ましに、中尉が慌てて立ち上がって敬礼をした。

「タマ、ネコ、何があった？」

中尉と入れ替わるように側に膝を突いたミケに、私はネコを指差して言う。

「ミケ、ネコがトラちゃんのお母さんを泣かせました！」

『こらぁ、珠子ぉ！　泣いたのは我のせいじゃないわいっ！　人聞きの悪いことを言うなっ！　このっ、このこのこのっ!!』

「よしよし、じゃれるなじゃれるな」

私に繰り出された猫パンチを、ミケが掴んで止める。

ネコのパンパンに膨らんだお腹を撫でながら彼が言うには、カタリナさんを抱き締めているのは彼女の兄らしい。

つまり、今回トラちゃんを引き渡すよう願い出た、ラーガスト革命軍の代表だ。

「トライアンに刺されたタマに、伯父として一言謝りたいと言うので連れてきたんだが……」

ラーガスト革命軍の代表と、十数年ぶりに正気を取り戻したカタリナさん。

しかし、そんな兄妹の対面は、感動の再会とはいかなかった。

「離してっ！　あっちへ行って！　兄さんなんか……私を陛下に差し出して利を得ようとした兄さんなんか、大嫌いよっ！」

「そ、それは……」

カタリナさんは、革命軍の代表の腕の中でがむしゃらにもがいた。

どうやら、地方領主の跡継ぎであることに満足していなかったこの兄は、見目麗しい妹を差し出すことで、国王に取り入ろうとした時期があったらしい。

事情を知ったメイドの少女と中尉の冷たい視線が彼に突き刺さる。

『ほーう？　それが今や、国王を処刑した革命軍の代表じゃとう？　ぐふふ……手のひら返しもいいところじゃなぁ』

ネコも鋭く目を細め、嘲るように言った。

「そ、それについては、すまなかった！　だが、陛下も、お前をいじめた妃達ももういない！　王家で残ったのは、お前と、お前の息子であるトラ……」

「いやっ……！」

革命軍の代表を名乗っている人間も、どうやら聖人君子には程遠そうだ。

カタリナさんは泣きじゃくりながら、身勝手な兄をめちゃくちゃに殴りつける。

私は、ミケと顔を見合わせた。お互いに苦々しい表情になっている。

そんな中、カタリナさんはついに兄を突き飛ばして叫んだ。

「陛下の子供なんて、産みたくなかった！　あの子が生まれたせいで、私の人生はめちゃくちゃになったんだわ！　全部……全部全部、あの子のせいよっ！」

「――いや、さすがにその言い草はないんじゃないか？」

あまりの発言に、ミケが眉を顰めて口を挟む。

しかし、相手がベルンハルト王子などとは知らないカタリナさんは聞く耳を持たず、なおも続けようとして……

「トライアンなんて、生まれてこなければよかっ――」

気がつけば、私は両手で彼女の口を塞いでいた。

その場にいた人々が揃って口を噤み、部屋の中がしんと静まり返る。

初対面の相手に口を塞がれたカタリナさんも、その兄も。

はらはらしながら見守っていた中尉とメイドの少女、それから大佐も。

そんな中、一人と一匹が私の名を呼んだ。

「タマ」

『珠子』

ミケとネコの声に、背中を押された気分になる。

私は両目をぱちくりさせているカタリナさんを見つめて口を開いた。

「あなたが、ラーガストの王宮で辛い思いをなさったのは聞き及んでおります。そのことで、あなたが誰かを恨んだり、糾弾したりするのを止めるつもりも、その権利が自分にないこともわかっています」

ミケが、トラちゃんを襲おうとしたベルンハルトの武官を諭した時のことを思い出す。

あれは結局演技だったらしいが、トラちゃんだってなす術もなく戦争に巻き込まれた被害者の一人であり、行き場のない怒りや憎しみをぶつけるべき相手ではない、とラーガスト王国への蟠《わだかま》りを抱く者達に気づかせた。

理不尽な人生を強いられたカタリナさんもまた、怒りや憎しみを抱くのは当然だ。

「あなたがどんな思いを抱こうと自由です。心の中で誰を詰ろうと、誰も口出しできません。けれど――」

トラちゃんに、それをぶつけるのだけは看過できなかった。

人は、この世に生まれ出た瞬間から一個人であり、親であろうと誰であろうと、傷つける権利など持っていないのだから。

「どうか、お願いします。トラちゃんを……息子さんを否定する言葉だけは、彼の前では絶対に口にしないでください」

私はそう告げると、カタリナさんの口から両手を離した。

そうして床の上に正座をし、ぐっと頭を下げて言う。

「お願いします」

丸まった私の背を、ミケがそっと撫でてくれた。

ネコは私の膝に体を擦り付け、にゃあんと可愛子ぶった声を上げる。

ツン、と鼻の奥が痛んだ。

しばしの沈黙の後、ようやくカタリナさんが口を開く。

「……あなたは、だぁれ？」

その口調はいとけなく、まるで少女のようだ。

十数年正気を失っていたということは、もしかしたら彼女の精神はトラちゃんを産んだあたりで時を止めてしまっているのかもしれない。

カタリナさんは十五でトラちゃんを産んだという。ちょうど、今の彼と同じ年だ。

私は、年下の女の子を相手にしているつもりで、答えた。

「私は、トライアン王子のお友達ですよ」

「……トライアンの、お友達？」

「はい。だから、彼が生まれてきてくれてうれしいんです。カタリナさんが、彼を産んでくれたことに感謝しているんです」

「かん、しゃ……？　私が、トライアンを産んだこと、に……？」

私が大きく頷くと、カタリナさんはまた顔を覆って泣き出してしまった。

「そんなこと、初めて言ってもらった……！　兄さんでさえ、自分がのし上がるための駒ができたと喜んだだけだったのにっ……！」

「カ、カタリナ……すまない……」

妹の言葉により、かつての己のクズっぷりを突きつけられた兄は真っ青になる。中尉とメイドの少女が彼に向ける目は、もはやゴミを見るそれだった。

ネコはというと、床に座り込んだままの私の肩に駆け上がり、鬼の首を取ったように笑う。

『ぎゃーははは！　珠子が泣かせたー！　おい、見たか王子？　今、珠子が泣かせたな!?』

「ち、違う！　私は、そんなつもりじゃ……」

慌てて反論しようと顔を上げた私の髪を、ネコはクリームパンみたいな前足でかき回してぐしゃぐしゃにした。

『まあ、その女が泣こうが喚こうが、我は正直どーでもよいがな！　だが、我の子が――珠子が泣かされたなら、この母は黙ってはおらんぞっ！』

「それについては、完全に同意する」

ネコが乱した私の髪を整えつつ、ミケも大真面目な顔で頷く。

私は慌てて、わずかに滲んでいた涙をぬぐい、彼らに笑顔を向けた。

早馬が、よくない知らせを持って総督府の門を潜ったのは、そんな時だった。

2　不穏分子

「――峠道が塞がっている、だと？」

息急き切って戻った武官からの報告に、ミケランゼロは険しい顔になった。

件の峠道は、国境から総督府までの最短経路であり、現在ミットー公爵が率いているであろうベルンハルト王国軍の一行もここを通ってやってくる計画なのだ。

四日前、要塞の手前の山道も塞がっていて苦労をしたが、あれは前日に降った雨が原因だった。

しかし……

「今回は自然災害ではなく、人為的な要因でしょう。おそらくは破城槌のようなもので崖を崩したのではないかと推測されます」

現場を見てきた武官の言葉に、総督府の長官執務室に集まった面々――ベルンハルト王国軍元帥ミケランゼロを筆頭とした、大佐以下総督府に赴任中の将校、そしてラーガスト革命軍幹部を含めた十数名は重々しい雰囲気になった。

何のために、わざわざ崖を崩して峠道を塞いだのか、推測するのは容易だった。

「ベルンハルト王国軍の到着を遅らせ、その隙に総督府に入った革命軍を奇襲するためだろうな」

そう呟いたミケランゼロはこの中では最年少だが、他の者達の意見も一致している。

敵は、ラーガスト王国軍の残党と考えて間違いないだろう。

本日総督府にて、ベルンハルト王子と革命軍の代表が会談を行うという情報が、どこから漏れたのかはわからないが……

「私が残党の立場ならば、ベルンハルト王国軍が峠道を迂回している間に、革命軍の代表を暗殺するとともに総督府を占拠する。そして、何も知らずに遅れてやってきたベルンハルト王子を拿捕《だほ》、あるいは葬るだろうな」

「やつらが、今回我々が会談する目的を知っているとすれば……唯一の王家の生き残りであるトライアンを奪い、王家復興の旗印に据えるつもりやもしれません」

ミケランゼロと革命軍代表の言葉に、部屋の空気はますます重くなった。

そんな中、前者が後者に問う。

「残党を率いている者に心当たりは？」

「考えられるのは、戦場には出ず王族に侍《はべ》っていた親衛隊の生き残りでしょうか。ラーガスト王国軍の将官の生き残りはほぼ全員、戦後は革命軍側に回っておりますから。実際にベルンハルト王国軍と対戦した彼らは、無謀な戦争をしかけた国王に辟易しておりました」

なお、そう言う革命軍代表も、元々はラーガスト王国軍の准将だった。

皮肉なことに、妹を国王に差し出してのし上がった結果だ。

「何にしろ、いつ総督府が奇襲にあってもおかしくない。今すぐ全域に警戒態勢を布《し》き、戦えない者は建物内に避難させよう。門は、ベルンハルト王国軍が到着するまで閉じ――」

ミケランゼロがそう言いかけた時だった。

ヒヒン、という馬のいななきがその耳に届く。

彼にとっては聞き慣れた何の変哲もないそれに、いやに興味を引かれた。

「殿下、いかがなされましたか？」

大佐に不思議そうな顔をされつつ、ミケランゼロは吸い寄せられるように窓辺に移動する。

三階の真ん中にある長官執務室からは、正門までが一望できる。

ミケランゼロが階下を見下ろした時、ちょうど荷馬車が門を潜ったところだった。

荷は、麦わらのようだ。総督府の敷地内で飼われている牛や馬の飼料や寝床として重宝される。

ちょうど小麦の収穫が終わった時期であるため、真新しいものが一定量ずつ筒状に束ねられ、荷車の上に整然と積まれていた。

「一束は、ちょうど人一人分くらいの大きさだな……」

そう呟いた瞬間、ミケランゼロははっとする。

王都を出発した日の夜のこと――宿営地の領主屋敷にて、珠子の提案により、絨毯に包まれて姿を隠すことで肉食令嬢の目を欺いたことを思い出したのだった。


ヒヒン、という馬のいななきが、遠くから聞こえた。

総督府に危険が迫っていることなど、この時は知る由もなかった私とネコは、一階の奥まった場所にあるカタリナさんのための部屋でベルンハルト王国軍の到着を待っていた。

中尉は仕事に戻り、メイドの少女は私とカタリナさんにお茶を淹れてくれてから、満を持してといった様子でネコを抱っこする。

「わあ、ネコ殿の毛、ふわふわ……いい匂い……好き……」

『むふふ、くるしゅうない。しかし、お前も結構抱えとるなぁ』

彼女はカタリナさんの侍女時代の仲間の娘で、幼い頃から献身的に母親を支えるトラちゃんを見ていたそうだ。

戦時中に肉親を亡くして天涯孤独となり、トラちゃんの代わりにずっとカタリナさんに寄り添ってきた彼女もまた、言葉に尽くせない思いを抱えているのだろう。

ネコがその頬をザリザリと舐め回しながら、俄然張り切り始める。

『よーしよし！　存分にモフるがよいぞ！　お前の澱《よど》みも、我がみーんな食ろうてやるわいっ！』

「わああっ、ザラザラしていて痛いっ！　その舌、どうなってるんですか!?」

ついさっきカタリナさんから膨大な量を摂取してパンパンだったはずのネコのお腹は、いつの間にか引っ込んでいた。

十数年ぶりに正気を取り戻したカタリナさんは、息子と同い年の少女がネコの舌の洗礼を受けているのを感慨深げに眺めている。

儚げな雰囲気はそのままだが、表情はいくらか柔らかくなり、トラちゃんと同じ金色の瞳にも光が戻ったように見えた。

彼女と並んでソファに座った私は、おずおずと声をかける。

「あの、さっきはその……差し出がましいことを言ってしまいましたけど……」

すると、私に視線を移したカタリナさんが、ゆるゆると首を横に振った。

「私も混乱していて……ひどい言葉を口にしてしまったことを、後悔しているんです。あなたに、トライアンの前で言ってはいけないと教えてもらえて、よかった……」

カタリナさんは、正気を失っていた間の記憶が何もないわけではないらしい。

最初は、トラちゃんを産んだばかりの頃の少女のようだったが、心が落ち着くにつれて顔つきも話し方も年相応に変化していった。

そうして今、ネコと戯れるメイドの少女を見守り、一人息子に思いを馳せる表情は、母親のそれになっている。

「私はずっと、自分だけが不幸だと思っていたんです。でも、一番辛い思いをしたのは、母親さえも頼りにできなかったトライアンだわ。あの子には、本当に申し訳ないことをしてしまった……」

「やり直す時間は、これからたくさんありますよ。もうすぐトラちゃんも到着するでしょうから、どうかたくさん労ってあげてください」

「その……〝トラちゃん〟って呼び方……」

「あっ、すみません！　息子さんに対して、馴れ馴れしかったですね！」

慌てる私に、カタリナさんはまた首を横に振った。

「そうやって、あの子を呼んでもらえていたんだと思うと……私が言うのは烏滸がましいかもしれませんが、うれしいんです。私は、今までほとんどあの子の名を呼べていませんから」

消沈して言うのを見て、心を病んでいたのだから仕方がない、と思いかけたが……

「トライアンというのは……陛下が付けてくださった名前なんです。私は、陛下に身を委ねること自体が本意ではなかったものですから、トライアンの名前も素直に受け入れることができませんでしたが……」

それを聞いて、私の体が強張る。

カタリナさんは、そんな私に気づかないまま続けた。

「陛下が……父親があの子にくださった、たった一つの贈りものですもの。私も、大事にしないといけませんね」

「そう……ですね……」

平静を装うものの、どうしても声が震えてしまう。

すると、ネコがのしのしと膝の上に乗ってきた。

『こらぁ、珠子！　なーに、辛気臭い顔をしとるんじゃ！』

にゃーおっ！　と大きな声で窘めるみたいにネコが鳴く。

それから、私の胸に前足を突いて後ろ足で立ち上がると、有無を言わせずこちらの顔を舐め始めた。

「わわっ……いきなり、なにー？」

『なにー、じゃないわい！　しゃきっとせい！　しゃきっと!!』

「ううーん、痛い痛い痛い……なんで、舌がザラザラのところまで猫を再現しちゃったのかな」

『知るかい。お前の中の〝猫とは〟が反映された結果なんじゃ。珠子のせいじゃろーが』

そうだった。

私にとって猫とは、もふもふのふわふわで、いい匂いがして、舌がザラザラで、可愛くて愛おしくて、ツンデレで――そして、側にいると癒やされる尊い存在だ。

「ふふ……確かに、忠実すぎるくらい、忠実に猫だよね。前の世界で、私を癒やしてくれた猫、そのものだ……」

『そうじゃぞ！　わかったなら、我の気が済むまで舐めさせろ！』

さらに激しくベロベロされる私を見て、カタリナさんが小さく声を立てて笑った。

「ふふ……その子は、あなたのことがとても好きなのね」

「好き……？　ネコって……私のこと、好きなの？」

そう問う私に、ネコがはんっ！　と鼻を鳴らした。

『あったりまえじゃろうが！　珠子は、このキュートなおネコ様の一の娘じゃぞ！　弱っちかろうが、生意気だろうが、陰キャだろうが、母は全力で愛す！　なんか、文句あるかっ!?』

一気に捲《まく》し立てられたかと思ったら、ベシッと鼻に猫パンチを食らう。

ぷにぷにの肉球は、ちゃんとポップコーンみたいな匂いがした。

母猫が子猫を舐めるのは愛情表現だ。

ネコもその習性を忠実に再現しているとするならば……

「私は今、お母さんに愛されているんだ……」

とたんにくすぐったい心地になる。

だらしなく緩みそうになるのを隠したくて、ネコの毛に顔を埋めようとした、その時だった。

「――皆様、すぐに移動をお願いします！」

案内役をしてくれていた中尉が険しい表情をして駆け込んでくる。

ただごとではない様子に、カタリナさんとメイドの少女が怯えた顔をして身を寄せ合った。

「総督府内に、すでに不穏分子が入り込んでいることが判明しました！　非戦闘員は、即刻上階の安全な部屋に避難するよう指示が出ております！　皆様は、私がご案内を……」

メイドの少女に手を引かれて立ち上がるカタリナさんや、ネコを抱っこした私に向かって状況を説明していた中尉の顔色が、さっと変わった。

「何者ですか！　止まりなさい！」

彼女は鋭い声を上げ、腰に提げていた剣に手を掛ける。

答えたのは、聞き覚えのない男性の嘲りを含んだ声だった。

「――ベルンハルトの女が命令するな。ここは、ラーガストだぞ」

見知らぬ男性が、いきなり掃き出し窓を押し開けて入ってくる。

准将や革命軍の代表、それからカタリナさんと同じくらいの年頃だろうか。

長い銀髪が目を惹き、端整な顔立ちをしているが、最高に疲れている時のミケよりもまだひどい隈をこしらえていて、とにかく不健康そうに見える。

ベルンハルト王国軍のものとは違う濃紺の軍服を着た彼は、抜き身の剣をすっとこちらに向けると、片頬を引き攣らせた嫌な笑いを浮かべて言った。

「久しぶりだな――カタリナ」

そのとたん、カタリナさんがガタガタと震え出す。

そうして、絞り出すような声で答えた。

「――殿下……王太子、殿下」

3 処刑されたはずの王太子

「いったい、何が起こってるの……？ 王太子って……」

『ラーガスト人であるあの女がそう呼ぶっちゅーことは……つまり、あれじゃ』

私は戦々恐々としつつ、腕の中のネコと密かにそう言い交わす。

掃き出し窓を開けて部屋に踏み込んできた男性を、カタリナさんは〝王太子〟と呼んだ。

状況的に見て、それはラーガスト王国の王太子を指すと思っていいだろう。

カタリナさんはもともと王太子の侍女だったというから、面識があって然るべきだが……

「で、でも……トラちゃん以外のラーガストの王族って、全員処刑されたはずだよね？ まさか、ゆ、幽霊……!?」

『んなわけあるかいっ！ こいつら全員足があるじゃろうがっ！』

どうやら幽霊ではないらしいラーガスト王国の王太子に続いて、同じ濃紺の軍服を着た男達が三名乗り込んできた。

ネコとここそこ話していた私も、カタリナさんもメイドの少女も、あっけなく彼らに捕まってしまう。

とっさに剣を抜こうとした中尉に、ラーガスト王国の王太子が尊大に言い放った。

「——動くな。これより総督府は、このマルカリヤン・ラーガストが占拠する」

その後、ラーガスト王国王太子マルカリヤン一派は、私達を人質にして三階にある長官執務室に移動した。

ここで会議をしていると思われたミケの姿も、革命軍の代表や大佐の姿もなく、唯一残っていた若い武官は我が物顔で入ってきた敵国の王太子に圧倒されて固まってしまう。

そのまま広いバルコニーへと出たマルカリヤンは、正門の方を見下ろして眉根を寄せた。

「ふん……荷に紛れて侵入した連中は見つかってしまったか」

正門の側には荷馬車が止まっており、積み荷らしき藁の束が解かれた上に、数人の男達が縛られて座っている。どうやら彼らもマルカリヤンの部下だったようだ。

「まあ、いい。あいつらが囮になってくれたおかげで、こちらは手薄になってやりやすかったからな」

総督府は騒然としていた。

門は固く閉ざされ、ベルンハルト王国軍の黒い軍服を着た者達が慌ただしく走り回っている。

彼らに加え、総督府の敷地内では、あの老夫婦の孫のように働き口を提供された若者達や、戦火で焼け出された老人や母子などといったラーガスト王国の民間人も大勢生活していた。

ここは、かつて敵国同士であった者達が、お互いの中にある蟠りを押し殺しつつ、それでも平穏な日常を取り戻そうと奮闘している場所なのだ。

「そんな中で、戦争責任を問われるべきラーガスト王家の人間が——しかも、元凶の国王から軍の全権を任されていたっていう王太子が、この期に及んで何をしでかそうというの？」

私はその不健康そうな横顔を、戦々恐々と見上げる。

しかし、乱暴に摑まれた腕が痛くて顔を顰めていると、ネコがマルカリヤンの部下の顔面に飛び付いた。

『こらぁ、貴様！　我の娘は丁重に扱わんかいっ！　珠子は我が子最弱なんじゃぞっ！』

「は、はわ……ふわふわ……！」

敵をもたちまちメロメロにしてしまう魅惑のもふもふ……恐るべし。

おかげで私は腕を離してもらえたが、安堵するには早かった。

ふいに胸の前に腕が回ったかと思ったら、有無を言わせず引き寄せられる。

頭上から降ってきたのは、今まさに総督府の占拠を宣言した声だった。

「おい、娘——お前、何やらいい匂いがするな？」

「ひい……！　気のせいですよぅ！　に、匂い嗅がないで……！」

「いいや、気のせいではない。懐かしいような、心が落ち着くような……手放しがたい匂いだな。お前、何者だ？」

「し、しがない民間人です……」

幸か不幸か。

マルカリヤンは、ミケやトラちゃんやロメリアさんと同じタイプ――ネコではなく、私のフェロモンに反応する体質だったらしい。

『ばっかも～ん、珠子ぉ！　敵を癒やしてどうするんじゃあああっ！』

「不可抗力だよぉ……」

私を叱りつけるネコだって、マルカリヤンの部下にもふもふされている。

カタリナさんやメイドの少女を捕まえた二人も寄ってきて、その真っ白い毛を撫で回し始めた。

「かわいい！　かわいいかわいいかわいい！」

「いいにおい……しゅごぉい……」

「だっこ！　だっこだっこ！　だっこしたいっ！」

おネコ様を前にして、彼らの語彙力も例外なく死に絶える。

「うっ、くそっ……！」

中尉から悔しそうな呻き声が上がったが、人質を取られて手を出せないからであって、自分がネコをもふもふできないからではない……と思いたい。

マルカリヤンは私の後頭部に鼻先を埋めて、くくっと笑った。

「あの毛の長い小動物といい、お前といい……ベルンハルトはなかなか面白いものを飼っているではないか」

「あ、あのっ……吸うのっ……やめてもらって、いいです、か？」

ミケに吸われるのも普通に恥ずかしいが、嫌な気分にはならない。

一方、マルカリヤンが相手だと、嫌悪感と恐怖心ばかりが湧き起こってきた。

「ふん……髪の手触りも悪くない」

「な……なでなでするのもっ……やめてもらって、いいです、か!?」

何やら猫を愛でるみたいに頭を撫で回されるが、彼にはそもそも心を許せる要素が皆無なのだ。

私が本当の猫だったら、今頃イカ耳になっていることだろう。

『おいこら、貴様ぁ！　我の娘に気安く触れるなっ!!』

マルカリヤンの部下達にもふもふされているネコが、身を固くしてブルブルする私に気づいて、ふぎゃーっ！　と抗議の声を上げる。

しかし、ネコの言葉を解さないマルカリヤンは、鼻で笑っただけだった。

「何だかわからんが、気に入った。お前と、そこのうるさい小動物は、戦利品としてもらい受けよう」

「こ、ここ、困りますっ！」

「なに、不自由はさせんぞ。国庫は革命軍に掻っ攫われたが、私財は隠してあったからな」

「えっ、お金……？　か、隠し財産、あるんですか？」

まさかの耳寄り情報に、私は思わずマルカリヤンをまじまじと見上げる。

敗戦国の王太子の私財なら、戦勝国が賠償金として回収してしまっていいのではなかろうか。

これはぜひともミケに教えてあげなければ、と思っていた時だった。

「マ、マルカリヤン殿下……!?」

息急き切って現れたのは、革命軍の代表だ。

その後ろに、大佐と数名の武官が続いた。

ただし、ミケの姿はどこにもなくて、私はとたんに心細くなる。

カタリナさんが人質に取られているのに気づいた革命軍の代表は、真っ青になりつつ震える声で問うた。

「ど、どうして……あなたが……？　処刑されたはずでは……」

「残念だったな。貴様らが切ったのは、私のものではなく影武者の首だよ」

マルカリヤンには、優秀な影武者がいたらしい。それこそ、親兄弟でも見間違えるほど瓜二つで、彼のためなら喜んで命を投げ打つほど忠誠心の高い身代わりが。

彼は、同じほど忠実な親衛隊の生き残りとともに、革命軍から主導権を取り返す機会を虎視眈々と窺っていた。

最終目標は、自らがラーガスト国王となって王家を再興し、ベルンハルト王国の影響を排除することだろう。

マルカリヤンは、人質を取られて身動きのとれない革命軍の代表を鼻で笑うと、バルコニーから声を張り上げた。

「聞け、ラーガストの民よ。私は、マルカリヤン。お前達の王――いや、神となる人間だ」

演説し慣れた支配者の声は、一瞬にして人々の意識を惹きつけた。

神を名乗るだなんて烏滸がましいと思うが、元来敬虔な性分のラーガスト王国民によって、国王は長らく生き神として崇められてきたのだ。

順当に行けば、次のラーガスト国王となるのはこのマルカリヤンだったのだから、彼の言葉はながち絵空事ではないだろう。それを証拠に……

『おいおいおいっ！　ラーガストの人間どもめっ！　こんなやつの言葉に耳を傾けてどうするんじゃいっ!!』

ネコが忌々しげに言う通り、ラーガスト王国の人々はマルカリヤンの演説に聞き入ってしまっていた。

彼らを満足そうに見下ろして、マルカリヤンが続ける。

「思い出せ、私の民よ。ここは、我らが祖国ラーガストであるぞ。この神聖な地に異国民をのさばらせて、本当にいいのか――いや、いいはずがなかろう！」

二つの国の人々が入り交じった総督府の中は、たちまち緊張に包まれる。

ピリピリとした雰囲気の中、マルカリヤンは止《とど》めとばかりに叫んだ。

「さあ、同胞よ！　己が手に武器を持ち、立ち上がれ！　お前の隣にいる侵略者を倒し、我らの誇りを守るのだ！　ともに、この地を取り戻そうではないか！」

ラーガスト王国の人々は、それまで一緒に談笑していたはずの黒い軍服を着込んだ相手に鋭い目を向けた。

一方、ベルンハルト王国軍もまた、相手が暴徒と化すのならば、これと戦わねばならなくなる。

民間人に剣を向けるのは、彼らも避けたいところだろう。

まさしく一触即発の状況となった、その時である。

「──みんな、待って！　待ってください！」

突然、そんな声が辺りに響き渡った。

誰かと思ったら、私が先ほど焼き菓子を届けた相手──あの老夫婦の孫だ。

彼は、ちょうど門の側に止まったままになっていた荷馬車の荷台に駆け上がると、さらに声を張り上げた。

「僕の家族は戦時中、ラーガスト王国軍から略奪に遭いました！　その時、助けてくれたのは、敵であるはずのベルンハルト王国軍だったんです！」

それは、私とミケも老夫婦から直接聞いた話だ。

「──いや、違う！　ラーガストだ、ベルンハルトだ、と今更言いたいわけじゃないんだ！　僕はただ、もう誰とも戦いたくない！　誰も失いたくない！　やっと安心して飯を食い、眠れる日々が戻ってきたっていうのに……僕達の神を名乗る人が、どうしてそれを奪おうとするんだっ！」

これを聞いたラーガスト王国の人々は、はっと我に返ったような顔をする。

一方、私の頭の上ではマルカリヤンが舌打ちし、冷ややかな声で言った。

「あいつを黙らせろ」

すかさず、バルコニーの陰で矢を番《つが》えて老夫婦の孫を射ようとするのは、最初に私の腕を摑んでいた男だ。

「や、やめっ……むぐっ!?」

私はぎょっとして叫ぼうとしたが、マルカリヤンの手に口を塞がれてしまった。

んんーっ！　と叫んでもがくが、マルカリヤンはびくともしないし、老夫婦の孫自身は狙われているのに気づく様子もない。

私のただならぬ様子に、革命軍の代表や大佐達もこちらに駆け寄ってこようとするが、人質がいるため思うようにいかなかった。

『こりゃあ、いかん！　貴様ら、いい加減に離せいっ!!』

ここで、マルカリヤンの部下達の顔面に猫パンチを浴びせてようやく解放されたネコが、バルコニーに飛び出そうとする。

しかし、矢が放たれる方が早い——そう思った瞬間だった。

「うわっ……!?」

突然、バルコニーの向こうから誰かが飛び出してきて、弓を引き絞っていたマルカリヤンの部下を殴りつける。

その拍子に放たれた矢は軌道が大きく外れ、バルコニーの柵に当たって撥ね返った。

「……っ、くそっ！」

マルカリヤンの部下はすぐさま体勢を立て直して応戦しようとしたが、間髪をいれず鳩尾《みぞおち》を蹴り上げられ、そのまま俯《の》せに倒れ込んでぴくりともしなくなる。

あっという間に彼を伸してしまった人物の正体に気づき、口を塞がれたままの私は心の中でその名を叫んだ。

（――ミケ！）

ミケは、怒りを湛えた目でマルカリヤンを睨みつけていた。

4　悪意と殺意

「……これはこれは」

ミケを認めたマルカリヤンは、片頬を歪めて嫌な笑いを浮かべた。

「もうおいでになっていたとは、気づきませんでしたなぁ――ミケランゼロ王子殿下」

「私も、こんな風に相見えることになるとは思ってもみませんでしたよ、マルカリヤン王太子殿下」

隣り合う国の次期国王同士、ミケとマルカリヤンは面識があったようだ。

にこやかに挨拶を交わしているが、二人とも全然目が笑っていない。

マルカリヤンを長とするラーガスト王国軍の残党は、ベルンハルト王国軍を足止めするために峠道を塞いだらしい。

よって彼らは、それを率いているはずのベルンハルトの王子はまだ峠を越えられていないと思い込んでいた。

ミケはその裏をかいて、隣の部屋のバルコニーから外壁を伝ってきたようだ。

しかし、老夫婦の孫が弓矢で狙われているのに気づいて、姿を現さざるを得なくなった。

『こらぁ、王子！　さっさと珠子を、あの馴れ馴れしい野郎から取り戻さんかっ！』

「言われなくとも、そのつもりだ」

足下で伸びたマルカリヤンの部下を踏み台にして、ネコがミケの肩へと駆け上がる。

ミケは、その真っ白い毛並みをおざなりに撫でると、マルカリヤンに向かって作り笑いを浮かべた。

「貴殿がご健在なのは、誠に喜ばしいことです——何しろ、まだお若い末の弟君に戦争責任を負わせるのは忍びなかったものですから」

言外に、王太子であるお前が責任を取れと要求するミケに対し、マルカリヤンは満面の笑みで応える。

「戦争責任を負うのは敗戦国の役目でございましょう。あいにく、私の中ではまだ戦争は終わってはおりませんのでね——例えば、ここで殿下の首を取れば、一発逆転の可能性もありうるかと」

バチバチ、と二人の間で火花が散ったように錯覚し、不幸にも間に挟まれる形になった私は首を竦める。

マルカリヤンの手は外れたが、とてもじゃないが口を開ける状況ではなかった。

私の顔を見たネコがミケの肩の上で、ふぎゃーふぎゃーと抗議の声を上げる。

『おいいいっ！　珠子を挟んで物騒なやりとりはやめんかいっ！　見ろ、かわいそうに！　涙目になっとるだろうがっ！』

「そうだな」

ミケは私と目を合わせると、大丈夫だと言うように小さく頷いて見せた。

そうして、改めてマルカリヤンに向き直ると、毅然と言い放つ。

「戦争は、終わったのだ」

私を抱き込んだマルカリヤンの腕に、ぐっと力がこもった。

ミケは一歩こちらに踏み出しつつ続ける。

「貴殿も民を思うのならば、せっかく訪れた平穏な日々を、彼らから取り上げるような真似はなさいますな」

それを聞いたマルカリヤンは……

「……っ、ははっ、あはははははっ！」

いきなり声を上げて笑い始めた。

私はぎょっとし、ミケが眉を顰める。

カタリナさんを人質に取られて動けない革命軍の代表や、その背後で状況を見守っていた大佐も顔を強張らせた。

『なーにがおかしいんじゃい！　いいから、さっさと我の娘を離せいっ!!』

ネコは凄まじい形相でそう叫び、ミケの肩の上で毛を膨らませて、フーッと威嚇する。

ひとしきり笑ったマルカリヤンはそんな一同を見回すと、酷薄そうな笑みを浮かべた。

「ご高説を賜ったところで申し訳ないのですが、ミケランゼロ王子殿下——平穏な日々など、まだ程遠いわ」

取り繕うのをやめた彼は、私を捕まえていない方の手を、さっとバルコニーの向こうへと差し伸べる。

このバルコニーからは、総督府の正門を経てずっと先にある丘——最終決戦でベルンハルト王国軍が本陣を敷き、私が異世界転移してきたあの丘まで見渡せた。

「お誂え向きの特等席に役者が揃ったものだ。見ろ、あれを——」

ドドドドッと地鳴りのような音を引き連れて、濃紺の軍服の一団が丘を越えてくる。

決して少なくはない軍勢が、土埃を上げて総督府に迫っていた。

不穏な足音に気づき、総督府を守るベルンハルト王国軍の武官達は一斉に臨戦態勢に入る。門を死守しようと駆け寄る者もいれば、ラーガストの民間人を建物内に避難させようと奮闘する者もいた。

騒然とする総督府、そして今まさにそこに突入しようとする味方の軍勢を見下ろし、マルカリヤンはさも面白そうに言う。

「我がラーガストとベルンハルトの記念すべき第二回戦の始まりだ。今度は我らがここを拠点にして、ベルンハルトに攻め込んでやる——お前の首を旗印にしてな」

頭の上で語られる、ミケに対する濃厚な悪意と殺意に、私は身震いした。

(どうにかして、ミケを逃さないと……！)

そうは思いつつも、どうしたらいいのかがわからない。

私は縋るようにミケを見て――目を、丸くした。

彼が、マルカリヤンに負けず劣らず、自信に満ち満ちた笑みを浮かべていたからだ。

「マルカリヤン王太子殿下――いや、貴様はもはや、王太子でも何でもなかったな」

体裁を脱ぎ捨てたミケが、先ほどマルカリヤンが手を差し伸べて示した方に顎をしゃくって言った。

「よく見てみろ――第二回戦など始まるものか」

そのとたん、ドドドドッとさらに凄まじい音を立てて、丘の左手より軍勢が現れる。

『おおっ！　あれは――我らネコの下僕達じゃっ!!』

ミケの肩の上にいたネコが、打って変わって喜色満面で叫んだ。

黒い軍服の中隊――ミットー公爵率いるベルンハルト王国軍が到着したのだ。その数、二百。ラーガスト王国軍の残党の比ではない。

総督府を目指していたラーガスト王国軍の残党は、予期せず横から突っ込んできた敵の大軍に驚いて、たちまち統率が利かなくなる。

防戦もままならぬ彼らを、ベルンハルト王国軍はあっという間に一網打尽にしてしまった。

ワーッ！　と勝鬨が上がる。

「そんな、ばかな……」

マルカリヤンと部下達は、ただ呆然とその光景を眺めることしかできなかった。

彼らを見据え、ミケは――ベルンハルト王国軍元帥ミケランゼロ王子は、きっぱりと告げる。

「戦争は、もう終わったんだ」

ラーガスト王国軍の残党を下したベルンハルト王国軍が、凱歌をあげる。

開門！　開門！　と叫ぶ声も聞こえた。

しかし、総督府内にいた者達は、三階バルコニーにいた私達と違って状況が見えていない。

すぐさま門を開けていいものか、彼らが迷っていると……

「——ごめんあそばせ」

ちょっと敷居を跨ぐだけみたいに言って、門を飛び越えてくる者がいた。

精巧なフランス人形みたいなド美人——ロメリアさんだ。

彼女に後ろから抱きかかえられるようにされた、トラちゃんも一緒である。

問題なのは、二人を乗せているのが馬ではなく……

『——お邪魔しますにゃん！』

「レ、レーヴェだぁあ！」

「助けてえっ！　食べられるううう‼」

大型の肉食動物レーヴェだったことだ。

「うわーっ、スゴいの来ちゃった！」

「意味不明すぎる……」

『ぎゃーははは っ！　見ろ、あいつら！　敵も味方もドン引きさせたぞ！』

三者三様の反応をする私とミケとネコとは違い、マルカリヤンをはじめとした他の面々は呆気に取られて言葉も出ない様子である。

ともあれ、ロメリアさんとトラちゃんが跨っている、あのライガーサイズの……

「ひいいっ！　こ、来ないで！　食べないでぇ！」

『食べないにゃ！　おれ、もう人間は噛まないにゃ！』

しかも、怯える人間達に対して心外そうにしている、語尾が〝にゃ〟のレーヴェには見覚えがあった。

総督府に来る途中の森で出会った、ミットー公爵に育てられた過去を持つ雄の個体——元祖チートだ。

ロメリアさんが門番達を急かして門を開けさせ、ベルンハルト王国軍が堂々と入場してくる。

早速、三階バルコニーにミケの姿を認めて飛び上がらんばかりに喜んだのは、お馴染みミットー公爵をはじめとする将官達だった。

「「「「きゃー、殿下ーっ！　ご無事でーっ!!」」」」

黄色い声を上げて両手を振るおじさん達に、苦笑いを浮かべて手を振り返すミケは、ファンサするアイドルみたいだ。とてつもなく顔がいい。

「「「ミィイイイイ!!」」」

将官達に預けられていたらしい三匹の子ネコ達も、私やネコを見つけて大喜びだ。

するとここで、ようやく我に返ったマルカリヤンが叫ぶ。

「なぜ――なぜだ！　ベルンハルト王国軍は峠を越えられず、山の向こうまで戻って迂回させられたはずだ！　ここに来るまで、まだ三時間はかかるっ……！」

「迂回したのではなく、最初から予定とは異なる経路で山を越えてきたんだ――貴様らの妨害を予測してな」

「何だと……？」

夜にこそこそ行動する人間達を目撃したという元祖チートの証言から、ラーガスト王国軍の残党が何かを企んでいると予測したミケは、総督府への経路を変更するようミットー公爵に指示を出した。

山向こうまでを縄張りとする元祖チートに、指示書と使者を託して。

指示書は、あの時足下に落ちていた葉っぱを利用した。

件の葉は、小枝の先など尖ったものでなぞると、その部分が変色して茶色いペンで字を書いたようになるのだ。

そして、使者は……

「――タマコ！」

最近ネコの首の後ろにできていた、あの毛玉である。

その子は、准将とともに三階まで駆け上がってきたトラちゃんの肩に乗っていた。

5　鍔《つば》迫り合い

「お、王太子、殿下……」

私を捕まえているのがマルカリヤンだと気づいたとたん、トラちゃんは目に見えて狼狽《うろた》えた。

二人は腹違いの兄弟ではあるが、年は親子ほど離れている上……

「よくぞ、おめおめと私の前に顔を出せたものだ——この、役立たずが」

正妃が産んだ王太子と、地方領主の娘が産んだ父に顧みられなかった末王子では、立場にも心情にも筆舌に尽くし難い隔たりがあった。

ミケに対してはタメ口さえきいて見せるトラちゃんが、マルカリヤンの前では完全に萎縮してしまっている。小さな毛玉が心配そうに、その肩を行ったり来たりしていた。

凍えるような目で末弟を一瞥したマルカリヤンは、さも憎々しげに続ける。

「お前、この私を差し置いて国王を名乗ろうと目論んでいるらしいではないか。笑わせてくれる。身のほど知らずにもほどがあろう」

「それは、トライアン自身が望んだことではないのは明白だろう。革命軍に担ぎ上げられているんだ。文句があるならそちらに言うべきでは？」

青い顔をして固まるトラちゃんを見かねたのか、ミケが口を挟む。

その隙に、准将がトラちゃんをそっと背中に隠した。

本来ならば、トラちゃんを担ぎ上げた革命軍の代表が矢面に立つべきであろうに……

『何じゃあ、あいつ。全然頼りにならんな。もしや、リーダーとは名ばかりの小物じゃないのか？』

私の疑念を、ネコが代弁する。

革命軍の代表もまた、マルカリヤンを前にして完全に萎縮してしまっており、とてもじゃないがトラちゃんを守れそうになかったのだ。

マルカリヤンも彼など歯牙にも掛けず、准将の背中に隠されたトラちゃんをじろりと見て吐き捨てた。

「田舎領主の血筋風情が父上に取り入り、果ては子を王に据えて国を乗っ取ろうなどと——とんだ毒婦だな」

すいっと横に外れたその視線を追い、ここで初めて、トラちゃんは母カタリナさんが人質に取られていることに気づく。

「か、かあさま……？」

「トライアン……」

彼の金色の瞳が、零れ落ちんばかりに見開かれる。

母が自分をまっすぐに見て、さらには名を口にしたことで、正気に戻っているとわかったのだろう。

前に踏み出そうとしてよろけたトラちゃんを、准将が慌てて支えた。

トラちゃんが正気の母親と対峙するのは、いったいいつぶりのことなのだろうか。

ところが、そんな母子の感動の再会に、マルカリヤンは容赦なく水を差す。

「一度だけ挽回の機会をやろう、トライアン。母親を死なせたくなかったら——この男を始末しろ」

この男、と指し示されたのはミケだ。

挽回の機会と聞いてピンときたらしいミケは、たちまち憤怒の表情になった。

「貴様か、マルカリヤン——貴様が、トライアンに私の暗殺を命じたのか！」

最終決戦の折、総督府からほど近いあの丘の上に構えられたベルンハルト王国軍本陣に、トラちゃんは単身飛び込んできた。

彼の目的は、父王に代わってベルンハルト側の総大将を務めていたミケを殺すことであり、それを命じたのはマルカリヤンだった。

これを知って、ミケに負けず劣らず激怒するのは、彼の肩に陣取っていたネコだ。

『つまり、珠子が——我の娘が刺されたのは、貴様のせいじゃったんか!!』

私を刺したトラちゃんに向かっていたネコの怒りが、即座にマルカリヤンへと矛先を変える。

しかも彼は、前回も母カタリナさんを殺すと脅してトラちゃんを死地に向かわせたというのだ。

「せっかく武功を立てさせてやろうとしたというのに、失敗しおって」

「貴様……」

悪びれる様子もない相手に、ミケが怒りに震える。その肩にいるネコも言わずもがな。

「そんな……トライアンがそんなことを……私のせいだわ。私が、不甲斐ないから……」

知らぬ間に息子が辛い状況に立たされ、しかも自分を盾に取られて人殺しを命じられたと知ったカタリナさんも愕然とした様子だった。

そんな母をまたもや人質にされたトラちゃんは、くしゃりと顔を歪めると、涙に濡れた声で叫ぶ。

「いやっ、いやだ……いやだいやだっ!!　もう、誰も傷つけたくないっ!!」

「敵に一矢報いることもできず捕虜になって、恥ずかしくないのか」

「ぼ、ぼく、僕はっ……あの時、あなたに抗えなかった自分こそが、恥ずかしい！　そのせいで、僕は……敵じゃなく、何の関係もない人を傷つけてしまった！」

「……何の関係もない人？」

後悔と罪悪感に満ちたトラちゃんの瞳が、縋るように私を見る。

マルカリヤンは訝しい顔をしたが、トラちゃんの視線を辿って私と目が合うと、片眉を上げた。

「……何だ。お前が刺されたのか？」

「あっ、いえ……それは、ですね……」

「そうかそうか、なるほどな――かわいそうに」

「は……？」

よしよし、と唐突に頭を撫でられる。

自分が刺されるなんてことになった、元凶にだ。

全然うれしくないし場違いにもほどがある。

啞然として言葉も出ない私に代わり、ネコが怒りを爆発させた。

『はぁあああ!?　何じゃぁ、貴様っ！　かわいそうなどと、いったいどの口が言うんじゃ！　ぜーんぶ、貴様のせいじゃろうが！　おい、王子！　さっさと珠子からあの野郎を引き剝がせ！　これ以上は我慢ならんっ!!』

「……同感だな」

肩の上で荒ぶるネコを撫でながら、ミケの目は据わり切っている。

准将がトラちゃんを宥めて再び背中に隠したのを見届けると、ミケは改めてマルカリヤンに対峙した。

「もう、やめろ。トライアンは貴様の手駒ではない」

「随分と、あれを庇い立てするではないか？」

「まだ子供だ。大人が守るのは当然だろう。それに、彼はこれからラーガストの復興の象徴として、人々の心の拠り所となるんだ。ここで貴様に潰されるわけにはいかない」

「ふん……王宮の片隅で息を殺して生きていたような子供が、神を気取って民の信仰を集めようとは、烏滸がましい」

トラちゃんに対するマルカリヤンの言葉は、ひたすら刃のように鋭い。

正妻の子が、妾《めかけ》の子を疎ましく思う気持ちはわからなくはない。

だが子供は、親も環境も選んで生まれてこられるわけではない。

大人であるマルカリヤンが、それを理解できないはずはないのだが……。

トラちゃんはもとより、それを庇う人間も気に入らないらしい彼は、胡乱な目でミケを睨む。

そしてふと、何かに気づいたような顔をした。

「そう……そうか、なるほどな。お前がトライアンの肩を持つ理由がわかったぞ」

「何を……」

「ミケランゼロ・ベルンハルトは、第二王子だ――お前も、兄が消えてくれたおかげで、次の玉座を約束されたんだったな」

「……っ」

次期国王同士としてマルカリヤンがミケと面識があったように、彼はその兄とも対面したことがあった。

今は亡きベルンハルト王国第一王子、レオナルド・ベルンハルトと。

「レオナルド殿は、物腰柔らかないいお人だった。二人で、自分達が王となる未来を語り合ったこともあったさ」

故人との思い出を懐かしむようでいて、ミケを揺さぶろうとしているのは明白だった。

ミケがそれに気づかないはずはないし、動揺して隙を見せるはずもない。

ただし――

「彼はなぜ、亡くなったのだったか――ああ、そうだ。殺されたのだったな。犯人は？　捕まっていない？　おやおや……それでは、誰が何のためにレオナルド殿を殺《あや》めたのかもわからないままか？」

ミケが傷つかないわけではない。

彼は、兄が自分を庇って死んだと思っているし、兄の分まで身を粉にして祖国に尽くしている。

それを知ってしまった私は……

「……さい」

「うん？　娘、何か言ったか？」

黙ってはいられなかった。

マルカリヤンを振り仰いでキッと睨むと、腹の底から声を振り絞って叫ぶ。

「うるさい！　うるさいうるさい、うるさーい、ですっ!!」

「は……？」

マルカリヤンが、まるで言葉が通じない動物を見るような目をして私を見た。

それでも緩まない腕に――私は、躊躇なく噛みつく。

窮鼠猫を噛む、リベンジの時だ。

『よっしゃあっ！　いいぞ、珠子！　それでこそ、我の娘じゃっ!!』

「タマ……！」

うわっと叫んだマルカリヤンが、強い力で私を振り払う。

その拍子に勢いよくバルコニーの柵に叩きつけられそうになったが、ミケが間に体を滑り込ませて受け止めてくれたおかげで、事なきを得た。

「わーん、ミケー！　こわかったー……けど、いいこと聞いたんですっ！　あの王太子さん――お金、隠し持ってますよっ!!」

「この状況で第一声がそれか!?　まったく……無茶をしないでくれ！」

柵に背を預けて座り込んだ彼が、私をぎゅうと抱き締めて安堵のため息をつく。

頭頂部に鼻先を埋めて吸われるのも厭わず、私もその胸に全力でしがみついた。

「このっ……」

頭に血が上った様子のマルカリヤンが、腰に提げていた剣を抜き、振りかぶる。

柵の前に座り込んでいたミケは素早く私を背後に押しやり、膝立ちになって剣を抜いた。

頭を叩き割らんばかりの勢いで振り下ろされた剣を、彼は横向きにした刃でもって受け止める。

ガツッと鋼と鋼が打ち合う音とともに、周囲は騒然となった。

剣を抜いてバルコニーに踏み込んでこようとする准将や大佐を、カタリナさんとメイドの少女を人質にしたマルカリヤンの部下が牽制する。

革命軍の代表は相変わらず頼りにならないものの、飛び出していこうとするトラちゃんを抱き締めて必死に止めていた。

怒りに燃えるネコはマルカリヤンに飛びかかろうとしたが、さっき弓矢を番えてミケに伸されたその部下が起き上がってきてしまう。

『って、させるかーい！　貴様はもうちょっと寝とけいっ！』

「もふんっ！」

マルカリヤンの方に加勢されてはたまらない。

すかさず、ネコはその顔面にもふもふボディーアタックを食らわせた。

幸せそうな声を上げて、マルカリヤンの部下が再び床に転がる。

その間も、ミケとマルカリヤンの鍔迫り合いが続いていた。

「ベルンハルトは、私から次の玉座を取り上げたんだ！　代わりに、私はお前の首をもらおうじゃないか！」

「断る！　そもそも、ラーガストが戦争を仕掛けてきたから、こんなことになったんだろうが！」

「知るものか！　父が……国王がそうすると決めたならば、我々はただ従わねばならなかった！」

「ふざけるな！　ラーガスト国王たった一人の気まぐれで、どれだけの人間が辛酸を嘗めたと思っている！　ベルンハルトの民だけではない！　ラーガストの――貴様の同胞もだぞっ！」

お互いの刃越しに、ミケとマルカリヤンが怒鳴り合う。

しかし、最初の体勢が悪かったものだから、上から体重をかけるように押してくるマルカリヤンにミケは苦戦していた。

「ラーガストは負け、王家は滅び――私は、国王となる道を閉ざされた！　父の長子として生まれた私には、この生き方しかなかったというのになっ……！」

まるで、本心では王太子となることも望んでいなかったような物言いだが、それに戸惑っている余裕はない。

マルカリヤンの剣を受け止めているミケの刃が、ギチギチと嫌な音を立てた――その時である。

『かーちゃあああああんっ！』

『珠子姉様っ！　ご無事ですのっ!?』

バルコニーの柵の向こうからぴょーんと飛び込んできたのは、ベンガルっぽいのと、その名の通りソマリっぽいの——チートとソマリだ。

私達に加勢しようと、一気に外壁を駆け上がってきたらしい。

『女のひとを人質にするなんて、風上にも置けないにゃん！』

『まったくですわ！　恥を知りなさいな！』

二匹は、人質を取っていたマルカリヤンの部下達の顔面に飛びつくと、めちゃくちゃに引っ掻く。

その隙に逃げ出したカタリナさんとメイドの少女は、准将と大佐がすぐさま保護した。

残るは、ミケと鍔迫り合いを続けるマルカリヤンだけとなったが——こちらにも、まさかの援軍が現れる。


「「——は？」」


ふいに頭上が陰り、私もミケもマルカリヤンも上を向いた。

小麦色の毛並みに黒い斑点のある、巨大なお腹が通り過ぎる。

ベンガルっぽい大型動物レーヴェ——ただしライガーサイズ——の元祖チートだ。

呆気に取られる私達の頭上を飛び越えた彼は、マルカリヤンの背後にドシーンと着地する。

そうして、振り向きざまに繰り出された超強力猫パンチによって、マルカリヤンは漫画みたいに吹っ飛んだ。

『あっ、ごめんにゃさい……』

またしても、力加減を間違えてしまったらしい元祖チートが、はわわ、となる。

こうして、ラーガスト王国軍の残党による奇襲はあっけなく幕を閉じたのだった。

第七章　ネコはお母さん

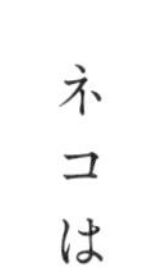

1　戦争は終わった

『ばっかもーん!!』

『んみゃあ！』

ネコのクリームパンみたいな前足が、勢いよく振り下ろされる。

強烈な猫パンチを額に食らって、大きな図体にそぐわない可愛らしい悲鳴を上げたのは、ライガーサイズのレーヴェ――元祖チートだった。三階は総督府長官執務室のバルコニーに伏せをして、すっかりイカ耳になっている。

私の腕の中からそれを見下ろし、ネコの説教が続いた。

『人の前には姿を現すなと、あれほど言い聞かせたじゃろうが！　なーんで、お前が先頭切って登場しとるんじゃいっ!!』

『だ、だってぇ……』

ミケが、元祖チートの俊足を見込んで頼んだのは、国境からやってくるベルンハルト王国軍に指示を認めた葉っぱと毛玉を届けることだった。

毛玉を見れば、ベルンハルト王国軍に同行しているチートとソマリが私達からのメッセージだと気づき、何としてでもミットー公爵らにそれを渡してくれると踏んだのだ。

その際、騒ぎになるのを避けるため、元祖チートには隠れているように伝えたのだが……

『お、おれも！　ミットーさんに会いたかったんだ、にゃああっ……!!』

怒り狂うネコにビクビクしつつ、彼は涙目で言い返した。

幼少期に世話になったミットー公爵の姿を目にしたとたん、居ても立ってもいられなくなって飛び出してしまったらしい。

『すわ巨大レーヴェの襲撃か、と一触即発の状況でしたわ』

『こいつと一緒にいた末っ子が状況を説明してくれたから、おれ達が慌てて人間を止めたんだにゃ！』

伏せをした元祖チートの顔の横に座り、ソマリとチートがじとりとした目で彼を見て言う。

そんな新入りときょうだいを見比べる三匹の子ネコの首の動きが、見事にシンクロしていた。

元祖チートは、小さな同朋達の冷たい目に晒されて凹みまくっている。

『そんなに怒んないでほしいにゃ……』

それを見かねて、私も口を挟んだ。

「まあまあ、そんなに責めないであげてよ。結果的には、この子がベルンハルト王国軍と一緒に来てくれて助かったし……それに、トラちゃんがラーガストの人達の心を捉えるのにも貢献してくれたしさ」

トラちゃんの登場シーンは、インパクトが絶大だった。

何しろ、巨大なレーヴェに跨って城門を飛び越えてきたのだから。

ネコは元祖チートを見下ろしつつ、フンと鼻を鳴らす。

『まあな。国王を生き神として崇めておったという信心深いラーガスト民が、あの小僧に心酔するのに十分な光景じゃったろうよ』

「一緒に乗っていたのが、ロメリアさんだったのも大きいよね」

まさしく美の結晶ともいうべきロメリアさんが、まるで守護神のごとくトラちゃんの背中を支えていた光景も、人々に鮮烈な印象を与えたに違いない。

私はその場に膝を突くと、腕からネコを下ろした。

そして、自由になった両手で、元祖チートの耳周りをマッサージするみたいに優しく揉む。

「急にお願いしたのに協力してくれて、どうもありがとうね。門を飛び越えてきたのも、かっこよかったよ」

『うにゃ……褒めてもらえると、うれしいにゃあ……』

耳周りは、猫が撫でられて喜ぶことの多いポイントの一つだ。

ライガーサイズの超特大猫ちゃんも、ゴロゴロと気持ちよさそうに喉を鳴らした。

『うにゃあん、もっとぉ……もっと、撫でてほしいにゃあーん』

「アッ、ハイ……」

元祖チートはさらに、ゴロンと仰向けになって甘えてくる。

妙に色っぽいイケボと目の前に差し出された大きなお腹に怯みつつも、私はせっせとそれを両手で撫で回した。

『あーっ！　そいつだけ、ずるいにゃ！　珠子ねーちゃん、おれも！　おれも、撫でてほしいにゃんっ！』

『わたくしもお願いしますわ、珠子姉様！』

「「ミー！　ミー、ミー！」」

すかさずチートとソマリが、左右から私の腕に前足をかけて立ち上がる。

子ネコ達も、一斉に私の体をよじ上り始めた。

「わあ、わああ……私の弟妹、可愛いいい……！」

ベンガルっぽいのに、ソマリっぽいの。そして、真っ白な子猫っぽいのに全方向から甘えられ、私は思わずデレデレしてしまう。

するとここで……

『たっ、珠子！　我もっ……！』

ネコが子供達を押しのける勢いで、我先にと肩に上ってきた。

私の後頭部に顎の下を擦り付けつつ、ニャンニャンと殊更騒ぎ立てる。

『我も我も我も！　我も、撫でろーっ!!』

「はいはい、チートとソマリと子ネコ達の後でねー」

『いやじゃっ！　先に撫でろ！　この母を、一番に撫でろーっ!!』

「いや、大人げないな……順番に撫でまーす！　並んでくださーい！」

などと言い交わしつつ、バルコニーにて大小のもふもふをせっせと撫でて回る。

そんな私を、部屋の中からはいくつもの目が見ていた。

「まったく、おタマは何をしているのかしら――めちゃくちゃ癒やされますわね」

「完全に同意する」

掃き出し窓の側に立って、真顔で頷き合うのはロメリアさんとミケだ。

「殿下が崖から飛び下りるのを目にした時は、生きて再び出会えたならば一発殴ってやろうと思っておりましたが……もふもふ塗れのおタマを見ていると、どうでもよくなってまいりましたわ」

「まあ、何だ……皆には迷惑も心配もかけてすまなかったと思っている。一発殴って気が済むのならば、そうしてもらっても構わん。ただ私は、あの時の行動を後悔するつもりはない。タマを救えたのだからな」

「もうどうでもよいと申しておりますでしょう。それよりも、さっさと話を終わらせておタマを愛でまくりたいですわ」

「完全に同意する」

再びこくりと頷き合う真顔の二人に、部屋の中でソファに座ったミットー公爵が、ははっと声を立てて笑う。

その首が右に傾いているのは、数十年ぶりの再会に興奮した元祖チートに飛びつかれて痛めたせいだ。

「ゴキャッ！　とすごい音がして、首の骨が折れたかと思いましたー！」

准将が身震いしながら、その時のことを語ってくれた。

そんな准将は今、総督府の責任者である大佐と並んでミットー公爵が座るソファの後ろに立ち、向かいのソファにはラーガスト革命軍の代表とトラちゃんが座っていた。

なお、カタリナさんは、中尉とメイドの少女が別室に連れていった。

トラちゃんも、バルコニーにいる私やネコ達を気にしてはいるが、どうにも顔色が優れない。

というのも……

「くそっ……！」

ローテーブルが取り払われたソファとソファの間の床に、後ろ手に縛られたマルカリヤンが座らされていたからだ。

元祖チートの超強力猫パンチを食らって気絶していた彼だが、半時間ほどして目を覚ました。その間に、ネコ達にこてんぱんにされた彼の部下達は連行され、現在別室にてベルンハルト王国軍の将官達が取り調べを行っている。

一人この場に残されたかつてのラーガスト王太子は、屈辱的な状況に随分とショックを受けている様子だったが、やがて投げやりに呟いた。

「……殺せ」

「殺さん」

即答したのはミケだ。

私は彼らのやりとりを、ネコ達を撫でながらそっと窺っていた。

床に座り込んだままのマルカリヤンを、腕組みをしたミケが威圧的に見下ろす。

「戦争は終わった。もうこれ以上、無益な血は流したくはない」

「ふん……綺麗事を」

「どうとでも言え。だが、お前の隠し財産とやらは、根こそぎ没収させてもらうぞ」

「……口を滑らせたことを、心底後悔している」

マルカリヤンは、隠し財産のことをミケにチクった私を見つけて軽く睨む。

しかし、もふもふ達に囲まれているのを見ると、毒気が抜かれたような顔になった。

『ぐふふ……あいつも結局、珠子には敵わんのじゃ。ネコの下僕が、ネコを害することなど不可能なようにな！』

ネコが言うように、私を咎める言葉も吐かずに睨むのをやめたマルカリヤンは、はー……、と肺の中が空っぽになるくらい大きな息を吐いた。

その身の内からぞわぞわと黒い綿毛が湧き出すのが見えて、私はそわそわしてしまう。

「あの人の負の感情も、取り払ってあげられないかな」

『何じゃあ。お前、あいつに吸われたり撫でられたりするのを、さっきはあんなに嫌がっとったじゃろうに』

「うん、でも……もう、観念し切ってるみたいだし……」

『ふん！　王子は、珠子とあの男が接触するのを許さんと思うがな！』

革命軍との協議の末、マルカリヤンの身柄はベルンハルト王国に護送されることになった。皮肉にも、末弟であるトラちゃんと入れ替わりだ。

しかし、マルカリヤンはもはやそれに対して何の感想も口にせず、代わりにぽつりと呟いた。

「ベルンハルトに行くのは、初めてだな……レオナルド殿の墓に花を手向けたいのだが」

「……善処しよう」

ミケの亡き兄レオナルドは、マルカリヤンと同い年だった。

兄が生きていれば何かが違っただろうか――ミケはきっと、そんなことを考えた時もあっただろう。

けれどもレオナルドは亡くなり、マルカリヤンと剣を交えることになったのはミケだった。

ミケは、冷静になったマルカリヤンに再び問う。

「ラーガスト国王は、なぜ戦争をしようとした？」

「……さあな。父の考えなど、さっぱりわからん」

マルカリヤンのなげやりな言い草に、ミケをはじめとするベルンハルト王国の人々が眉を顰めた。

鼻面に皺を寄せたネコが、彼らの思いを代弁するように喚く。

『何じゃい何じゃい！　王太子ともあろうもんが、随分と無責任なことじゃわい！』

「そうだね。でも、国王を神格化していたって話だから、その言葉は絶対で……あのマルカリヤンって人も、わけもわからないまま戦争をさせられていたのかも……」

マルカリヤンが鬱々とした様子で、もう一度大きなため息を吐いた。

それから、ふと思い出したように言う。

「だが……私は、父があの男に唆されたのではないかと思っている」

「あの男？　それは何者だ？」

「私よりいくつか年上に見えたが、素性は知らん。ただ、父が数年前から重用していてな――右目の下に泣き黒子のある男だ」

「右目の下に……泣き黒子……」

ミケが、はっとした顔をした。

彼の過去の記憶を共有していた私の心もざわりとする。

ミケの兄レオナルドを殺した男の右目の下にもまた、泣き黒子があった。

2　自我の芽生え

「申し訳ありませんが、お断りします」

「そ、そんな……」

左右の肩と頭の上に子ネコを乗せた私の答えに、ラーガスト革命軍の代表は愕然とした表情になる。

彼が私にあることを頼んできたのは――そして、私がそれを即座に断ったのは、総督府に滞在して三日目のことだった。

初日の騒動以降、誰もが忙しい毎日を送っていた。

ミケや将官達は、ラーガスト王国軍の残党の取り調べや、駐留する武官の交代に伴う引き継ぎ作業などでてんてこ舞いだ。

軍医であるロメリアさんは総督府内の医局と協力し、ベルンハルト王国軍のみならず、ラーガスト革命軍及び残党、民間人を含め、健康チェックに勤しむ。

処分保留中のメルさんは、逃亡の恐れはないということで、従来通りロメリアさんの護衛兼助手として働いていた。

私もネコ達と手分けして、多忙ゆえに疲れもストレスも溜めまくっている彼らを癒やして回る。

この日は、ネコはミケ、チートはミットー公爵、ソマリはロメリアさん、メルさんと行動をともにしていた。

そんな中、私が残りのメンバーを連れていたところ、総督府の廊下で革命軍の代表に呼び止められたのだ。

「そういえば、タマコ殿。マルカリヤン様に面会していらっしゃったそうですね？」

そう尋ねるのは、革命軍の代表に同行していたベルンハルト王国軍の大佐だ。彼は私と、私の謝絶にショックを受けている様子の革命軍の代表にさりげなく距離を取らせた。

「「ミー！　ミーミー！」」

私の肩や頭の上にいた子ネコ達が大佐の方へ飛び移り、三方からじゃれつきつつその負の感情を食べ始める。

この総督府の責任者を務めている彼も、ネコ達の糧をたんまりと溜め込んでいた。

「うふふふ、相変わらず懐っこくて可愛い子達だねぇ……それで、タマコ殿。マルカリヤン様のご様子はいかがでしたか？」

子ネコ達にデレデレしながら、大佐が問いを重ねる。

私は、彼の後ろでまだ何か言いたそうにしている革命軍の代表から目を逸らして答えた。

「すっかり消沈してしまっていますが、落ち着いてはいるようでした」

「そうですか……殿下は、反抗や逃亡よりも自害を心配して見張りを付けている、とおっしゃっていましたが……」

ベルンハルト王国への護送が決まった元ラーガスト王太子マルカリヤンは、総督府の一室に軟禁されている。

ミケやロメリアさん、そして腹違いの弟トラちゃんと同じく、ネコ達ではなく私のなけなしのフェロモンに反応する彼は、私の頭を無言でひたすらなでなでした後、少しだけ顔色がよくなった。

革命軍の代表に呼び止められたのは、そんなマルカリヤンの部屋から出てすぐのこと。

彼は、トラちゃんとその母カタリナさんの仲を取り持つよう頼んできたのだが……私は、前述の通りこれを断った。

「せっかく母君が正気に戻ったものの、トライアン殿下は初日に顔を合わせて以来、一度も彼女に会いに行っていないそうなんですよ」

大佐が補足するように言う。彼自身は、私に何が何でも革命軍の代表の頼みを承諾してもらおうと考えているわけではなさそうだった。

そんな中、大佐を押し退ける勢いで前に出てきた革命軍の代表が、捲し立てる。

「カタリナは、自分が母親らしいことを何もできず、トライアンに苦労を強いてしまったことを悔いているのです！　私は、そんな妹がかわいそうでならず……。どうかトライアンと一緒に、カタリナを慰めてやっていただけませんか!?」

その剣幕に驚いたらしい子ネコ達が、一斉に私の方へ戻ってきた。

密かに唇を噛み締める私の顔を、気遣わしそうに覗き込んでくる。

（確かに……若くして望まない結婚を強いられてトラちゃんを産み、王宮での凄惨ないじめを経験したカタリナさんには同情を覚える）

それでも……

「これまで、心を閉ざしたお母さんを懸命に支えて守ってきたトラちゃんに、これ以上何かを強いることは――私には、できません」

顔を上げてそう言う私に、革命軍の代表はわずかに怯んだ。

子ネコ達がぎゅっとくっついてくる。

それに励まされた私は、毅然として続けた。

「トラちゃんは、これまで十分すぎるほど頑張ってきたと思います。彼との関係改善を望むのなら、まずはカタリナさん自身に行動を促すべきではありませんか？」

「いや、それが……カタリナは昔から人見知りをする大人しい子でして。トライアンはきっと自分を憎んでいるのだと言って泣くばかりで、食事も喉を通らず……」

そんな妹を、目の前の男は私利私欲のために無理矢理国王に差し出したのだ。向こう脛を蹴ってやりたい気分になった。

私も超が付く人見知りだったから、カタリナさんの気持ちはわかる。

けれど……

「トラちゃん自身がカタリナさんに会うと決めた上で、同行を求められれば喜んでついていきますが……私から彼に行動を促すつもりは、ありません」

「そ、そこを何とか！　トライアンはあなたに随分懐いているそうではありませんか！　あなたが説得してくれれば、あの子だって……」

なかなか引き下がらない相手に、私はため息を吐きたい気分になった。

「どうして、当事者であるカタリナさんではなく、トラちゃんを説得しようとするんですか。私に至っては、思い切り部外者ですよ？」

「いや、それは……カタリナには、無理を強いて辛い思いをさせてしまいましたし……」

「あなたがカタリナさんに負い目があるのはわかりました。でも、トラちゃんに針の筵《むしろ》のような王宮でヤングケアラーをさせていたことには、伯父として罪悪感を覚えないんですか？」

「え、や、やんぐ……って、何ですか？　いや、トライアンにも申し訳ないことをしたとは、思ってはいるんですが……」

もごもごと歯切れの悪い相手に、私は塩っぱい顔になる。

見かねた大佐が、革命軍の代表に諦めるように告げ、私を解放しようとした。

「ま、待ってください！　まだ話は終わってはーー」

ところが、往生際の悪い革命軍の代表が、歩き出そうとする私を引き止めようと手を伸ばし……

『タマコ姉さんに、触んにゃ』

「ひっ……！」

私の脇からにゅっと出てきた大きな顔ーーその口の中にぞろりと並んだ牙を見て、慌てて引っ込めた。ライガーサイズのレーヴェ、元祖チートである。

実は、私の後ろでずっと大人しくしていたのだが、革命軍の代表が私に触れようとするのは看過できなかったらしい。

「いや、待って!?　あなたまで私の弟ポジションなの!?」

『だって、おれ、新参者だにゃん！』

ミットー公爵と再び離れ離れになるのを嫌がった彼は、なんとこのままベルンハルト王国に連れて帰られることになった。

ミットー公爵を噛んで手放されて以降、一切人間を襲っていないことから、今後も人間を傷つけないこと、首輪とリードを受け入れることを条件に、ミケが許可を出したのだ。

なお、チートという名前に関しては、ネコの毛玉から変化した方のチートも譲らなかったため、どちらもそれを名乗ることになった。

「ややこしいけど……しょうがないね」

『しょうがないにゃ。おれも、小さい同朋も、ミットーさんにもらったこの名前が、大好きなんだにゃん！』

首輪もリードも付け、撫でて撫でて、とスリスリ顔を擦り付けて甘えてくる姿は完全に飼い慣らされたペットだ。

しかし、体も牙も尋常ではなく大きいために、絶対に人間を襲うことはないと言われようとも、本能的に恐れを抱いてしまうのは致し方ないだろう。

私はここぞとばかりに、虎の威を借る狐になる。

後退る革命軍の代表に向かい、元祖チートの顎の下を撫でながらきっぱりと告げた。

「私は、あなたでもカタリナさんでもなく、トラちゃんの意思を尊重します」

『一昨日きやがれだにゃん！』

大佐に慰められつつすごすごと去っていく革命軍の代表の背に、元祖チートがそう吐き捨てる。

私は、彼のゴージャスな毛並みを撫でながらそれを見送った。

左右の肩と頭の上では、子ネコ達もふんすふんすと鼻息を荒くしている。

そこに後ろからもう一匹、彼らより一回りほど小さなもふもふがぴょんと飛んできた。

「ニー！　ニーニー！」

一際高い声で鳴いたその子に見覚えのあった私は、慌てて背後を振り返る。

「――トラちゃん？」

「タマコ……」

柱の陰から顔を出したのは、今まさに私が説得するよう頼まれていたトラちゃんだった。どうやら、彼は隠れて話を聞いていたらしい。

伯父である革命軍の代表が完全に立ち去ったのを確認すると、トラちゃんは柱の陰から出てきて私の前に立つ。

一際小さな子ネコは、三日前、元祖チートとともにベルンハルト王国軍にミケの指示を届けたあの毛玉の成長した姿だった。

すっかりトラちゃんが気に入ったらしく、あれ以来ずっと彼と行動を共にしている。

私の両肩や頭に乗っていた子ネコ達とひとしきりじゃれ合うと、その子はまたトラちゃんの方へ戻った。

「タマコ、ありがと……伯父さんや母様ではなく、僕の味方でいてくれて」

トラちゃんが、はにかんで呟く。

ただでさえ悩み多き年頃なのに、これ以上大人の勝手に振り回されるのは、何としても避けたいと思った。

そんな彼にゆっくり話をしたいと言われて、私は二つ返事で頷く。

総督府内は、ベルンハルト王国軍やラーガスト革命軍、ラーガストの民間人を含め、多くの人間が行き交っていた。

三日前に鮮烈な登場の仕方をしたトラちゃんを見かけると、ラーガストの人々の中にはそれこそ神を前にしたように跪く者までおり、信心深いという国民性を実感する。

「ああ、新しい国王様……どうか、我らをお導きください」

「ラーガストを、もう一度繁栄させてくださいませ」

「ひいっ……レーヴェ、こわい……食べないで！」

『食べないって言ってるにゃん』

巨大なレーヴェが一緒だったこともあり、人々の眼差しには畏怖も滲んでいた。

多くの視線を浴びつつ、私達は何とか人気のない場所を見つけ出して腰を落ち着ける。

そこは裏庭に面した一階のテラスで、木製のベンチが一つぽつんと置かれていた。

元祖チートは最初、何かを気にするようにフンフンとしきりに匂いを嗅いでいたが……

『タマコ姉さん、ここって……うんにゃ。何でもないにゃん』

「えっ、何？　めちゃくちゃ気になるんだけど……」

私の膝に顎を乗せると、そのまま目も口も閉じてしまった。

腑に落ちないものを感じつつも、耳の周りをマッサージしてやれば、ゴロゴロと喉を鳴らし始める。

ライガーサイズなので頭だけでも重たいものの、うっとりと目を閉じて気持ちよさそうにしているのを見ると、足が痺れるくらいどうってことない気がしてきた。

自然と頬を緩めた私の隣で、トラちゃんが重い口を開く。

「僕はさ……別に、母様を憎んでいるわけじゃないんだよ」

「えっ……う、うん……」

「でも、好きかって聞かれると……わからない。物心ついた時から、僕にとってあの人はお世話をしなくちゃならない人だったから……」

「そっか……」

身分の高い者達がカタリナさんを踏みにじる一方で、現在彼女に付いているメイドの少女の母親のように、味方をする者がいなかったわけではない。

しかし、彼らは悪気のないまま、幼いトラちゃんに呪いをかけた。

「お腹を痛めて産んでもらったのだから、母様を大事にしないといけないってみんなが言ったんだ。だから僕は言われた通りにした。それ以外、どうしていいのかわからなかったから……」

「そう……そうだよね。そうするしか、なかったよね……」

大人達に一方的に義務を押し付けられたトラちゃんは、母に尽くすばかりの幼少期を送った。

そんな彼の献身を、親孝行の一言で片付けるのはあまりにも残酷で無責任ではなかろうか。

しまいには、人質に取られた母のために、たった一人で敵本陣に突っ込まされたのだ。これを止められる大人がいなかったことが、トラちゃんの置かれていた状況がいかに異常であったかを物語っている。

けれども……

「ねえ、タマコ。子供は、産んでもらったからって無条件で親を愛さなければいけないの？　何があっても、受け入れないといけないのかな……」

ベルンハルト王国の捕虜となったことで母から離れた彼は、この半年の間に自我を得た。すくすくと伸びていくその背を、私は頼もしく思う。

「トラちゃんが、どうしたいのかで決めていいと思う。愛さないのも受け入れないのも、トラちゃんが生まれ持った権利だよ。誰も、それを取り上げていいはずがない」

「うん……」

「でも、もしもお母さんが勇気を出して歩み寄ってきたなって感じた時は……親とか子とかいうのはひとまず置いておいて、一人の人間として、話を聞いてあげてもいいかもしれないね？」

「ん……そうだね」

カタリナさんにも言ったことだが、彼女とトラちゃんには、やり直すチャンスはまだあると思う。ただ、それをトラちゃん自身が望むかどうかはわからないし……

「トラちゃん自身が望まないなら、親子関係を無理に修復する必要はないって、私は思うよ」

「僕が……全部決めて、いいのかな……」

「トラちゃんが決めていいんだよ。トラちゃんのことは、トラちゃん自身の気持ちが一番大事だもの」

「そっか……うん、そうだよね」

トラちゃんは安心したように小さく笑って、私の肩に頭を乗せた。

じわりと彼の身の内から溢れる黒い綿毛を、私はさりげなく手で払う。

「「ミーミー！　ミー！」」

「ニー！　ニーニー！」

ふわふわと宙に舞うそれを、子ネコ達が追いかけては食べていった。

一週間近くに及ぶ旅に続き、総督府に到着してからも慌ただしい毎日で、トラちゃんも疲れが溜まっている様子だ。

長めの前髪を掻き上げて額に触れるが、幸い熱はなさそうだった。

蜂蜜みたいな金色の目が、私の一挙手一投足を見つめている。

ふいに、トラちゃんは私の袖をちょんと摘んで言った。

「タマコ、あのね……タマコにお願いがあるんだけど……」

「うん、なぁに？」

何やらもじもじしているのが可愛くて、私はにっこりしてしまう。

もしかしたら計算の上かもしれないが、あざとかろうと可愛いものは可愛いのだ。

それに、仕草は可愛らしいが、トラちゃんの目は真剣だった。

「僕……タマコと離れたくない。このままラーガストに――僕の側に残ってほしいんだ」

「そ、それは……」

私は返事に窮する。

膝の上に顎を乗せて微睡《まどろ》んでいた元祖チートがぴくりと耳を震わせ、瞼を上げた。

3　存在の肯定

このままラーガストに――自分の側に残ってほしい。

トラちゃんからのそんなお願いに、一瞬口を噤んだが……

「ごめん……ごめんなさい、トラちゃん。それはできない」

私はすぐに断りの言葉を返した。

私達のただならぬ様子に気づいたのか、子ネコ達も大人しくなる。

一番小さい子が、ニー、と高い声で鳴いてトラちゃんの肩に戻った。

「どうして……どうして、だめなの……？」

くしゃり、とトラちゃんが泣き出しそうに顔を歪める。

それを見るのは辛かったが、自分の答えがそうさせたのだと思うと目を逸らすわけにもいかなかった。

そんな私の服の袖をぎゅっと握り締め、トラちゃんが震える声で問う。

「ねえ、タマコ、どうしてなの？　あの人の……ミケランゼロのため？」

「うん」

この時――即答した自分に、誰よりも私が驚いた。

トラちゃんに慕われるのはうれしいいし、彼がラーガストの国王として祭り上げられることや、母カタリナさんとの関係に悩んでいることは心配でならない。

(それでもトラちゃんの側に残らないと決めた理由が——ミケなんだ)

その事実を、私は自分が反射的に口にした答えで知ることとなった。

一方、トラちゃんは納得がいかない様子で、私の両の肩を摑んで言い募る。

「あの人は、僕より大人だし、強いでしょ！　他に、信頼できる人間だっていっぱいいる——タマコが側にいなくたって、平気だよっ!!」

『何だ何だ、何事にゃん!?』

「ミー！　ミーミーミー！」

その剣幕に、私の膝の上に顎を乗せている元祖チートが目を丸くした。

三匹の子ネコ達も気遣わしそうに、私とトラちゃんを見比べる。

一番小さい子ネコは彼を宥めようとするように、しきりに頬擦りをした。

私は、苦笑いを浮かべつつ小さく頷く。

「そう……そうだよね。私が側にいなくても、ミケは平気だろうね……」

「だったら！」

「でも……ミケに一番息抜きさせられるのは、私だって思ってるの」

「えっ……」

人見知りだった頃の私は、他人の目を恐れ、息を殺すようにして生きていた。自己肯定感なんてマイナスに振り切っていたのだ。

そんな私の心は、この半年の間に激変した。

左脇腹の傷だけではなく心までも労わられ、慈しまれ、守られ——そして、名前をたくさん呼んでもらった。

(私という人間が、この世界に存在することを肯定してもらった)

その筆頭が、ミケだ。

私は肩を摑まれたまま、トラちゃんをまっすぐに見て言った。

「ミケは大人だし、強いし、信頼できる人もいっぱいいるけど——でも、彼が猫ちゃんみたいになって甘えられる相手は、今のところ私だけだと自負してるんだ」

「……ネコ?」

トラちゃんが呆気に取られたような顔になる。

それからふと、上目遣いに宙を睨むと、ふるふると首を横に振った。

「ネコっていうより、レーヴェでしょ。あの人が甘える姿とか、全然想像できないんだけど……」

「いやいやいや。ミケさん結構、公衆の面前でもやらかしてるよ?」

「それはそれで、大丈夫なの? ベルンハルト王子の沽券に関わらない?」

「正直、私もそれは心配してる」

トラちゃんが、私の肩から手を離す。

そのまま俯いてしまった彼を見て、罪悪感で胸がぎゅっと苦しくなった。

三匹の子ネコ達や元祖チートがトラちゃんの顔を下から覗き込む。

「ニー……」

　末っ子の小さな子ネコは、殊更心配そうに彼に寄り添った。

　やがて顔を上げたトラちゃんの蜂蜜色の瞳は、うるうるに潤んでいた。

「ねえ、タマコ……どうしても？　どうしても、僕の側にはいてくれないの……？」

「うっ……」

「タマコは……僕のこと、きらい？」

「そ、そんなわけないっ！　絶対、ないっ!!」

　何かを選べば、何かを捨てることになる。

　頭ではわかっていたが、私は今までこれほど辛い選択をしたことがなかった。

（トラちゃんを、悲しませたくない――！）

　それでも私は、彼のお願いではなく、自分の望みを――ミケの側にいることを選んでしまった。

「ごめん、トラちゃん……ごめんなさい……」

　罪悪感で頭の中がいっぱいになって、ついにはトラちゃんを直視することもできなくなる。

『タマコ姉さん、泣かないでにゃん……』

「「ミー、ミー……」」

　今度は私が俯き、大小のもふもふ達に顔を覗き込まれる番となった――その時だった。

「――おい、トライアン。タマを困らせるのはやめろ」

思わぬ声が降ってきて、私は一転、頭上を振り仰いだ。

「わあっ、ミケ!? 何でそこにいるんですかっ!?」

私達がいたテラスのちょうど真上――二階のバルコニーの柵に両肘を突いて、ミケがこちらを見下ろしていたのだ。

その肩に乗っかっていたネコが、ぴょんと柵を越えてくる。

くるりと器用に身を翻し、私とトラちゃんが座っているベンチに着地したネコは、元祖チートの眉間に軽く猫パンチを入れた。

『おいこらー、デカいの！ お前、我らがいるのに気づいとったじゃろうがっ！』

『気づいてたけど……空気を読んで黙ってたにゃ』

ミケの後ろからは、ミットー公爵をはじめとするお馴染みの将官達も顔を出した。

「「「「わーい、タマコ殿ー」」」」

まるで、ドッキリ成功とでも言いたげに、元気に両手を振ってくる。相変わらず可愛いおじさん達だ。

ミットー公爵の肩の上には、小さい方のチートの姿もあった。

そんな中、ミケは私とトラちゃんを見下ろして言う。

「タマ、先に断っておくが、盗み聞きしていたわけではないからな？」

「はわ……」

「おい、トライアン。嘘泣きはやめろ。タマが気に病む。それに、お前は途中から、我々が二階にいることに気づいていただろう」

「あはは、バレちゃった」

私はぽかんと口を開けたまま、ミケとトラちゃんの顔を見比べた。

ミケの言う通り、トラちゃんは途中で彼がいるのに気づいたが、引っ込みがつかなくなって話を続けたらしい。

そんなこととは露知らず、私は……

「わーっ！　ミケが猫ちゃんみたいに甘えられるのは自分だけ、なんて調子こいたの聞かれちゃった！　はずかしいいいいっ!!」

『そうじゃぞ、珠子ぉ！　王子が猫ちゃんみたいなどと、烏滸がましいにもほどがあろうっ！　猫ちゃんを名乗るには圧倒的に愛らしさが足りーんっ！』

元祖チートの頭頂部に顔を突っ伏す私に、ネコが見当違いなツッコミを入れる。

「何も恥ずかしがる必要はないだろう。事実だしな。お望みとあらば見せてやろうか、トライアン
――私が、人目も憚らずタマにデレまくる姿を」

「いいえ、けっこうです」

ミケとトラちゃんのやりとりに、おじさん連中がどっと笑った。

おかげで空気は和らぐ。

トラちゃんは小さなため息を吐くと、私の後頭部をなでなでした。

そして、二階にまでは届かないくらいの小さな声で呟く。

「まあ、いいや——他の方法を探るから」

「え……」

トラちゃんの言葉の真意を知るのは、まだずっと先になる。

それから二日後——私は、彼を残してベルンハルト王国へ戻ることになった。


「タマコ、道中気をつけて。またね」

「うん、トラちゃん……またね」

嘘泣きまでして私を引き止めようとしたというのに、トラちゃんとの別れは案外あっさりとしたものだった。

彼とカタリナさんの関係改善の兆しはまだ見えないが、革命軍の代表はもう無理強いするつもりはないようだ。

総督府に駐留するベルンハルト王国軍も半数が交代し、将官の中では准将が残ることとなった。

ここまでの道中でトラちゃんと接する機会が多かったため、彼を心配しての決断である。

そして……

「ニー！　ニーニー、ニー！」

トラちゃんの肩の上で元気な声を上げるのは、ずっと彼にベッタリだった小さな子ネコ。このネコ一家の末っ子も、総督府に残るらしい。

それを知ったネコは、案の定身悶えした。

『ふぐぐぐっ……こんなに早く嫁に出すことになろうとはっ！』

私の腕の中で、ネコは苦悶の表情を浮かべている。

親孝行な三匹の子ネコ達が、その顔をベロベロと舐めた。

『心配じゃあ……心配じゃが……我らネコファミリーによる世界征服の第一歩と思わば、やむをえんのかっ！』

「何やら、物騒な話になっているな……タマ、世界征服とは何のことだ？」

「何のことでしょうね」

そんな中、思わぬことが判明する。

トラちゃんが、ミケやロメリアさんと同様に私のフェロモンだけに反応する体質であるのは、ネコ一家の中では周知の事実だった。

そのため、せっかく子ネコが側にいても、彼の負の感情を取り除くことはできないと思っていたのだが……

「――あれ？　あの末っ子ちゃん……もしかして、トラちゃんのを食べてる!?」

『うーむ……トライアン自身があの子に心を許したことで、通じ合うものがあったのかもしれんな』

トラちゃんの肩に乗った小さな子ネコが、彼から黒い綿毛を取り出してモグモグしているのを目の当たりにし、私はネコとコソコソ言い交わす。

側にいてほしいというトラちゃんのお願いを断った罪悪感は、どうあっても消えない。

こうして見送りに立ってくれた彼が、その笑顔の裏にどれだけの負の感情を隠しているのかと思うと不安にもなった。

けれど、あの小さな子ネコがせっせとそれを食べ、トラちゃんを癒やそうとしているのを見て、私は少しだけ後ろめたさが和らいだ気がした。

「——帰ろう、ベルンハルトに」

ミケの出立の合図とともに、馬車が走り出す。

私はその窓から身を乗り出し、トラちゃんの姿が見えなくなるまで手を振り続けた。

4　記憶の共有とゼロ距離

ラーガスト王国軍の残党が塞いだ峠道は、すでに復旧していた。

私達はそれを越えて、無事国境に到達する。

ライガーサイズのレーヴェは、行く先々で人々に二度見をされたが、いい用心棒ともなった。

しかし、往路で夜這い騒動があった領主屋敷に再び宿泊した際、ミケに充てがわれたベッドに彼を潜ませたのは……ちょっとやりすぎだったかもしれない。

「きゃあああっ!!」

『にゃあああっ!!』

真夜中の屋敷に、耳を劈くような若い女性の悲鳴と、大型肉食動物の咆哮が響き渡った。

懲りずに忍び込んできた領主の娘が、それに驚いた元祖チートの超強力猫パンチによって、危うく首を吹っ飛ばされるところだったのだ。

「彼女の打たれ強さには、いっそ感心しますわね」

「とっさにレーヴェの一撃を躱した、あの反射神経……侮れませんな」

そんな領主の娘に、ロメリアさんやミットー公爵が感心する。

「ここまで執着されると、さすがに怖いんだが……」

一方、当事者であるミケは心底うんざりとした様子だった。

なお、肉食令嬢と直接対決させられた元祖チートはというと……

『怖かったにゃん！　おれ、貞操の危機だったにゃん！』

そう言ってブルブル震えていた。

そんなことがありつつも、私達は順調に王都への道を突き進む。

最後の休憩が終わった後、ミケは私を自分の馬に乗せた。

「あのぅ、ミケさん？　馬に乗ると、私のお尻が死ぬんですが……」

「死ぬなんて言葉を容易に使うな。大丈夫だ、正しい乗り方をすれば痛まない。まずは上半身を正して、坐骨で座るんだ」

「ざこつ……どこ……そんな骨はありません」

「いや、あるだろう」

後ろから抱きかかえられるようにして、ミケの愛馬に跨る。

前回メルさんと馬に乗った時とは、かなり感覚が違った。

メルさんよりも体格のいいミケの補助があるため安定感はある。

ただし、こちらの馬の方がずっと大きいせいで、地面までが遠くて身が竦んだ。

『おい、王子！　間違えても珠子を落とすんじゃないぞっ！』

「言われなくとも」

ネコも、ちゃっかり私の前に陣取っていた。

にゃんにゃん騒がしい背中のもふもふに、馬が一瞬迷惑そうな顔をして振り返る。

やがて、小麦畑の間を通る馬車道に差し掛かった。

ラーガストに向かう際は黄金色の穂が風に靡いていたが、すでに刈り取られ、今では稲孫《ひっじ》の緑が揺れている。

整備された広い道の先にうっすらとベルンハルト城のシルエットが見え始め、私達はしみじみと呟いた。

「いろいろありましたけど、帰ってきましたね」

「本当にな……タマを連れて帰ってこられて、よかった」

ポスッと私の後頭部に顔を埋め、ミケは大きく一つため息を吐いた。

彼の賢い馬は、主人が前を見ることを放棄していても、つつがなく進んでいく。

私も、されるがままに任せていた。

トラちゃんに言った通り、ミケを甘えさせられるのは自分だけだと思っているし、今はそれを誇らしく感じているからだ。

心ゆくまで私を吸ったミケは、やがて意を決したみたいに口を開いた。

「タマ……マルカリヤンの騒ぎがあった時から、実はずっと気になっていたんだが」

「はい、何でしょう？」

「私が兄を亡くしていると、タマは知っていたのか？　マルカリヤンがその話題を出した時、驚いてはいなかっただろう」

「あっ、はい……知っていました。ラーガスト行きが決まる前に、国王様と王妃様から伝えられまして……」

さらに、私は前を向いたままミケに打ち明ける。

ネコを含めた二人と一匹で崖から落ちた後、おそらくは転移の際の影響で、レオナルド王子が殺された場面の記憶が共有されたことを。

しばしの沈黙の後、私のつむじにはミケのため息が降ってきた。

「……兄が、私を庇ったせいで殺されたのも、知ったんだな」

ミケは兄を助けられなかったことを悔いている、と国王様は言っていた。

亡き兄の分まで、自分が王子として祖国に尽くさねばという思いに囚われ、背負い込みすぎる傾向にあるとも。

きっと、兄が自分を庇う形で亡くなったことによる罪悪感も、楔《くさび》となって彼の心に食い込み続けているのだろう。

〝ミケのせいじゃない〟

〝お兄さんはきっと、ミケを守れて本望だった〟

喉まで出かけたそんな言葉を、私は慌てて呑み込んだ。

(一部の記憶を共有しただけの私が、安っぽい慰めを口にするなんて、烏滸がましいよ……)

私は何も言わずに、いや何も言えないまま、自分の前で手綱を握っているミケの手を撫でる。

また一つ、小さなため息が私のつむじに落ちた。

「犯人の姿は、見たのか?」

「顔が見えました。右目の下に泣き黒子がある男の人……マルカリヤンさんが、ラーガスト国王を唆したかもしれないって言っていた人の特徴を聞いた時、ドキッとしました」

「ああ、そうだな……私もだ……」

「あのっ……自分の記憶を勝手に共有されるなんて、いやですよね！　もちろん、絶対に他言はしませんので！」

慌ててそう言う私の髪を、ミケは手綱から片手を離して撫でた。

しばらくの間、私達の間に沈黙が流れる。

地面を蹴る蹄の音と、後続の馬車の車輪の音だけが、そのまま永遠に続くかと思われた。

やがて、ふう、とため息が聞こえてくる。

後ろのミケではなく、私の前に陣取ったネコだ。

ネコは、私越しにミケをじろりと睨んで言った。

『言いたいことがあるのなら、はっきり言わんかい』

「わかっている」

何やらネコに急かされたミケは、私の髪を撫でながらようやく重い口を開く。

「タマが私の記憶を持っているのは……本当は、予想していたことなんだ」

「えっと、それはどうして……」

「私も、持っているからだ――おそらくは、この世界に来る前の、タマの記憶を」

「えっ……」

ミケの言葉に凍りついた私を、すかさず解凍するのもネコだ。

ネコはくるりと振り返って後ろ足で立ち上がる。

そうして、クリームパンみたいな両の前足で私の頬を挟んだ。

『なーにを驚いておるか！　王子の記憶がお前に入ったんじゃから、その逆――珠子の記憶が王子の方に行っとろうが、何ら不思議ではなかろうっ！』

「あ、そうか……うん、そうだ、ね……」

記憶が共有されているといっても、私はミケが兄を亡くした場面しか知らない。

ミケに共有されたのも、私の記憶のほんの一部、しかも断片的なものでしかなかったようだ。

そう断った上で、ミケが続ける。

「記憶の中のタマは……家族との関係があまりにも希薄に感じた」

「は、はい……」

「この半年、お前の口から家族の話が一切出なかったことから、家族との関係がうまくいっていなかったのではないか、と推測してはいたんだが……」

「そう、ですか……」

ミケは、慎重に言葉を選んでいる様子だった。

けれども、次の瞬間……

「タマ——家族との間に、何があった？」

単刀直入に問われ、私は思わず閉口する。

一部の記憶を共有しただけの自分が意見を言うのは烏滸がましい。

そう思って、ミケに慰めの言葉すらかけられなかった私と違い、彼は遠慮なくこちらに踏み込んできた。

パーソナルスペースも何もあったものではないが……

（よくよく考えたら、この世界で目覚めた時から、そもそもミケとはゼロ距離だったわ……）

それを思うと、もはやミケに対して取り繕うのも馬鹿らしい気がした。

私は、頰をムニムニしてくるネコを両腕で抱き締める。

そうして、いつもミケが私にするみたいに、その真っ白い毛に顔を埋めて言った。

「何もないんですよ、ミケ——私と家族の間には、愛情も、絆も、思い出も、何一つ、ないんです」

5　珠子という名前

珠子と私に名付けたのは、海女をしていた父方の曽祖母だった。

真珠のように美しく輝く娘であれ、という願いが込められているそうだ。

小さい頃から、タマ、タマ、と猫みたいに呼ばれていたが……

「母には……一度も、名前を呼ばれたことがありませんでした」

蹄の音と馬車の車輪の音で、私の話は密着しているミケとネコにしか聞こえていないだろう。

そうであってほしいと思った。

自分が実の母に愛されていなかったなんて、あまり人に聞かれたい話ではないから。

「……一度も、か？」

「はい、一度もです」

ショックを受けたようなミケの問いに、私は頷く。

ネコは珍しく無言のまま、ザラザラの舌で私の頬をしきりに舐めた。慰めてくれているのだろうか。

「曽祖母は、父方の一族のボスで——しかも、暴君でした。父も、彼女には逆らえなかったんです」

父は母と二人で別の名前を考えていたにもかかわらず、曽祖母に命じられるままに出生届を提出してしまう。帝王切開で私を産んだ母が入院中の出来事だ。

「母は、曽祖母の独断で決められた〝珠子〟という名前も……それを付けられた私自身も、受け入れられなかったんです」

「……勝手に名前を決められて、受け入れられない気持ちはわかる。だが、それがなぜ、我が子まで拒絶する理由になるのかは、理解できんのだが……」

「きっとそれまでも、曽祖母関連で嫌な思いをしていたんでしょうね。そんな曽祖母に名前を付けられた私は、母の中では自分のものではなく、曽祖母のものという位置付けになってしまったんだと思います」

「……なるほど。やはり、理解できん」

憮然とした様子で、理解できないと繰り返すミケに、私は苦笑いを浮かべる。

ネコはまだ無言のまま、私の頬を舐めていた。

ザラザラの舌に同じところを舐め続けられると痛いのだが、私はそれを拒もうとは思わなかった。

「当時、母は……おそらく、産後うつの傾向にあったのだと思います」

メンタルも体調も最悪の状況で、父の裏切りともとれる行為に絶望したのだろう。

私の出産という記憶をリセットすることで、母は自分を守ろうとしたのかもしれない。

ただ名前が気に入らないだけなら、手続きをすれば改名はできたはずなのだから。

「母は、私をいないものとして扱いました。父方の祖父母が育児の手伝いに入っていたので、しばらくは問題なく過ごせていたようですが……」

状況が悪くなったのは、私が三歳になった頃——弟が生まれたのがきっかけだった。

母が、父方の曽祖母のみならず、祖父母や他の親戚が関わることまで激しく拒絶した結果、私は父以外のサポートを受けられなくなってしまう。

なお、母方の祖父母は私の人生にはまったく関わっておらず、生きているのか死んでいるのかすら知らない。

とにかく、弟が生まれた後の私の命綱は父だけとなったわけだが……

「父は、私の名前のことで負い目があるでしょ？　だから、母の味方だったんですよね」

「……なんてことだ」

ミケの深いため息が、私のつむじをくすぐった。

家族の中で孤立した私は、両親に愛される弟と、愛されない自分との格差に気づいていく。

ネコが私の顎の下にスリスリと顔を擦り付けながら、ここでようやくため息交じりに口を開いた。

『珠子の人見知りは、その生い立ちが大きく関わっとるんじゃな。親から存在を否定されてきたから、自分に自信が持てなかったんじゃろうよ』

「うん……そうかも……」

父が世間体を気にする人間だったおかげで、衣食住を取り上げられることはなかったし、高校にも短大にも行かせてもらえた。

ただ、遠方の短大に合格して、私が家を出ると決まった時の父の顔は忘れられない。

「やっと、厄介払いができるって顔をしてて……私は二度と、この家に帰ってこない方がいいんだって思いました」

「……すまない、タマ。もういい。辛い話をさせて、悪かった」

私よりもよほど苦しそうな声で、ミケが言う。

ここで初めて、私は後ろを振り返った。

ミケが、わずかに目を見張る。

めちゃくちゃ重い話をしていたというのに、私が案外平気そうな顔をしていたからだろう。

しかし、別段強がっているわけではなかった。

「私は別に、家族を……母を、憎んでいるわけではないんですよね」

「ああ……」

「でも、好きかって聞かれると……頷くのは、難しいです」

「そうか……」

ミケが、髪を撫でてくれる。

元の世界で、終《つい》ぞ母からは与えてもらえなかった優しさだ。

ネコも、また私の顎の下にしきりに顔を擦り付けてきた。

私は前に向き直り、語り続ける。

「産んでもらったからって無条件で親を愛さなければいけないのか、何があっても受け入れないといけないのか、ってトラちゃんに聞かれたんです」

あの時、私とトラちゃんがいたテラスの真上の階に居合わせ、ミケもこの話を聞いていた。

「どうしたいのかは自分で決めていいし、愛さないのも受け入れないのも生まれ持った権利だよって伝えたんですけど……あれは結局、私自身が言ってほしい言葉だったんですよね」

我が子の名付けを横取りされた母を、気の毒に思う。

腹が立っただろうし悔しかっただろう。

当時の彼女の気持ちを想像することは難しくない。

それでも……

「どんな理由があろうと、子供を蔑ろにしていいはずがない」

『そうじゃ！　珠子は、己が受けた理不尽な仕打ちも――母親も、許さんでいい！』

ミケが、ネコが、きっぱりとそう言い切ってくれる。

母は、私の名付けに関しては被害者だったかもしれないが、私の人生に対しては加害者だった。

「それでも、大人になるまで家には置いてもらえたわけですし……将来、父や母が年をとって動けなくなったりしたら助けるべきなのかなって、考えたりもしていたんですけど……でも、もう元の世界には帰れないいんだよね？」

ちょん、とネコと鼻キスをしながら問う。

ネコは、そんな私の鼻もザリザリと舐めて答えた。

『うむ！　我としては不本意じゃがな！　元の世界どころか、他のどの世界にもゆけん！　我も、珠子も、きょうだい達も、みーんな仲良くこの世界に永住じゃいっ!!』

「ってなわけですので、私には二度と家に帰れない理由ができてしまいました――おかげで、ほっとしています」

「そうか、それはよかった……まあ、そんな理由がなかったとしても、生き辛い思いをさせた世界になど、タマは絶対に返さんつもりでいたがな」

そういえば、猫カフェ店員時代の辛い体験を打ち明けた時も、ミケは同じようなことを言っていた。

異世界で出会った心強い味方に背中を預け、ほっと安堵の息をつく。

（私には、もう母とわかり合えるチャンスも、それを望む気持ちもない……）

それは、父を愛しながらも憎み、ついにはヒバート家自体を潰そうと決意してしまったメルさんも同じだ。

だから、まだ時間も希望もあるトラちゃんには、できれば母カタリナさんと関係をやり直す方向に進んでもらいたい。

そう願うのはエゴだという自覚があるから、彼に伝えるつもりはないが。

ともあれ……

「全部しゃべって、スッキリしちゃった！　湿っぽい話を聞かせてしまったミケとネコには、申し訳ないですけど……」

「いや、元はと言えば、私がタマに尋ねたんだしな……って、ネコ！　タマの鼻、舐めすぎだぞ！赤くなっとるだろうが！　タマも、やられっぱなしになってるんじゃないっ！」

『やーかましいわっ！　珠子がこの年まで享受し損ねた愛情は、我がまとめて与えてやるんじゃいっ！　珠子珠子珠子！　ほれ、こっち向け！　この母の愛をしかと受け止めよっ!!』

自分を挟んで言い合いするのがおかしくて、私は声を立てて笑う。

何事だ、と言いたげに、馬がちらりとこちらを振り返った。

「珠子って名前……本当言うと、大嫌いだったんですよね。この名前のせいで、母に嫌われてしまいましたから」

私の名前を連呼していたミケとネコが、うっと呻いて口を噤む。

異世界転移に巻き込まれたこの体は、ネコの細胞が混ざり、髪色の変化や不思議な特性を得て生まれ変わった。

世界と世界の狭間で、私は細胞レベルまでバラバラになって――

「この世界に来た時には服も全部消し飛んでて、残されたのは私の人生を狂わせたこの名前だけだったなんて……皮肉ですよね」

馬は足を進めつつ、打って変わって静かになった主人ともふもふを気にしているようだ。

私は、自分の前で手綱を握るミケの手と、上目遣いでじっと見つめてくるネコの毛並みを撫でて、でも、と続けた。

「この世界に来たら、ミケも、ネコも……ロメリアさんとかメルさんとかトラちゃんとか、いろんな人がたくさん名前を呼んでくれるじゃないですか。そしたら、何だかうれしくて……そのうち、自分の名前が好きになってきたんです」

「タマ……」

『珠子ぉ……』

ミケとネコが、私を挟むようにしてぎゅっとくっついてくる。

この世界では、もう孤独に苛まれることはないだろう、と私は確信めいたものを感じた。

「曽祖母も、きっと愛情をもって私にこの名前をくれたんだと思うんです。なので、これからもいっぱい呼んでくださいね、ミケ」

「ああ、タマ」

「ネコも」

『任せとけい、珠子！』

やがて小麦畑が終わり、王都の入り口が見えてくる。

ミケと一緒に無事に帰る、という国王様との約束を果たすことができた私は、馬上で胸を張った。

6　珠子のお母さんはネコ

「――あなた、お待ちなさい」

ふいに飛んできた高慢そうな声に、私は足を止める。

ちょうど、軍の施設と王宮の間に作られた庭園にある、バラのトンネルを抜けた時のことだ。

西の山際に太陽がかかり、ベルンハルト城も茜色を帯び始めていた。

ミーミーと愛らしい鳴き声を上げる五匹の子ネコを抱え直し、私は首を傾げる。

「えっと、何か御用でしょうか?」

声をかけてきたのは、以前もこの場所で私に絡んできた、若い令嬢三人組だった。身内に武官がいないこともあり、先のラーガスト王国との戦争にも無関心な者達ばかりだ。

前回と同じく噴水近くの東屋にたむろしていた彼女達は、終戦とともにベルンハルト城に住み始めた私を相変わらず警戒していた。

「あなた、いまだに殿下のお隣の部屋で寝起きしているのですって?」

「貴族でもないそうですのに、烏滸がましいのではありませんこと?」

「そもそもあなた、いったいいつまでベルンハルトにいるつもりですの?」

日が沈み始めて解散しようとしていたところに、私が子ネコ達を連れて一人で現れたのをこれ幸いと、絡んできたようだ。

しかし、私が彼女達の質問に答える隙はなかった。

私に続いて、バラのトンネルから現れたものが先に口を開いたからだ。

『タマコ姉さんをいじめるにゃ』

「「「ひいっ……!?」」」

ラーガスト王国の森から付いてきたライガーサイズのレーヴェで、なぜか私の弟ポジションに収まってしまった元祖チートである。

巨大な肉食獣の登場に引き攣った悲鳴を上げた令嬢達が、ズサササッと後退った。

すると、元祖チートの背に乗っていたネコが舌舐めずりをして言う。

『ぐっふっふっ、懲りない小娘達じゃな。おい、お前達。うちの珠子をいじめようとする性悪女どもを成敗しにゆくぞ。この母について参れ』

『はいにゃ、かーちゃん！』

『腕が鳴りますわね』

さらに、後ろにいたらしい小さい方のチートとソマリも顔を出す。

三匹は、いつぞやネコがそうしたように、ガサガサと音を立て、東屋の手前にある茂みに分け入った。

そうして、にゃあん、と猫撫で声を上げながら近づいてきた彼らに、令嬢達はたちまちメロメロになった。

「まあああまあ！　なんて可愛らしいのかしら！」

「見てごらんなさい！　毛がふわふわだわ！　抱っこしたい！」

「三匹ともまとめて抱っこしたいですわ！」

ネコ一家に夢中の令嬢達は、もはや私の存在なんか忘れてしまったようだ。

ただし、もちろんネコの方は、今回もただ彼女達の負の感情を摘みに行っただけではなかった。

「「「キャーッ!!」」」

案の定、令嬢達が絹を裂くような悲鳴を上げる。

ネコが、チートやソマリと一緒にひっつき虫ビッシリの刑を執行したようだ。

涙目の令嬢達はネコ達を東屋に残したまま、肩を怒らせてズンズンとこちらに近づいてくる。

その際、件の茂みを踏み荒らしたせいで、彼女達のドレスの裾にはさらにひっつき虫が増えた。

「「あ、あなた！　一度ならず二度までも！　なんてことをしてくれたのっ！」」

「いや、私は何もしていないんですけど……やっぱり、私に怒ってるんですか？」

「「だって、ネコちゃん達に怒れるわけがないでしょう!!」」

「アッ、ハイ……ごもっともで……」

『こわい……怖いお姉さん達だにゃ！』

令嬢達の形相に、元祖チートがイカ耳になる。

しかしここで、バラのトンネルからは、私の新たな援軍が現れた。

「まあ、おタマ？　急に立ち止まったかと思いましたら……何ですの。有象無象の相手をしている暇などございませんでしょう。おタマは、陛下から重要な使命を賜っているのですから」

「ふふ……　〝なんかいい感じのワイン〟を譲っていただけるよう、侍従長様におねだりに行くだけなんですけどね」

立ち止まっていた元祖チートのお尻をぺちんと叩いて前に出たのは、私に絡んできた令嬢達よりずっと身分の高いミットー公爵令嬢ロメリアさんと、その護衛役のメルさんだ。

「「ロ、ロメリア様……メルさん……」」

令嬢達は、とたんにオロオロし始める。

ラーガスト王国への道中に私を攫ったメルさんと、彼女に私の暗殺を命じていたその父ヒバート男爵は処罰を受けた。

ヒバート男爵は奪爵の上、汚職にも手を染めていたことが判明して王都から追放され、ヒバート家は実質お家取り潰しとなった。

メルさんは姓を取り上げられ王家に隷属することとなり、現在は出向という形でロメリアさんに付いているが、その表情に以前のような憂いはない。

そんなメルさんに笑顔で牽制され、ロメリアさんに至っては視線さえ向けられなかった令嬢達が、今度は涙ぐんで言い募った。

「ロメリア様は、本当にこのままでよろしいのですかっ！」

「こんな、どこの馬の骨ともわからぬ女に、殿下の隣を許してしまわれるなんて……私達は納得いきませんわ！」

「やはり、ネコ達だけ残して、この女は即刻城から……いいえ、ベルンハルトからも摘み出してしまいましょう！」

私に対する負の感情を爆発させた彼女達が、一斉に手を伸ばしてこようとした。

その鬼気迫る表情に、子ネコ達が毛を膨らませて威嚇する。

しかしながら、令嬢達の手から私を守ってくれたのは、前回そうしてくれたメルさんでも、巨大な肉食獣である元祖チートでもなかった。

「随分と勝手なことを言ってくれるな」

「「「で、殿下……っ!?」」」

最後にバラのトンネルを潜ってきたのは、ベルンハルト王子ミケランゼロ――ミケだ。

ミケは、ロメリアさんとメルさん、元祖チートも追い抜いて先頭までやってくると、当たり前のように私の頭をなでなでしながら言った。

「タマに部屋を与えたのも私ならば、ベルンハルトで保護すると決めたのも私だ。それに文句があるというならば、そちらが出ていけばいいのでは？」

「「「そ、それは……」」」

王子にじろりと睨まれた令嬢達は、腰を抜かしたみたいにその場にへたり込んでしまう。

そんな彼女達を容赦なく踏み越えて、ネコ達が澄ました顔をして戻ってきた。

『はー、どっこいしょー。やれやれ、今日もいい仕事をしたわい』

『かーちゃん！　おれのしっぽに付いてるオナモミ、とってほしいにゃ！』

『ねえ、メル。わたくしの額にも何か付いておりませんこと？』

チートのしっぽに付いていたオナモミは元祖チートが、ソマリの額のはメルさんが取り除く。

ミケは飛びついてきたネコを抱えると、顔を見合わせてにやりと笑った。

「なかなか容赦がない。実に、結構なことだ」

『げっへへっ、お褒めにあずかり光栄ですじゃ』

このすごく悪役っぽい一人と一匹——私のモンペである。

トラちゃんをラーガスト王国にある総督府に送り届けてからもうすぐ半年。

ベルンハルト王国とラーガスト王国の戦争が終わり、そして私がこの世界に来てからも、間もなく一年になろうとしていた。

「かぁわいいなぁ、おタマちゃんは！　そろそろ、おじさんちの子になってもいい頃合いではないかな？」

「うーん……じょりじょりする……ほっぺがすりおろされる……」

「おタマ！　わたくしの妹の座も、まだ空いておりましてよ！」

「わ……いいにおい……ロメリアさんのいもうとに、なりゅ……」

今日も今日とて、私は王妃様の部屋で催された飲み会にて、やんごとなき酔っ払い達に挟まれていた。国王様とロメリアさんだ。

『うにゃあ……タマコ姉さんは、モテモテだにゃあ』

『ですが、珠子姉様は母様の一の娘で、わたくし達のお姉様。国王にもロメリアにも、差し上げられませんわ』

元祖チートは国王様の肘置きを務め、ロメリアさんの後ろで苦笑いを浮かべているメルさんの肩の上からは、ソマリがツンと澄ました顔で二人を見下ろしている。

「「「「ミー！　ミーミー！」」」」

テーブルの上をこちらに向かって駆けてくる子ネコは、全部で五匹。

このうち二匹は、総督府より戻ってきてから生まれた子達だった。

そんなもふもふの弟妹達が、国王様とロメリアさんに揉みくちゃにされる私を心配そうに見上げる。

結局、今回も見かねたミケが私の両脇の下に手を突っ込んで、やんごとなき酔っ払い達の間から引っこ抜いてくれた。

「タマの保護者は私だぞ。父上とロメリアはすっこんでいてもらおうか」

「ミケは……おかあさん……？」

『こぉらあ、珠子ぉ！　お前の母はこの我じゃろうが！　お前のお母さんは、ネ！　コ！　ちゃんっ!!』

「うん……わたしのおかあさんは、ネコちゃん……」

ミケの肩にいたネコが、赤くなった私の頬をピンク色の肉球でペチペチする。

猫の平均体温は人間のそれより高いため、肉球に触れると温かく感じるのが普通だが、今は私の頬の方が温度が高そうだ。

「あらあら、おネコさんもミケランゼロも、おタマちゃんが可愛くて仕方がないのねぇ」

向かいのソファからは、王妃様がくすくす笑いながら私達を眺めている。

その膝には、アッシュグレーの毛並みと青い瞳をしたロシアンブルーっぽい子がいた。

国王様の――そして、今は亡き第一王子レオナルドの髪や瞳の色を映したその子に、王妃様はレオと名付けた。

レオは王妃様に撫でられてゴロゴロと喉を鳴らしながら、私達を見て穏やかに微笑む。

『ふふふ……ちゃんと年下の子の面倒を見てえらいねぇ、ミケランゼロ』

「……どうも」

王妃様の負の感情――長男を亡くした悲しみや寂しさ、それを気に病む次男を心配する気持ちなどを食らって進化した彼は、レオナルドの概念を引き継いでいるせいか、ミケに対して初対面からお兄ちゃんムーブをかました。

『レオナルドは、ミケランゼロをとても愛していたからね。僕も、兄としてミケランゼロを愛するよ』

「そうだったな……兄上は、私をとても慈しんでくださった……」

うにゃっと笑い顔を作ったレオの言葉に、ミケがぽつりと小さく呟く。

レオナルドが自分を庇って亡くなったため、ミケにとって彼の記憶は罪悪感を呼び起こすものとなっていた。

しかし、レオがかつての兄のように振る舞うことで、彼に与えられてきた愛情や、一緒に過ごした穏やかな日々を思い出すことができるようになってきたらしい。

『ミケランゼロがこんな立派な男になって、レオナルドはきっと喜んでいるよ。間違いない。だって、彼の心を引き継いだ僕が、こんなに誇らしいんだもの』

「もったいなきお言葉」

兄ぶって褒めてくるもふもふに、ミケが苦笑いを返す。

ほろ酔い気分の私は彼の金髪をよしよしと撫でながら、兄といえば、と口を開いた。

「ロメリアさん、もうすぐ准将がお戻りになるんですよね？」

「ええ、総督府の駐留隊員の交代に合わせて。あの兄の顔を見るのも半年ぶりですわね」

ラーガスト王国の新国王に祭り上げられる予定のトラちゃんだが、後見人となったラーガスト革命軍の代表があまりに頼りない人物であったため、准将は心配して彼の側に残ったのだ。

あれから、トラちゃんとは何度も手紙のやりとりをしたが、准将をそれこそ兄のように慕っている様子が窺えた。

その准将がベルンハルト王国に戻ってきてしまうとなると……

「わああ……どうしよう！　心配になってきた！　ミケ、トラちゃんは大丈夫でしょうか？」

「急に酔いが覚めたな、タマ。トライアンなら大丈夫だろう。ああ見えて、なかなか強《したた》かだしな」

『我の子も一匹ついておるから問題なかろう。きっと、あれがうまく立ち回っておるわい』

ミケもネコも楽観的なことを言うが、私はトラちゃんが周りの大人達にまたいいようにされないか不安になる。

伯父である革命軍の代表はいまいち信用できないし、手紙で知る限りではトラちゃんと母カタリナさんの関係が改善された様子もないのだ。

「トラちゃんがもう少し近くにいれば、安心できるんだけど……」

すると、王妃様の隣に移動した国王様が、ロシアンブルーっぽいレオを両手で抱き上げ、頬擦りしながら口を挟んだ。

「よーし、よしよし！　おじさんが、おタマちゃんの心配事を解決してあげようじゃないか！」

「えっ、ほ、本当ですか？　どうやって!?」

『ふふふ……じょりじょりして実に不快ですね。やめてください』

顔を輝かせる私と、前足で国王様の頬を押し退けるレオ。

王妃様が、引ったくるようにしてレオを奪い返した。

「まあまあ、陛下。しつこく構うから嫌われるのですわ。おネコさんにも子ネコさん達にもレオにも――おタマちゃんにも」

「嫌われたくないよぅー」

国王様はえーんと泣き真似をしてみせたものの、すぐに気を取り直す。

そして、空いてしまった両手をミケに差し伸べて言った。

「そういうわけだから、ミケランゼロ。よろしく」

「どういうわけですか。何がよろしくなんですか。もう、いやな予感しかしない……」

うんざりとした顔をしたミケが、私を腕に抱き込んで国王様を睨む。

私は、精神安定剤代わりらしい。

宥めるようにミケの腕をポンポンすれば、黒い綿毛がまたわんさか飛び出し、子ネコ達がそれを食らい尽くした。

国王様は、懲りずにレオにちょっかいを出しては猫パンチを食らいつつ言う。

「准将と一緒に、この城に戻ってくることになったんだよ」

「……誰が、ですか」

「トライアン君に決まっているだろう」

「――は!?」

ミケは素っ頓狂な声を上げ、私は顔を輝かせる。

国王様はそんな私達に向かい、眩いばかりの笑みを浮かべて言った。

「あの子、うちで預かることにしたんだ――ミケランゼロとおタマちゃんが、面倒を見てあげなさい」


戦争終結からちょうど一年となったその日。

ラーガスト国王となることが決まっているトライアン王子は、留学という名目で改めてベルンハルト王国の土を踏む。

最後に見た時よりもぐっと背が伸びた彼の肩では……

『おひさしぶりです！　お母さん、きょうだい――それから、珠子お姉ちゃんっ!!』

真っ白い毛並みで耳の垂れた、スコティッシュフォールドっぽい子が目をキラキラと輝かせていた。

挿話　癒やし要員のお仕事

この日の午後、ベルンハルト王国軍幹部会議は紛糾していた。

ネコを抱き、チートを肩に乗せ、お茶のセットが載ったワゴンを押して訪ねてきた私は、ただならぬ雰囲気に立ち尽くしてしまう。

『ぐっふっふっ、この負の感情が満ち満ちて澱んだ空気……大好物じゃわい！』

そう言って舌舐めずりするネコを、思わずぎゅっと抱き締める。

ネコのお腹の毛に潜り込んでいた子ネコ達が、何だどうした、と言いたげに顔を出した。

「西部の復興を援助するのが最優先でしょう！　あそこは古くから畜産業が盛んでしたからな！」

「それを言うなら、小麦の栽培を担っていた南部への助成が不可欠です！　穀物は備蓄ができますし、家畜の餌にもなる！」

額に向こう傷がある強面とメガネをかけたインテリヤクザ風――お手製の猫用おもちゃを貸し合いっこしたりといつも仲良しな二人の中将が、険しい顔をして意見をぶつけ合う。

後者が人語でしゃべっているところを見るのは、随分と久しぶりだ。

「お言葉ですが、北部地域の特産である花の存在も無視できないと思います！　異国での需要も高かったと聞きますし、輸出で外貨を稼がせるべきかと！」

「いや、まずは自給自足を安定させるべきです！　人々が飢えているのに、悠長に花など育てている場合ですか！」

黒髪オールバックとスキンヘッドの強面――幼馴染の間柄で、週一でお泊まり会をするという少将同士も、今にも胸ぐらを摑み合いそうな剣呑な雰囲気になっていた。さらに……

「王都では、軍人崩れによる窃盗や暴力事件が多発していると聞きます！　警備のために部隊を派遣すべきではないでしょうか！」

「その役目は、ラーガスト革命軍が担うべきだ。ベルンハルト王国軍が王都を巡回していては、民間人との間で軋轢《あつれき》を生みかねない」

息子である准将の意見をぴしゃりと一蹴したミットー公爵の顔には、普段のような温厚さはない。

彼らの上司であるミケはというと、紛糾する会議の様子を目を据わらせて眺めている……のはまあ、いつものこと。

敗戦国であるラーガスト王国を復興させるため、その援助を巡る方針でもめている、というのは理解できる。

けれど、私は思い切り部外者だ。

どうしてこんな状況で招き入れてくれちゃったの!?　と必死に目で抗議するが、ミケは肩を竦めただけだった。

「と、とにかく、お茶を淹れたら、とっとと退散しよう……」

私は自分に言い聞かせるみたいに呟くと、お茶の用意をするためにネコを足下に下ろした。

そのお腹の毛の間から、王妃様にベッタリの子を除いた四匹の子ネコがポテポテと床に落ちる。

私の肩に乗っていたチートも、音もなく飛び下りた。

今日ばかりは、彼らの出番はないだろうと思われたが……

『よっしゃあ！　行くぞ、子供達よ！　おやつの時間じゃあ！』

『ミットーさんは、俺のだからにゃ！　かーちゃんにだって、きょうだいにだって、譲ってあげないにゃん！』

「「「「ミーミー！　ミーミーミー！」」」」

ネコ一家は、いつにも増してやる気満々。

一斉に、将官達に向かって駆け出したではないか。

「ちょっ、ちょちょちょちょ、ちょっとぉ!?」

私はポットをワゴンに戻して慌てて彼らを止めようとしたが、時すでに遅し。

『ぬわーははははっ！　よこせぇ！　お前のその真っ黒いのを食わせろおおお！』

『ミットーさん！　ねえねえ！　いっぱい撫でてほしいにゃん！』

「「「「ミーミーミー！」」」」

ネコ達は、ミケや将官達が囲むテーブルに飛び乗り——まさしく、ネコハラの限りを尽くし始めた。

「わああ、書類が！　インクがあああ……！」

書類が踏みつけられるのなんて、まだ序の口。

邪魔！　とばかりにテーブルからはたき落とされ、バサーッと床に散らばってしまった。

誰かが倒したインクを子ネコが踏んで、テーブルの上にも書類の上にも、ポンポン、ポポポン、と容赦なく肉球スタンプが押されていく。

「ひええ……ネ、ネコ……チートも、やめようよぉ……」

扉に一番近い席にいた准将はネコにへばりつかれ、顔なんて完全にお腹の毛に埋まってしまった。

脇目も振らずにミットー公爵のもとまで駆けていったチートは、その胸元にスリスリして軍服を毛だらけにしている。

険しい顔をして意見をぶつけ合っていた中将達や、摑み合いが始まりそうになっていた少将達にも、それぞれ子ネコ達が飛びついた。

「あわわわわ……」

おネコ様とはいえ、洒落にならない傍若無人っぷりである。

大事な書類が、会議が、めちゃくちゃになってしまった。

今回ばかりは、私もネコ達もつまみ出されるだろうと覚悟した、その時だ。

「わーい、ネコちゃん！　かーわいいいいいいーっ!!」

「……え？」

突如、野太い歓声が上がる。

少しくぐもって聞こえるのは、ネコのお腹で顔面を覆われた准将の声だったからだ。

「はわぁ、もふもふぅ……ふわわわわっ……！」

『ぐへへへへ……いやお前、語彙力死んどるな』

准将が陥落したのを皮切りに、会議室の空気は一変する。

「うふふふ……チートは可愛いねぇ。どうしてこんなに可愛いんだろうねぇ。パパにチュウしてくれるかにゃ？」

『あーん、もー、しょーがないにゃあ！　ミットーさんだけ、特別にゃん！』

ミットー公爵とチートは相思相愛、ラブラブである。

チートはともかく、大将閣下のその語尾……大丈夫だろうか。

「西部と南部の間には大きな街道が通ってるよね！　あれを整備して、どっちもとっとと復興させちゃお！」

「ニャフフフーンッ！（それいい！　パンには肉を挟んで食いたいもんね！）」

「自給自足って大事だよね！　北部のお花畑は半分野菜畑にしてもらおっ！」

「うんうん、やっぱ外貨も必要だよね！　それに僕、お花ダイスキッ！」

子ネコを抱き上げてデレデレしつつ、中将や少将達もお互いの意見を尊重し合って妥協案に辿り着いたようだ。

ネコフェロモンの作用なのか、四人とも知能指数が下がったような気がしないでもないし、メガネをかけたインテリヤクザ風の中将なんてまた人語を忘れてしまったが。

ともあれ、さっきまでのギスギスしていた将官達は、いつも通りの和気藹々とした雰囲気に戻ってくれた。

改めて、ネコ達の癒やし効果を実感していたところで、私ははっとする。

「そっか……ミケは、これを見越して私達を中に通したんだ……」

確かめるように見れば、ミケは今度は苦笑いを浮かべていた。

目が合うと、ちょいちょいと手招きされる。

准将にお腹を吸われまくっているネコが、顔だけ私の方を向いて、ニンマリと笑った。

『母もきょうだいも、これこの通り勤しんでおるんじゃ。珠子も、責任を持って己の役目を果たせい』

将官達とネコ達の乱痴気騒ぎはまだまだ続きそうだ。

私はそれを横目に、扉の前にワゴンを残したまま上座へと移動する。

ミケは椅子に座ったまま、澄ました顔をして自分の膝をポンと叩いてみせた。

「タマ、誰よりも癒やしを必要としているのは、私だと思うんだが？」

お疲れ王子を癒やすこと――これは、お茶を淹れるよりも大事で、急を要する私の仕事。

今日もまた、私は猫みたいにミケの膝に抱っこされ、心ゆくまで吸われるのだった。

後日談　ネコ一家の有意義な休日

「――えっ？　ミケ、明日はお休みなんですか!?」

ラーガスト王国の総督府からベルンハルト王国の王城に帰還して、ようやく一月が経つ。

この日の夕食の席で、明日はミケの仕事が休みだと聞かされた私は、膝の上で丸くなっていたネコと顔を見合わせた。

「と言いますか……ミケって、休みあったんですね？」

『ぬははは！　ベルンハルト王国軍はブラックじゃからな！』

私とネコの言葉に、ミケが肩を竦める。

「仕事はまだ山ほどあるんだがな……私が休みをとらないと、将官達も休まないだろう」

彼の話では、明日は将官達も全員休みらしい。

さらに明後日以降、下の階級の武官達も順次休みをとることになった。

ネコがミケの肩に飛び移り、にゃあ……いや、じゃあ、と続ける。

『お前、明日はどう過ごすんじゃい？　ベッドで一日ゴロゴロするなら付き合ってやらんこともない。なにせ、ネコちゃんは寝るのも仕事のうちじゃからな！』

「いや、無為に過ごすのは性に合わん。そういうわけで、タマ――」

「はい？」

ミケはネコの毛並みを片手でわしゃわしゃ撫でると、私に向き直って言った。

「町へ行くか」


ミケの提案により、ベルンハルト城の門前から続く城下町へと繰り出すことになった――その、イカれたメンバーがこちら。

ミケ、ネコ、私、そして……

『おれ、人間の町を散策するの、初めてだにゃんっ！』

ラーガスト王国の森から連れ帰った大型肉食獣レーヴェの、元祖チートである。

ミケは、目の前にドシーンとおすわりをしてワクワクしている巨大猫を眺め、盛大なため息を吐いた。

「このデッカいのを連れ歩くのは、正直気が進まないんだが……」

『安心してほしいにゃん！　おれ、人間嚙まないし、いい子にできるにゃん！』

幼少期をミットー公爵のもとで過ごした経験から、元祖チートは野生で育ったとは思えないほど理性的だ。

人間に対しても友好的だし、何より軍のトップであるミケと言葉が通じる。

そのため彼は、ベルンハルト王国軍預かりとなり、立派な首輪も進呈されていた。

「まあ、この体の大きさと獰猛そうな見た目が、万が一タマに不届きな考えを持つ者がいた場合の抑止力にはなるだろう」

「私より、ミケのボディーガードにするべきでしょ。王子様なんですから」

そんなこんなで、周囲の人々に二度見どころか三度見四度見されながら、私達は町へと繰り出した。

しかし、よくよく考えれば、目立つのは体の大きい元祖チートばかりではない。

ブリティッシュロングへアっぽい、真っ白ふわふわの毛並みをしたおネコ様も――そして、このベルンハルト王国の王子にして、先の戦争を勝利に導いた英雄ミケも、人々の目を釘付けにした。

元人見知りとしては、多くの視線に晒されるのは喜ばしくない。

私は、ミケ達から距離をとって他人のふりをしようとしたが……

「――こら、タマ。離れるな。迷子になるぞ」

ミケの百パーセント善意により、側に引き寄せられ、そのまま手を繋がれてしまったのだ。

おかげで余計に注目を浴びるはめになったし、年頃の女の子達には眉を顰めてヒソヒソされてしまう。

元祖チートの背中に陣取ったネコはそれを見て鼻で笑うと、ミケを振り返って言った。

『珠子はバブちゃんじゃからな！　お前がしっかり面倒を見てやれいっ！』

「言われなくとも」

元祖チートの方は、そんな私達のやりとりも、自分に集まる畏怖の眼差しもどこ吹く風。物珍しそうに辺りを見回しつつ、ミケにリードを預けて従順に歩いていたのだが……

「おや、殿下。タマコ殿とおでかけですか」

ミットー公爵との邂逅《かいこう》が、彼を豹変させてしまった。

『うにゃー！　ミットーさん！　ミットーさんにゃー!!』

「あっ、こらっ……！」

ミットー公爵に突撃しそうになった元祖チートを、ミケがリードを引っ張って止める。

しかし、ミケの筋力ではなく、リードの強度に先に限界が来た。

『ミットーさぁああんっ!!』

「おやおや」

リードを引き千切って走り出した大型肉食獣に、周囲の人々は騒然となる。

ダイナミックにじゃれつかれたミットー公爵の首も、ゴキャッ！　とすごい音がした。本人は笑顔のままだが……大丈夫だろうか？

代わりに、ふぎゃーっ！　と凄まじい悲鳴を上げたのは、ミットー公爵に抱っこされていた小さい方のチートだ。

彼の怒りの鉄拳……いや、怒りの高速猫パンチが、元祖チートの額に炸裂する。

『おバカー！　お前デカいんだにゃ！　ミットーさんにじゃれる時は、そっと優しく！　お豆腐を持つ時みたいにしろにゃーっ！』

『んにゃあ！　ごめんにゃさいにゃ！　おれ、うれしくって、つい……おとうふって、何にゃ？』

小さいチートに眉間を滅多打ちにされて、元祖チートはイカ耳になっている。

それを遠巻きに見ている人々は、言葉を解さずとも彼らの力関係があべこべなのを察したようだった。

そんな中、王妃様と同じくらいの年頃の淑女が涙目の元祖チートに声をかける。

「あらあら、まあまあ。あなたは本当にこの人がお好きですのね」

彼女はにこにこしながらそう言うと、右に傾いていたミットー公爵の首を両手で掴み、力ずくで真っ直ぐに戻した。

ゴキャッ！　とまたもやすごい音がしたが……本当に、大丈夫なのだろうか？

淑やかさと豪快さを兼ね備えるこの女性は、ミットー公爵の奥さんだった。

総督府に残った准将の身を案じる夫人を、気晴らしに町に連れ出したのだという。

「大きいチートちゃんも、今度うちに遊びにいらしてね」

『はいにゃ、奥様』

ミットー公爵夫人は、元祖チートの巨大な頭を平然と撫でた。

さすがはミットー公爵の奥さん――いや、さすがはロメリアさんのお母さんと言うべきか。肝が据わりまくっていた。

ミットー公爵夫妻やチートと別れ、私達は町の散策を再開する。

元祖チートの新たなリードは、ちょうど近くにあった革物屋で調達した。

そんな中、ふと覗いた大通り沿いの骨董品店にて、私の目は棚の上で音を奏でているものに釘付けになった。

「あっ、あのオルゴール、素敵……マルさんのお土産によさそう」

「……〝マルさん〟？」

うっかりこぼした独り言を、ミケに聞き咎められてしまう。

慌てて手で口を覆ったが、遅かった。

ミケに両肩を摑まれ、問い詰められる。

「タマ、マルさんとは誰のことだ。まさかとは思うが……」

「えっと、えっと……たぶんその、まさかだと思います……マ、マルカリヤンさんのこと、です」

誤魔化しきれないと判断した私が正直に打ち明けると、ミケがとたんにまなじりを吊り上げた。

「タマ！　トライアンの時といい、お前はまた私に黙って……！」

「わわ、怒らないでください！　例のごとく、国王様のご指示なんですってば！」

私はとっさにネコの両脇を持ち上げ、顔の前に掲げる。

『お？　お？　やんのか？　やんのか、こら！』

「タマ！　お前、あの男に人質にされて怖い思いをしただろう！」

ネコのクリームパンみたいな前足を摑んで猫パンチを阻んだミケが、ずいっと顔を近づけてくる。

私はその剣幕と顔の良さに慄きつつ、もごもごと弁解を口にした。

「そ、そうなんですけど！　でも、マルさん……すっかり丸くなってしまいましたし……」

『ぬははははっ！　マルさんだけになっ！』

マルさんこと元ラーガスト王国王太子マルカリヤンは、トラちゃんが半年を過ごしたのと同じ、あの王宮の一室に軟禁中だ。

総督府で神を名乗って演説したのと同一人物とは思えないくらい、現在は慎ましく静かに過ごしている。

ただし、トラちゃんとは違い、生まれながらにラーガスト国王となることが運命づけられていた彼は、有益な情報をたくさん持っていた。

ラーガスト王国の内政に関わる事柄はもちろん、ベルンハルト王国が把握していなかった第三国の動向まで。

そのため、ミケは頻繁にマルさんの聴取を行っているようだが……

「マルさんも、このまま生かされることが決定したんですよね？」

「……ああ。反対する者も多かったが……やはり、これ以上血を流したくなくてな」

マルさんがラーガスト国王となる道は完全に閉ざされ、隠し財産も根こそぎ没収された。

これから彼が、ベルンハルト王国でどんな人生を送ることになるのか……それはまだ、誰にもわからない。

「……あのオルゴールは私が買おう。タマの私財があの男のために使われるのは、気に食わんからな」

ミケはそう言うと、私の手の届かない棚の上にあったオルゴールを取ってくれた。

店には、骨董品の他に、さまざまな装飾品が置かれていた。

「タマにも何か買ってやろう。何がいい？　お前はあまり装飾品には興味がないようだが……」

オルゴールを店主に預けたミケが、気を取り直したように言う。

それを聞いた私は、そういえば、と耳に手を当てた。

「こっちの世界で目が覚めたら、ピアスホールがなくなっていたんだけど……ネコ、何か知らない？」

『タマコ姉さん、ぴあすって何にゃ？』

左の脇の下に、後ろからズボッと顔を突っ込んできた元祖チートにピアスの説明をすると、彼はたちまち震え上がった。

『か、体に穴を空けて金物を通すにゃ？　何でそんなことするにゃ!?　痛いにゃんっ!!』

「いや、耳たぶはそんなに痛くは……」

すると、イカ耳になった元祖チートの頭にのしのしと乗っかってきたネコが、私をじとりと見て言う。

『時空の間でバラバラになったお前の体が再生される時に、不要な穴も塞がったんじゃろ』

「そっかぁ……せっかく空けたのにな……」

こちらの世界では――少なくとも、ベルンハルト王国とラーガスト王国では、体に穴を空けて装飾品を付けるという文化はないらしく、ピアスをしている人間は見たことがない。

そのため、ピアスホールがなくなったことを私が残念そうにしていると、ネコだけではなくミケまで怖い顔になった。

『我がせっかく再生させてやった体に、また穴なんか空けたら承知せんぞ！』

「タマ、装飾のために体に穴を空けるなんて、私も許さないぞ」

ピアス厳禁！　なんて、古風な考えの親に説教されている気分になったが……

「実の両親には、説教どころか興味を持ってもらったこともないから、新鮮です」

そう呟くと、ミケにはひたすら頭をなでなでされ、ネコには赤くなるまで頬をザリザリ舐められた。

この後、ピアスホールがなくても付けられるイヤーカフのようなものを、ミケが自ら選んで買ってくれた。

なお、後日ミケからのプレゼントだと言ってオルゴールを渡すと、マルさんは苦虫を嚙み潰したような顔をして呟いた。全財産を没収しておいて、これを……？　と。

オルゴール型の貯金箱だったらしい。


「殿下、タマコ殿、いいところにいらっしゃいました！」

「ネコちゃん達もいらっしゃーい！」

町の中央には広い公園が作られ、人々の憩いの場となっている。

ここでは、黒髪オールバックとスキンヘッドの少将二人がそれぞれの家族を交えてピクニックをしており、通りかかった私達を快く招き入れてくれた。

黒髪オールバックの少将には三歳から七歳までの子供が四人、スキンヘッドの少将にも五歳から七歳までの子供が三人いる。

ネコと元祖チートは、この子供達に大人気だった。

「すごーい！　おっきい！　かっこいいー！」

「キバ、でかーい！　何食べるの？」

「ねえねえ、ガオーッて鳴いて！」

『うふふ、褒められると嬉しいにゃん！　おれ、イノシシとかトリとか食べるよ。ガオーッ！』

男の子達が元祖チートの背中に乗せてもらって、大はしゃぎする一方……

「はい、おネコちゃん。おしめを換えますわね」

「あらあら、おっぱいがのみたいのかしら」

「まあ！　あんよが上手ね！」

『我が、バブちゃん……じゃと？』

女の子達の間ではネコを囲んでおままごとが始まった。

私とミケは、少将夫人達が持ち寄ったランチのご相伴にあずかる。

ラーガスト王国との戦争が始まる直前に生まれた、黒髪オールバックな少将の末の娘は人見知りらしく、母親の背中に隠れていたが……

「タマちゃ、ちゅき」

しばらくすると私に抱っこをねだってきて、可愛い笑顔を見せてくれた。

彼女の姉達におしゃぶりを咥えさせられたネコが、それを横目で眺めてニンマリとする。

『むっふっふっ、そのチビも、どうやら王子と同じ性癖のようじゃなぁ』

「性癖って言うな」

ミケはそうツッコみつつ、小さな子を抱っこする私を優しい目で見守っている。

そんなミケを両側から挟んだ少将達が、にっこりとして声を揃えた。

「「殿下、子供はいいものですよ」」


「ニャニャーン！」

「いや、人語で話しかけてくれ」

中将コンビと遭遇したのは、少将達と別れてすぐの頃だ。

メガネをかけたインテリヤクザっぽい中将と、額に向こう傷がある強面の中将は、ちょうど路地から大通りに出てきたところだった。

何でも、路地の奥にある退役軍人が営む工房で、ネコ達用の新しいおもちゃを作るのに必要な部品を調達してきたらしい。

「ニャウ！　ニャウウーン！」

「ちょうどよかった。ネコの専門家であるタマコ殿のご意見を是非ともお聞かせ願いたいです――と言っています」

「通訳するな。人語をしゃべらせろ」

ミケのツッコみに磨きがかかっていくのに感心しつつ、私は元の世界で猫カフェに置いていたおもちゃを参考に、中将達にアドバイスをした。

熱心にメモをとりながら私の話を聞いていた彼らは、これから二人でそれを作るつもりらしい。

「徹夜をしてでも完成させて、明日の出勤の際に持参しますね、殿下！」

「いや、徹夜するな。寝ろ」

「ニャウーン！　ウニャウニャー！」

「寝ろ。そして、人語を思い出せ」

この翌日、目の下に隈を作りまくった中将達が、ものすごいスピードで走るぜんまい仕掛けのネズミのおもちゃを持参して、ネコ達を大興奮させる。

ベルンハルト王国軍幹部の会議室では、またもやもふもふ大運動会が開催された末、大事な書類にはもれなく肉球スタンプが押されたのだった。


「――あら、殿下とおタマ、その他もろもろ、ごきげんよう」

午後のお茶の時間に差し掛かった頃、街角のとある店先で、美しい人が私達を手招きした。ロメリアさんだ。もちろん、メルさんとソマリの姿もある。

彼女達も、本日は仕事が休みらしい。

『その他もろもろとは何じゃあ！　まったく、おネコ様への敬意が足らんぞっ！』

『うふふ、母様、珠子姉様、ごきげんよう。ミケにゃんと大きい弟もお元気そうで何よりですわ』

「ミケにゃんって何だ」

『ソマリ姉さん、こんちわー』

町の一等地にあるこのこぢんまりとした紅茶の店は、ミットー公爵家ではなく、ロメリアさん個人の所有らしい。外壁に蔦が伝ったアンティークな佇まいの店で、内装も質素ながら洗練された印象を受ける。

ロメリアさんは、そのテラス席でメルさんを侍らせてカップを傾けていた。戦場まで同行した軍医でもある彼女は、こうして一般人に交じってお茶を飲むことにも抵抗がないようだ。

そしてそれは、ミケにも言えることだった。

「メル、私とタマと……このデカいレーヴェに食えそうものがあれば、出してもらってくれるか」

「かしこまりました、殿下」

ミケはメルさんに注文を丸投げすると、ロメリアさんの向かいの席に腰を下ろす。

丸いテーブルを囲う四人席のため、当たり前のようにミケの隣に座らされた私は、必然的に彼とロメリアさんに挟まれる形となった。

王子にして国家の英雄と、美の結晶のような公爵令嬢の間に座らされた私は、肩身が狭い心地がしたが……

『よっこらせっと』

『ごめんあそばせ』

空いていたもう一つの席に、澄ました顔をしたネコとソマリが仲良く腰を下ろしたことで、周囲の人々の視線が和む。

元祖チートは、彼女達の椅子の隣にお行儀よくおすわりをした。

「あら、おタマ。あなた……」

そんな中、ロメリアさんがふいに手を伸ばしてくる。

彼女の白魚のような手が、私の右サイドの髪を掻き上げて耳にかけさせた。

露になった右耳には、ミケに買ってもらったイヤーカフをさっそく付けていた。

それをまじまじと眺めたロメリアさんが、ミケに視線を移して麗しい唇の両端を吊り上げる。

「まあまあ、殿下。おタマにご自分の目の色のものを身に着けさせるなんて、憎いですわね」

「それが、タマに一番似合ったんだ」

イヤーカフには、小さな青い石が付いていた。

目利きのロメリアさんが言うには、ただの石やガラス玉ではなく、正真正銘の宝石らしい。

すると、私の向かいの席に座ったネコとソマリが、にゃあん、と揃って鳴いた。

『当然じゃな！　このおネコ様の一の娘たる珠子を飾るには、一級品こそがふさわしい！』

『よくお似合いですわ、珠子姉様』

我がことのように誇らしげなネコとソマリ——当たり前のように自分が家族として愛されている事実に、自然と頬が緩む。

その頬を、ロメリアさんが優美な指先でツンと突いた。

「おタマったら、殿下の色を纏わされることに異論はありませんの？」

「はい。ミケに選んでもらえて、うれしかったです」

一も二もなく頷く私に、ミケの顔にも笑みが広がる。

彼はまた当たり前のように私の髪を撫でながら、穏やかな声で言った。

「タマのおかげで、実に有意義な休日になったな」

あとがき

この度は『この異世界ではネコが全てを解決するようです』をお手に取っていただきありがとうございます。くるひなたと申します。

メインが猫（っぽいもの）であるため、主要人物の名前もこれにちなんだものにしようと思い、猫の名前の王道ともいえるタマとミケを採用しました。

いつも登場人物の命名に苦労するのですが、今回ばかりはすんなりと決まりました！

主人公珠子につきまして、物語の終盤で判明します生い立ちはもとより、そのトリップ先も終戦直後で決して幸福なばかりの世界ではありませんが、ミケとの出会いで確固たる居場所と存在意義を見出せたことで、これからは彩りのある人生を送っていけることと思います。

ネコ達がわちゃわちゃしまくるおかげで、お話自体も明るい雰囲気に仕上げられました。楽しんでいただけていれば幸いです。

最後に、出版にご尽力いただきました編集さん、出版社の方々、素敵なイラストを描いてくださったTobi先生、そしてこの本を手に取ってくださった皆様に心より御礼申し上げます。

また珠子やネコ達の物語をお届けできる機会があれば幸いです。

くるひなた

珠子
ミケランゼロ
グッ ﾌﾌﾌﾌﾌﾌ
ネコ
Tabi
2024.11.7

EARTH STAR
LUNA

この異世界ではネコが全てを解決するようです
もふもふ一族とともに癒やしの力を振りまいた結果

発行 ―――――― 2024年12月2日　初版第1刷発行

著者 ―――――― くるひなた

イラストレーター ―――― Tobi

装丁デザイン ―――― 小菅ひとみ（CoCo.Design）

発行者 ―――――― 幕内和博

編集 ―――――― 蝦名寛子

発行所 ―――――― 株式会社アース・スター エンターテイメント
〒141-0021　東京都品川区上大崎3-1-1
目黒セントラルスクエア　7F
TEL：03-5561-7630
FAX：03-5561-7632

印刷・製本 ―――――― TOPPANクロレ株式会社

ISBN 978-4-8030-2040-3